Ivana Dobrakovová
Mütter und Fernfahrer

Ivana Dobrakovová

MÜTTER UND FERNFAHRER

Roman

Aus dem Slowakischen übersetzt
von Ines Sebesta

Residenz Verlag

Dieses Buch wurde mit Unterstützung von SLOLIA –
Center for information on Literature gedruckt.

Das Projekt wurde durch den Deutschen Übersetzerfonds unterstützt.

MIX
Papier aus verantwortungsvollen Quellen
FSC® C014496

Die Originalausgabe erschien 2019 unter dem Titel
»Matky a kaminonisti« bei MARENČIN PT.

Bibliografische Information der Deutschen Nationalbibliothek
Die Deutsche Nationalbibliothek verzeichnet diese Publikation in der Deutschen Nationalbibliografie; detaillierte bibliografische Daten sind im Internet über http://dnb.dnb.de abrufbar.

www.residenzverlag.com

Umschlaggestaltung: Thomas Kussin / buero8 unter Verwendung einer Fotografie von Eylul Aslan (Connected Archives)
Typografische Gestaltung, Satz: Lanz, Wien
Lektorat: Jessica Beer
Gesamtherstellung: GGP Media GmbH, Pößneck

ISBN 978 3 7017 1758 3

VATER

Ich greife eine Szene heraus, behaupte aber nicht, dass sie typisch wäre, ich kenne sie auch nur aus Erzählungen, denn ich selbst habe Bilder dieser Art nicht mehr vor Augen: Ich sitze neben meiner Schwester im Wohnzimmer auf der Couch und wir schauen Märchenfilme. Meine Schwester ist vier Jahre älter als ich, sie mag zu jener Zeit sechs gewesen sein, ich knapp zwei, Vater ist in der Küche. Wir wohnen auf dem Burghügel in der Nähe der Mudroňova Straße, im nobelsten Viertel von Bratislava, in der Garage haben wir einen schönen Ford, im Wohnzimmer einen Kamin und vom Balkon aus Blick auf Österreich. Ich gehe schon seit einem Jahr in den Kindergarten, denn meine Eltern arbeiten beide.

Mutter kommt heim, kaputt von der Arbeit, mit Einkäufen behängt, und so findet sie uns vor. Meine Schwester bis an die Knie voller Rotz, weswegen Mutter wenigstens nicht merkt, dass ich, ihre kleine Schwester Svetlana, mich völlig zugeschissen habe, bis zum Rand der Windel, der Vater, richtig, ist in der Küche, doch er schläft, sein Kopf ist aufs Tischtuch gesackt, daneben eine Flasche. Irgendwas. Weitere Erläuterungen sind unnötig, man weiß Bescheid.

Ich möchte dazu aber etwas erklären. Vater lebte nicht mit uns. Er kam des Öfteren unter der Woche vorbei und übernachtete bei uns, seinen ständigen Wohnsitz hatte er aber woanders, in einem Dorf in Ungarn, bei den Seen, an die wir im Sommer zum Baden fuhren. Als die Eltern heirateten, hatte Mutter vor, zu ihrem Mann zu ziehen, sie war ja auch schon mit meiner Schwester schwanger, da sie aber in einer so tollen Gegend von Bratislava wohnte, der Kamin, der Blick und so weiter, beschloss sie im letzten Moment, nein, sie würde nicht nach Ungarn gehen. Vielleicht hatte da auch meine Tante ihre Finger im Spiel, Mutters Schwester, sie redete die ganze Zeit auf sie ein, sie werden dich nie als eine der Ihren ansehen, du wärst dort auf immer die Ausländerin. Und dann noch zur Schwiegermutter. Kannst du glauben. Sie glaubte, meine Mutter. Und dann blies sich auch Vater auf. Sein Zuhause sei dort. Und Schluss. Kurzum, sie lebten getrennt. Zumindest während der ersten Jahre. Bis sich Vaters Gesundheitszustand verschlechterte.

Über Vater weiß ich eigentlich nicht viel zu sagen, was diese ersten Jahre betrifft. Er hatte eine Glatze. Das gefiel mir wahnsinnig. Ich nannte seine Glatze Mühlmühlrädchen. Ich wollte auch so ein kleines Rad auf dem Kopf haben. Einmal, ich sehe es noch genau vor mir, holte ich die Schere aus dem Nähkasten und schnitt mir ein Loch in die Haare. Ganz stolz ging ich zu Mama, um es ihr zu zeigen. An ihre Reaktion kann ich mich nicht mehr erinnern, ich weiß nur noch, wie sie die Geschichte danach überall herumposaunte. Eine amüsante kleine Episode aus dem Familienalltag.

Ich sehe auch das Dorf in Ungarn vor mir. Vater arbeitete in Bratislava an der Technischen Universität, doch zu Hause war er Kleinbauer, Landwirt, ständig mit Spaten, Hacke, Rechen oder Schlauch zugange, den Oberkörper nackt. Sein Garten schien mir riesig, ein wahres Königreich, in dem man auf Bäume klettern, in Brunnen fallen und im Gewächshaus schwitzen konnte. Ich staunte später sehr, als ich erfuhr, dass Vaters Garten nur ein Bruchteil von Opas ursprünglichem Grundbesitz war, den die Kommunisten verstaatlicht hatten. Bis an die Seen habe er ursprünglich gereicht. Das wär's gewesen, vom Garten aus ins Wasser springen, und Pferde haben, nicht nur die Hühner und Karnickel, die Oma züchtete.

Wir fuhren an den Wochenenden zu den Seen und verbrachten auch die Sommer dort. Damals lebte Oma noch, sie sprach praktisch nur Ungarisch, den einheimischen Bastarden schrie sie *kiškuťa* nach, kleiner Köter, für mich und meine Schwester buk sie Pfannkuchen, von denen ich gern behauptet hätte, dass es die besten der Welt waren, doch ehrlich gesagt weiß ich es nicht mehr. Oma kümmerte sich gemeinsam mit ihrem Sohn um den Garten und die kleine Wirtschaft. Im Gewächshaus zog sie Setzlinge, die sie später auf dem Markt verkaufte. Anfangs bemühte sich Mutter, ihr zur Hand zu gehen, etwas von der Schwiegermutter zu lernen, sich nützlich zu machen, doch sie begriff sehr schnell, dass ihre Schwester recht hatte. Vergebliche Liebesmüh. Alles, was sie machte, war schlecht, *ištenem, had'd, nešegič,* mein Gott, lass es sein, nicht nötig. Oma scheuchte sie aus dem Gewächshaus, beinah wie irgendeinen Bastard, der sich durch den löchrigen Zaun zu uns reingezwängt hätte. Bis Mutter sich sagte, also gut, mir reicht's jetzt auch, und sich nur noch mit den Blumen im Vorgarten und den Ziergehölzen beschäftigte. Am Ende erklärte sie sogar, ehe sie mit dem Karren zum Markt ziehe und Setzlinge verkaufe, lasse sie sich scheiden.

Vater unternahm viele Reisen und fotografierte dabei gern. Er hatte im Schlafzimmer einen Schrank voll gelber Umschläge mit Fotos, in denen ich oft kramte. Vater brachte es fertig, durch das Busfenster zwanzig Mal denselben Felsen zu fotografieren, Vater brachte es fertig, drei Filme mit verschwommenen Niagarafällen vollzuknipsen, Vater hatte keinerlei Talent fürs Fotografieren. Ich habe auch Fotos von Vater in Gesellschaft schrill zurechtgemachter Frauen gefunden, die merkwürdig aussahen, erst viele Jahre später gelang es mir, mich konkreter auszudrücken – sie sahen vulgär aus. Die Fotos, auf denen er fremde vulgäre Frauen in irgendwelchen Läden umarmte, waren die einzigen, auf denen auch er zu sehen war. Sonst nur Landschaften.

Vater lernte auf Reisen viele Ausländer kennen, die er später zu sich nach Hause einlud, in das geräumige mehrstöckige Haus, das er sich kurz nach dem Zusammenbruch des Kommunismus neben Omas schlichtem dörflichen Häuschen gebaut hatte. In den Sommermonaten vermietete Vater Zimmer an Urlauber, die in den Seen baden wollten, und hin und wieder auch an seine ausländischen Bekannten. Einmal bin ich mit einem von ihnen, einem gewissen Pančo aus Peru, zu einem Fußballspiel gegangen. Das heißt, wir hatten eigentlich vor, zum Karussell auf der anderen Seeseite zu gehen, doch wir ließen uns von den Menschenmassen mitziehen, die gerade ins Stadion strömten. Er konnte kein Slowakisch, ich kein Englisch, wir unterhielten uns durch Zeichen. Doch während dieses uns beide langweilenden Fußballspiels tauschten wir uns praktisch nur zu einer Sache aus. Pančo zeigte auf meine Schuhe und sagte, dass sie *pretty* wären, *nice*. So viel begriff ich. Zu Hause war es dann umso schwierige, zu erklären warum wir zum Fußball gegangen waren.

Meine Schwester zog mich ständig auf. Einmal erzählte sie mir, dass unsere Seen aus Spucke entstanden seien. Man habe einst dort gebaggert und es sei ein so hässliches Loch entstanden, dass jeder, der vorbeikam, angeekelt ausspuckte. Und allmählich, mit den Jahren, sei es immer mehr geworden. Spucke. Ich glaubte ihr nicht, doch die Vorstellung war widerlich. Ich muss aber ergänzen, dass sie mir auch Kopfsprung vom Steg beibrachte. Und Saltos unter Wasser. Wir schwammen zusammen zur Insel rüber. Auch mit Vater. Mutter erinnert sich, dass ich einmal bei den Seen verloren ging. Ich war damals vier. Vater und meine Schwester hatten mich nirgends gesehen und es war

Zeit gewesen, aufzubrechen. Also brachen sie auf. Zu Hause sagte Vater zu Mutter, sie wird schon von alleine kommen. Und er behielt recht, als Mutter in Ohnmacht fiel, kam ich.

Vater war ein klarer Verfechter des Patriarchats. Opa hatte Oma nur genommen, weil sie die beste Arbeiterin auf seinem Land war und er sie als seine Ehefrau nicht mehr bezahlen musste. Vater übernahm diese Ansichten, sein Lieblingsspruch war, die Frau hat auf dem Feld zu arbeiten, und wenn sie müde ist, kann sie sich bei der Hausarbeit ausruhen. Doch Mutter hatte, wie schon erwähnt, recht bald vor Omas Setzlingen, ihrer erdrückenden Kritik und den bittend gefalteten Händen kapituliert, mit denen Oma zum Ausdruck brachte, sie möge es sein lassen, und ruhte sich dann nur noch bei der Hausarbeit im großen Haus aus.

Manchmal kochte sie Erdbeermarmelade. Vater lobte sie. Auf seine Art. Die Marmelade sei fast so gut wie die aus dem Laden.

Er war auch auf die Schinderei in seiner Kindheit stolz, auf seine Bildung, die er nur dank seiner Intelligenz errungen habe. Als er zur Welt kam, wohnten Opa und Oma im Garten in einem Schuppen, in dem es keinen Strom gab und kein fließendes Wasser, nur einen gestampften Lehmboden und in der Nähe einen Brunnen, alles aus Holz. Vater löste während des Sommers immer freiwillig alle Aufgaben aus dem Mathebuch des kommenden Schuljahres und langweilte sich dann im Unterricht zu Tode. Später studierte er an der Universität in Prag. Zu jener Zeit hatte er bereits ein ernsthaftes Alkoholproblem. Einmal war er, als er von der Kneipe zurück ins Internat wollte, so besoffen, dass es ihm die Beine weghaute. Doch er löste das Problem mit Logik. Da sich die Kneipe auf einem Hügel befand und das Internat am Fuße dieses Hügels, legte er sich auf die Erde und rollte bis vor die Internatstür.

Opa zeigte ihm nach dem Studium ein Heft, in dem er alle Ausgaben für das Studium seines Sohns eingetragen hatte. Er forderte nichts von ihm zurück, er zeigte es ihm nur, damit Vater wüsste, wie viel der Spaß gekostet habe, wie viel Opa für seine Schulen ausgegeben hatte. Mutter sagt, Vater habe ihm das nie verziehen.

***

Was weiß ich über die Beziehung meiner Eltern? Besser nichts? War das sicherer? Irgendetwas musste Mutter ja an ihm gefunden haben. Bloß was?

Er soll einmal vor anderen zu ihr gesagt haben, sie sei nicht nur klug, sondern auch schön. Das muss eine einmalige Bekundung gewesen sein, eine außergewöhnliche Belobigung, da sie sich so gut daran erinnerte. Da sie sich ihr so eingeprägt hatte. Da sie sie mir anvertraute.

Sein Alkoholismus war immer präsent und deshalb für mich von klein auf ein untrennbarer Bestandteil meines Vaters, etwas, was zu ihm gehörte, was unabänderlich war. Wie eine Krankheit. Es wäre müßig zu grübeln, was zuerst da gewesen war, ob die fragile seelische Konstitution das Ei war und der Drang zu trinken die Henne oder umgekehrt, oder ob es an einer genetischen Veranlagung sowohl für das eine als auch das andere lag und beide Seiten sich verflochten und gegenseitig verstärkten, bis sie sein Wesen vollends beherrschten.

Es gibt aber mehrere Episoden, die herausstechen.

Einmal zerrte Mama uns nachts aus dem Bett. Mit den Nerven am Ende. Mädels, steht auf, Mädels, kommt, um dem Papa zu sagen, dass wir einen Stock höher wohnen. Meine Schwester und ich taumelten im Schlafanzug ins Treppenhaus. Schlaftrunken. Nichts begreifend. Vater klingelte beim Nachbarn im zweiten Stock Sturm, obwohl der Nachbar in der offenen Tür stand und versuchte, ihn daran zu hindern. Mit vereinten Kräften zogen wir Vater die Treppe hoch in unsere Wohnung. Ich weiß nicht mehr, wann das genau war. Wie alt ich war. Meine Schwester ging noch in dieselbe Schule wie ich, ich werde in der Dritten gewesen sein. Einer der ersten Zwischenfälle dieses Kalibers. Mir kam das bizarr vor. Wie ein Traum. Wie ein nächtliches Abenteuer, das gleichzeitig ein Vorbote war für eine abenteuerliche Jugend.

Der Fleck ist immer noch da. In diesem unserem schönen Haus, Garage, Kamin, Blick auf Österreich. Und dieser Fleck. Im Fahrstuhl. Der Aufzug wird vierzig Jahre auf dem Buckel haben, er hat keine Innentür. In unserem Fahrstuhl sieht man, wie die Stockwerke vorbeiziehen. Vater kam einmal nachts nach Hause, sturzbetrunken, er wollte sich an die Wand lehnen. Er lehnte sich an die vorbeiziehende Etage. Seine Stirn platzte auf. Ein langer dunkelbrauner Fleck zwischen dem ersten und zweiten Stock.

Er übernachtete immer öfter bei uns in Bratislava. Er ging ins *Albrecht*. Ganze Nachmittage verbrachte er dort. Genau gegenüber von meinem Klassenzimmerfenster. Ich sah ihn manchmal. Auf die Fensterbrüstung gelehnt, verfolgte ich mit starrem Blick, wie er in die Kneipe ging. Natürlich sagte ich niemandem, guck mal, da ist mein Vater. Nicht einmal meiner Schwester. Sie war im zweiten Stock des Schulgebäudes, die Fenster ihres Klassenzimmers zeigten aber in eine andere Richtung. Auf der Straße passierte es mir dagegen hin und wieder, dass ich ihn vollkommen übersah. Er kam mir entgegen, und ich immer der Nase nach, den Blick stur nach vorn gerichtet. Er packte mich grob bei der Schulter und drehte mich zu sich. Zu Hause hörte ich dann, wie er sich in der Küche bei Mutter beschwerte, ich würde mich nicht zu ihm bekennen, würde mich für ihn schämen. Zu jener Zeit traf das aber noch nicht zu.

Irgendwann in jenen Jahren schloss sich meine Schwester ihm an. Genauer gesagt, als sie auf die Mittelschule ging. Sie schloss sich ihm eigentlich nicht direkt an, sie trat in seine Fußstapfen. Hin und wieder schlug sie zwar auch im *Albrecht* auf, doch die meiste Zeit zog sie mit ihren Freunden herum. Albanern. Das war zu viel für Mutter. Erst der Mann und nun auch die Tochter. Einmal kam meine Schwester gegen Morgen nach Hause, schrecklich geschminkt, die Augen lila und der Mund lila. Mutter schlug auf sie ein, schrie, dass sie das nicht machen könne, dass sie so etwas nie wieder machen dürfe, doch meine Schwester setzte sich so effektiv zur Wehr, sie fuhr so schnell ihre spitzen Ellenbogen aus, dass am Ende offenblieb, wen die Prügelei mehr schmerzte. Ich weinte derweil. Papa schlief seelenruhig. Und meine Schwester legte nach. Sie fing an, von zu Hause wegzulaufen. Sagte nichts, schnappte sich einfach ihre Sachen und war weg. Mutter und ich gingen zur Polizei, um eine Vermisstenanzeige aufzugeben. Ich sehe uns beide noch deutlich vor mir, wie ich auf dem Weg zur Polizeistation unbeschwert die Hlboká entlanghopste, seltsamerweise ohne jedes Gefühl von Angst. Dabei war ich alt genug, den Ernst der Lage zu begreifen. Meine Schwester ließ sich manchmal vier Tage lang nicht blicken. Einmal fuhr sie sogar bis nach Prag. Die Polizei konnte man vergessen, am Ende tauchte meine Schwester immer von alleine wieder auf.

***

Ich glaube, es fing mit der Ziege an. Vater erklärte eines Tages, es war gerade Sommer und wir kamen von den Seen zurück, dass er eine Ziege kaufen werde. Oma war da schon tot, und da meine Schwester schon sechzehn war und andere Interessen und Probleme hatte, freute nur ich mich über die Ziege. Ich, das Kind. Mutter verstand nicht, was für eine Ziege, wozu eine Ziege. Vater konnte es logisch begründen, selbstverständlich. Er habe keine Lust mehr, den Rasen zu mähen, er werde einen Pflock einrammen, die Ziege an ein Seil binden, und die Ziege würde alles Gras in ihrer Reichweite abweiden. Ich hüpfte begeistert durch die Küche, Mutter kämpfte mit den Tränen. Bevor sie die Tür hinter sich zuwarf, rief sie: Entweder die Ziege oder ich!

Damit hatte sich die Ziege erledigt.

Etwas später war es dann ein Pony. Ich war auch davon begeistert, doch nur bis zu jenem Moment, als Vater mir seine Geschäftsidee verriet. Ich würde mit dem Pony Runden durch den Garten drehen, reitende Kinder herumführen, und wir würden reich werden. Ich sah ihn enttäuscht an. Ich hatte gedacht, dass das Pony nur mir gehören würde, dass er es für mich kaufen wollte. Er wusste doch, dass ich Pferde liebte. Ich lehnte entschieden ab, mir auf diese Art etwas dazuzuverdienen. Es muss das erste Mal gewesen sein, dass ich mich ihm widersetzte.

Vater schien zu jener Zeit wirklich von Geld besessen zu sein. Ständig rechnete er uns vor, wie viel er wobei verdiene, wie günstig was sei, was man tun müsse und wo investieren, wie viel wir wo herausbekommen würden, er war gut in Mathe, wir zweifelten nicht daran, dennoch ging ihm irgendwie alles ständig daneben. Anstatt Gewinne zu machen, gab Vater immer mehr aus, er verlor, war immer öfter blank, pumpte sich etwas, kam mit seinem Gehalt nicht aus, unterstützte Mutter nicht.

Und von Anfang an war da aber noch etwas. Etwas, was mir genau zu jener Zeit bewusst zu werden begann. Vaters Geiz.

Diese Erkenntnis verfolgte mich. Mir graute davor, dass ich einmal genauso geizig werden würde wie mein Vater. Geiz wird vererbt. Es gibt dafür genetische Anlagen. Ich bin mir sicher. Geiz ist keine Sache, zu der man sich entscheidet. Geiz ist, wenn man in der Unterführung automatisch den Schritt beschleunigt, sobald der Verkäufer der Obdachlosenzeitung *Nota Bene* im Blickfeld auftaucht, Geiz ist, wenn man grübelt, ob man tatsächlich allen Freunden und Familienmitgliedern etwas zu Weihnachten schenken muss, und dabei zu keinem Ergebnis kommt. Man entscheidet sich manchmal zu einer Geste. Schenkt jemandem überraschend etwas. Einfach so. Damit derjenige sich freut. Als sei es einem gerade eingefallen. Dabei ist das nichts anderes als der Versuch, sich selbst zu betrügen. Um sich sagen zu können, ich und geizig? Von wegen! Ich habe doch neulich diesem und jenem etwas geschenkt. Und man führt nebenbei Listen, in denen vermerkt ist, dass man diesem und jenem vorläufig nichts mehr schenken muss. Dass es für diesen und jenen erst mal genug ist. Sonst fällt ihm noch was Neues ein.

Der Samen dafür wurde lange zuvor gelegt. Ihr verscheißt das ganze Klopapier. Dieser Satz war das Leitmotiv unserer gesamten Kindheit. Vater schimpfte oft mit uns, dass er ständig Klopapier nachkaufen müsse. Als wären wir nicht eine Woche mit einer Rolle ausgekommen. Er wetterte. Wir müssten sparen. Also. Meine Schwester und ich waren überzeugt, dass er das mit Absicht machte. Dass er sich das Klopapier ausgesucht hatte, um uns zu erniedrigen. Wir verbrauchten im Haushalt ja auch andere Dinge. Seifen. Waschmittel. Taschentücher. Deos. Doch das juckte Vater nicht. Aber das Klopapier, das war seins. Alles nur, damit er ständig Packungen nachkaufen muss.

Es war aber auch mit dem Taschengeld nicht einfach. Die Abmachung lautete – zwanzig Kronen pro Woche. Doch Vater erinnerte sich nie an diese Vereinbarung. So musste ich es tun. Montagabend eine Andeutung. Ob er nicht könne. Ich würde ihn sehr bitten. Und dann mitansehen, wie Vater mit zittrigen Händen im Mantel nach dem Portemonnaie suchte. Und ungeheuer widerwillig zwanzig Kronen herauszog. Und sie mir gab. Wie in Zeitlupe. Als hoffte er, dass ich's mir noch einmal überlege. Dass ich Mitleid kriege. Er schaute irgendwohin zur Seite. Die Situation war für ihn offensichtlich unerträglich. Mich widerte dieses wöchentliche Ritual so an, dass ich irgendwann anfing, mir die zwanzig Kronen selbst aus dem Portemonnaie zu nehmen. Wenn Vater schlief. Nach dem Saufen. Er merkte es nie.

Obwohl er genau Buch führte. Er versuchte herauszukriegen, ob es günstiger war, zu Fuß durch die Stadt zu gehen oder sich in Busse zu zwängen. Wenn ihr überall zu Fuß hingeht, spart ihr die Fahrkarten. Logisch. Aber eure Sohlen werden dabei abgenutzt! Mehr, als wenn ihr im Bus stehen würdet und euch an der Stange festhaltet. Und die Schuhe kosten ja auch. Vater hatte ein Notizbuch. Zwei Jahre Forschungen. Ich kann mich nicht mehr erinnern, zu welchem bahnbrechenden Ergebnis er kam. Ich weiß nur noch, dass er meine Schwester und mich damals zu Fuß durch die ganze Stadt schleifte, ohne auf unsere Proteste und unser Gewimmer wegen der schmerzenden Füße zu achten.

Mit dem Durchwühlen der Abfälle begann er, als er noch bei den Seen wohnte. Er selbst hätte das natürlich nie so genannt. Welche Abfälle. Das waren doch alles hervorragende und nützliche Sachen. Eine angeknackste Rechnertastatur. Ein angeschlagenes Waschbecken. Ein Stück Rutschbahn. Und so weiter. Das Gerümpel stapelte sich im Garten. Es wartete darauf, von ihm repariert zu werden. Er holte sich die Sachen nicht nur aus den Containern. Manche bekam er praktisch geschenkt, mit anderen Worten, er erstand sie *zum Vorzugspreis* von seinen Kumpanen aus der feuchtfröhlichen Ecke. Von jenen, die ihm den Spitznamen Molekül gegeben hatten. Wo er doch Lehrer war, Wissenschaftler. Logisch. Molekül war ein toller Geschäftspartner. Seine Knausrigkeit war ebenso groß wie seine ausgeprägte Raffgier. Sobald er von irgendeiner Aktion erfuhr, einen Rabatt erspähte, war er nicht zu halten. So kam es, dass er zweihundert identische Postkarten von dem ungarischen Dorf anschleppte, drei Bidets (vermutlich damit meine Schwester und ich endgültig aufhörten, Klopapier zu vergeuden) und zwanzig Filme mit abgelaufenem Haltbarkeitsdatum. Man könne damit tolle *Vintage-Fotos* machen.

Und dann geschah es. Endgültig. Er nutzte diese Filme anders. Er erklärte eines Morgens, er fahre nach Prievidza. Keine Ahnung, warum gerade dorthin. Ich werde es auch nicht mehr erfahren. Kurzum – Prievidza. Geld hatte Vater keins, doch er hatte diese abgelaufenen Filme. Es gelang ihm, den Busfahrer zu überzeugen, sie statt eines Fahrscheins zu akzeptieren. Er fuhr bis Prievidza-Bahnhof. Was dort geschah, erfuhren wir aus dem Polizeibericht. Aus Vaters Fantasterei. Genauer gesagt, erfuhr es Mama. Ich erst später, als sie es mir erzählte. Vater erreichte das Stadtzentrum und kaufte sich an einem Imbiss irgendwelche Fischhörnchen, wohl mit Kabeljau. Er setzte sich an den Springbrunnen, aß. Plötzlich stellte er fest, dass ihm jemand Zeichen gab. Die Verkäuferin vom Tabak-Kiosk. Sie öffnete die Tür ihrer Bude und gab ihm mit den reflektierenden Strahlen der Sonne Zeichen, ihm, dem Vater, Molekül. Er war sich ganz sicher. Sie wollte ihm etwas sagen. Etwas Wichtiges. Er aß das Hörnchen auf, wischte mit dem letzten Zipfel den Rest Kabeljau vom Pappteller, stand auf und ging zum Tabak-Kiosk hinüber. Und als er sie erblickte, geschah es. Er verliebte sich. Ihm wurde klar, dass auch sie ihn liebte, sie hatte es ihm mit diesen Sonnenreflexionen mitzuteilen versucht. Alles ergab plötzlich einen Sinn, leuchtete ein. Also Vater. Er spürte Energie, er spürte Glück. Und es war hier, direkt vor ihm. Er sagte zu der Kioskverkäuferin, ich bin so froh, dass wir uns gefunden haben, komm heraus. Die Kioskverkäuferin verstand nicht, für sie ergab sich kein Sinn, doch Vater ließ sich davon nicht beirren. Womöglich schämte sie sich einfach. Und damit sie sich nicht weiter schäme, wollte er ihr zeigen, dass er selbst längst alle Scham abgelegt hatte. Er legte dazu noch seine Sachen ab und sprang in den Brunnen. Das leuchtete der Kioskverkäuferin nun sehr ein. Sie rief die Polizei. Man brachte ihn geradewegs zur Irrenanstalt. So wurde er zum ersten Mal eingewiesen.

An die zweite Einweisung kann ich mich noch besser erinnern. Ich war fünfzehn. Obwohl ich schon auf dem Gymnasium war, tangierte mich die Pubertät nicht, ich interessierte mich für Filme, Hitchcock, Truffaut, las Fantasy-Literatur und bemühte mich, die Chemie- und Physikstunden möglichst unbeschadet zu überstehen, meine Schwester war da schon weg, Vater wohnte mehr bei uns als in Ungarn. Er überwand allmählich seine Depression, war aber dauerhaft krankgeschrieben. Und genau da setzte er sich in den Kopf, dass ich zur Firmung gehen müsse. Er selbst begann, regelmäßig zur Messe in die Kirche zu gehen, er erklärte, er sei schon immer gläubig gewesen, genau wie Oma, und was es für eine Schande sei, dass seine fünfzehnjährige Tochter weder Erstkommunion noch Firmung empfangen habe. Ich entgegnete entschieden, dass ich keines von beidem wünschte. Natürlich interessierte das Vater nicht. Er organisierte beim Pfarrer Unterricht für mich und erkundigte sich, wie all das schnellstmöglich über die Bühne zu bringen wäre. Zum Glück kam es nie dazu. Der Pfarrer musste Vater sogar einmal während der Messe der Kirche verweisen, weil dieser ihn vom Mittelgang aus wie verrückt knipste. Zu Hause rechtfertigte Vater sich, er habe nur das christliche Leben in der Kirche der Heiligen Dreifaltigkeit dokumentieren wollen.

Doch das war noch nicht alles. Vater behauptete immer beharrlicher, dass er mit Gott kommuniziere. Er erzählte es mir, nicht Mutter. Ich wusste nicht, was ich mit dieser Information anfangen sollte. Ob ich es weitererzählen sollte. Ihn verpetzen. Vater eröffnete mir nach dem Abendessen in der Küche die Pläne Gottes. Er begann, sich »Gottes kleiner Finger« zu nennen. Bei diesen Worten spreizte er immer den kleinen Finger ab, als trinke er gerade aus einer Teetasse. Ich habe diese Gottespläne nie wirklich begriffen. Worin sie bestanden. Vielleicht ging es Vater genauso. Über vieles war er aber informiert, zum Beispiel sagte er mir einmal, wie viele Jahre ich noch leben würde. Er rechnete es genau vor. Mit Gottes Hilfe. Wann ich sterben würde. Danach verriet er mir, wie lange meine Schwester noch hier sein würde. Und dann Mutter. Zu sich selbst keine Silbe. Mir wurde klar, dass er wieder soff. Nur nicht mehr so auffällig. Er kaschierte es besser, ging nicht mehr ins *Albrecht*. Er trank zu Hause. Wie diese Frauen, die Schranksäuferinnen. Danach fing er an, irgendetwas in seine Notizbücher zu kritzeln. Und dann verschwand er.

Wir fanden ihn in seinem Haus in Ungarn. Er hatte einen sonderbaren Schimmer in den Augen. Wie erleuchtet. Er eröffnete uns seine großen Pläne. Alles war sorgsam in seinen Notizbüchern beschrieben und skizziert. Er werde aus seinem mehrstöckigen Haus ein großes Zentrum machen. Ein Zentrum für die Menschen. So nannte er es. Alle würden dort hinkommen. Sogar aus dem fernen Ausland. Doch nicht wegen der Seen wie bisher. Er werde hinten im Garten einen Aqua-Park errichten, wo das Gewächshaus war, käme ein Spielplatz hin. Rutschen und ein Klettergerüst habe er schon gekauft, sie lägen unterm

Nussbaum. Im großen Haus würden die Geschäfte sein. Und ganz oben, auf dem Dach, auf dem Flachdach seines Hauses, würde er einen FKK-Strand einrichten. Seine Augen begannen richtig zu funkeln.

Ich werde nie vergessen, wie die Krankenpfleger ihn kurz darauf durch den Garten jagten.

***

Und am Ende kam der Tod, was sonst. An diese Monate denke ich nur selten, ich hoffe, es gelingt mir, sie richtig wiederzugeben. Ich war achtzehn und studierte das erste und somit auch letzte Jahr an der Universität, Französisch. Vater lebte bei uns. Die Häuser und der Garten in Ungarn verwahrlosten, niemand fuhr mehr hin. Vater blieb im Schlafzimmer, auf das Bett gestreckt, in tiefer Depression. Er stand nur auf, um Wasser zu trinken. Bestimmt hat er auch etwas gegessen, aber wenig. Ich kann mich nicht erinnern, ihn einmal dabei gesehen zu haben. Nur dieses Wasser. Wie er mit zittrigen Händen das Glas aus der Anrichte nahm, es mit Wasser füllte und sich satt trank. Ich saß währenddessen in der Küche und lernte Vokabeln. Manchmal drehte er sich auf der Türschwelle um und schaute mich an. Das machte mich nervös. Er schaute lange. Und dann begann er. Er redete auf mich ein: Svetlana, fang nie an zu rauchen, zu trinken oder Drogen zu nehmen. Hörst du? Das ist wichtig. Deiner Schwester das zu sagen habe ich nicht geschafft. Sie ist schon wie ich. Fast jedenfalls. Ich werde nämlich sterben. Schon bald werde ich sterben, ich bin sicher. Ich sah ihn an, mir schossen diese Phrasen durch den Kopf, die man so sagt, jag mir keinen Schreck ein, ich bitte dich, du wirst bestimmt hundert, doch ich brachte nicht eine davon über die Lippen. Denn ich wusste, dass er recht hatte. Er starb. Man musste ihn nur anschauen. Er starb. Er war bereits gestorben. Und er wiederholte es anschließend noch viele Male. Einen Monat lang bläute er mir Abend für Abend mit kleinen

Variationen ein, nicht vom rechten Weg abzukommen, Versuchungen nicht zu erliegen, als wäre nicht ohnehin klar, dass ich auch ohne Zigaretten, Alkohol und Drogen bis an mein Lebensende ein Krüppel bleiben würde. Am Ende hielt er es selbst nicht mehr aus, er ließ sich freiwillig einweisen, er rief selbst die Rettung. Sie mussten ihn nicht mehr durch den Garten jagen. Als sie ihn auf der Bahre in den Krankenwagen luden, sah ich ihn zum letzten Mal. Er starb eine Woche später, Herzinfarkt. Er erlitt den Infarkt abends, doch anstatt etwas zu unternehmen, ließen sie ihn in der Anstalt die ganze Nacht lang sterben. Erst gegen Morgen versuchten sie, ihn ins Krankenhaus in der Mickiewiczova zu verlegen, doch er verstarb im Krankenwagen. Sie teilten es uns auf skurrile Weise mit. Wir erhielten einen Brief, in dem wir aufgefordert wurden, seine Garderobe abzuholen. Wie, wird er sie nicht mehr brauchen? Wie, soll er nackt herumlaufen? Nur die Garderobe, zu Vater kein Wort.

Dann dauerte es noch genau sechs Monate, bis ich zusammenbrach. Den Winter überstand ich. In einer Art Starre oder Winterschlaf. Ich brach erst im Frühjahr zusammen. Ende des Semesters. Ich sollte an jenem Morgen zur Prüfung in die Uni gehen. Doch ich ging nicht hin, ich ging nie wieder hin. Ich blieb im Bett liegen.

IVANA

Als ich geboren wurde, gab es Ivanas bis zum Abwinken, man stolperte alle paar Meter über eine, in meiner Grundschulklasse waren wir drei, im Gymnasium sogar vier. Meine Mutter warf sich einmal bei der Elternversammlung stolz in die Brust, als die Lehrerin zu erzählen begann, wie klug und tüchtig Ivana sei, wie gut ihr alles von der Hand gehe, doch nur bis zu dem Moment, als sich herausstellte, dass sie von meiner Banknachbarin Ivana sprach, ja, ich bin es seit jeher gewohnt, die zweite zu sein, die dritte Ivana, aber beim Reiten, auf dem Pferd, da war ich Ivana die Erste, und so war es logisch, dass die zweite Ivana, die nach mir kam, von uns Nina genannt wurde, nach ihrer Schwester, ich vergaß mit der Zeit sogar, dass das gar nicht ihr richtiger Name war, dass sie genauso hieß wie ich, sie war einfach meine gute Freundin Nina, auf dem Pferd war ich Ivana die Erste, Ivana die Höchste, Ivana die Einzige, denn Pferde waren mein Leben. Für Pferde hätte ich mein Leben gegeben, nun, in gewisser Weise tat ich es dann auch.

Seit achtzehn Jahren kann ich das erste Mal an Pferde denken, an diesen Abschnitt meines Lebens, ohne zu zittern, ohne zum Medikamentenschrank zu rennen und Xanax für die Nerven zu nehmen. Erinnerungen fluten meinen Kopf wie heißes Blut, eine nach der anderen, mir fallen auch Details ein wie Tristans brauner Ledersattel, die Falten, die sich auf Herrn Bles Stirne bildeten, wenn er mich beim Reitunterricht anraunzte, ich solle die Hände über dem Widerrist halten, oder Žofias blondes Haar, wenn sie auf Vrana umhergaloppierte, plötzlich sind die Erinnerungen alle wieder da, doch sie machen nichts mit mir, sie zerlegen mich nicht von innen her wie sonst, wie in all diesen achtzehn Jahren, in denen mir schon eine Andeutung genügte, ein einziges unbedachtes Wort, irgendein Bild im Fernsehen, um zusammenzubrechen, jetzt registriere ich sie nur und packe sie in meinem Kopf auf den Haufen zu den anderen. Dank ihm ist das jetzt so. Dank R.

Mutter holt das Besteck heraus, sie werkelt in der Küche noch am Herd herum, leckt am Ende den Löffel ab, kostet das Szegediner Gulasch, das sie gerade gekocht hat, nickt zuversichtlich, bestimmt werde ich es mögen, sie kocht es alle zwei Wochen für mich und sie kocht immer so viel, dass es für vier Tage reicht, ich sitze am Tisch und blättere die Zeitschriften und Zeitungen durch, die Zuzka mir gestern gegeben hat, Hauptsache, man merkt mir nichts an, keinerlei Veränderung. Möchtest du drei Knödel dazu oder vier? Drei reichen, rufe ich zur Küche hin, denn ich weiß, dass sie mir mindestens fünf geben würde, hätte ich vier gesagt. Schon kommt sie mit dem Szegediner und vier Knödeln herein, Mutter setzt sich neben mich, stellt den randvollen Teller vor mir ab, neben der Medikamentenbox. Die hat Zuzka dir für mich mitgegeben? Nicht, dass du wieder dein Abendbrot darüber isst, bist so ein Ferkel, machst immer alles fettig. Wortlos schiebe ich die Zeitungen und Zeitschriften zu ihr hinüber, sie schlägt *Plus sieben Tage* auf, sie wird ohnehin nur eine Scheibe Brot mit Butter essen. Meine Mutter isst grundsätzlich kein frisch gekochtes Essen, sie kocht für mich, sie isst immer nur die Reste auf, wenn ich etwas schon zum fünften Mal ablehne, dann klappt es, beim fünften Mal darf ich ablehnen. Ich starre auf die Box mit den Medikamenten, plötzlich werde ich unsicher, ist es dieselbe wie immer? Ich kann mich nicht erinnern, ob ich mal eine andere hatte, diese hier wirkt schon recht abgenutzt, beim Dienstag und beim Samstag fehlen die Türchen. Ich schütte die Tabletten für den heutigen Abend heraus und schlucke sie mit einem Knödel hinunter.

Meine Psychiaterin in der Tehelná hat zu Mutter gesagt, bloß nicht nüchtern, Hauptsache, sie nimmt die Medikamente nicht auf nüchternen Magen sie soll sie immer mit einem Brötchen nehmen, mit Käse, mit Radieschen, und meine Mutter nimmt das wörtlich, jeden Morgen bevor ich in die Tagesklinik gehe, steht sie hinter mir und achtet darauf, dass ich dazu Brötchen, Käse, Radieschen esse, nie Paprikaschote oder Tomate oder Gurke, immer Radieschen, und deshalb hasse ich sie, seit ich dreizehn bin. Genau wie das Wort Brötchen. Diese unsägliche Verniedlichungsform, als gäbe es da etwas kleinzureden, in einer solchen Situation! Davor hatte ich morgens doch immer nur Tee getrunken, ich frühstückte nicht, bei der Fahrt zur Tagesklinik ist mir immer, als müsse ich von diesem Brötchen, den Radieschen und dem Käse kotzen.

Nach dem Abendbrot setzt Mutter sich in den Sessel vor dem Fernseher, irgendeine Diskussionsrunde läuft, etwas über Politik, doch sie blättert nebenher ununterbrochen in den Zeitschriften, ich gehe in mein Zimmer und schließe die Tür. Hier, hinter der Tür, kann ich endlich daran denken, hier bin ich in relativer Sicherheit. Was hatte R zu mir gesagt? Er sagte, es klinge interessant und ich müsste ihm später mehr davon erzählen. Ich bemühe mich, mir seine genauen Worte ins Gedächtnis zu rufen, den Klang seiner Stimme und vor allem, wie er mich dabei ansah. Es war nur ein kurzer Moment, dann war von etwas anderem die Rede, sie unterhielten sich über die Notwendigkeit der Trennung von Kirche und Staat, oder war es eher über die Unmöglichkeit der Trennung von Kirche und Staat? wie soll man sich da auskennen, es ging irgendwie um Kirchengüter und Steuern, R sagte, solange die Kirche nichts abführe, irgendetwas war da auch im Vatikan, irgendwelche Sachen, Besitztümer, ob wohl halb Rom der Kirche gehörte? war es das? Ich habe es nicht richtig mitgekriegt. Zuzka fing dann noch von den pädophilen Priestern an, ich weiß, dass ihr dieses Thema nahegeht, und dass es sie null beeindruckt, dass František sich jetzt entschuldigt, was soll das jenen helfen, den Opfern, sagt sie. Ich wurde von niemandem mehr beachtet, doch dieser Moment, dieser Moment, als R mich ansah und sagte, es klinge interessant und ich müsse ihm davon erzählen, der war real, der hatte sich genau so zugetragen, den hatte es gegeben! Den kann mir niemand mehr nehmen.

Ich muss noch die Pflanzen und die Blumen gießen, die Blätter besprühen, obwohl es nicht sein müsste, mache ich das jeden Abend – als brenne tagsüber die Sonne auf sie herab! –, sie stehen aber nicht auf dem Balkon und draußen hat es außerdem minus sieben Grad, ich schaue mich in meinem Zimmer um, ich bin wirklich gesegnet damit, sie verdecken nahezu alle Wände. Fast alle sind von Ikea, man kriegt sie dort billiger, und obwohl Zuzka behauptet, ihre Pflanzen von Ikea würden mit hundertprozentiger Sicherheit binnen eines Jahres eingehen, schaffen es meine. Ich kriege das hin. Ich habe Palmen, allen voran die gewaltige Dattelpalme von Vater, dazu eine Areca, einen Ficus, dem ich jeden Tag die Blätter abwische, einen Rhododendron, mehrere Asparaguspflanzen, eine Aloe Vera und eine Kalanchoe, die im Moment gelb blüht, gern beobachte ich die Blüten, wie sie sich über Nacht schließen, an den Fenstern stehen vor allem Kakteen – ob ich nie einen Mann kriegen werde? Es heißt doch immer, Mädchen mit Kakteen würden nicht heiraten, ich auch nicht? bin ich abergläubisch? grämt mich das? –, und natürlich Orchideen, sie blühen bei mir das ganze Jahr, immer eine andere, ich kriege das auch mit dem Bambus hin, er thront in der Zimmermitte, obwohl er keinen so tiefen Kübel hat, wie er bräuchte, doch Wasser, Wasser kriegt er von mir genug, ach, meine geliebte

Dieffenbachie, ich habe sie genau wie die Dattelpalme seit meiner Kindheit, ich weiß nicht mal mehr, woher, und dann noch die fleischfressende Pflanze, die mir Zuzka vor ein paar Jahren vom Flory-Center mitgebracht hat, obwohl sie so klein ist, ernährt sie sich selbstständig, sie fängt aber nur Essigfliegen, ich habe einmal versucht, ihr eine Schmeißfliege zuzuwerfen, doch dabei wäre sie beinahe kaputtgegangen, dann sind da noch die Dracaena mit diesen herrlichen grüngelben Blättern und eine Zyklame, die ebenfalls blüht, der Duft der Blüten schwebt in meinem ganzen Zimmer, mir fällt er aber kaum noch auf, und der Wunderstrauch mit dieser herrlichen Aderung, ich kann nicht sagen, warum ich so auf Giftpflanzen stehe, es ist aber kein Problem, bei uns leben keine Kinder oder Tiere, und ich bin auch nicht so dämlich, giftige Blätter oder Blüten zu kauen. Hätte ich einen Balkon, würde ich mir noch einen Oleander kaufen, ganz bestimmt.

Ich habe zu Zuzka gesagt, dass ich dort nicht hingehe, ich habe dort nichts verloren, doch sie blieb hartnäckig, bitte, komm mit, du wirst sehen, es wird dir gefallen, mach dir keine Gedanken, du bist meine gute Bekannte – eine Schriftstellerin, und ich daraufhin zu ihr, wie könnte ich eine Schriftstellerin sein? Ich habe ja nicht einmal den Realschulabschluss, Zuzka redete unbeirrt weiter, ich bitte dich, heute ist doch jeder ein Schriftsteller, du hast keine Realschule? Umso besser, dann kannst du in deinen Lebenslauf schreiben, dass du die Schule des realen Lebens absolviert hast, dass du eine Million miserabel bezahlte Jobs hattest, so etwas zieht heutzutage, das wirkt bei den Leuten, lachte Zuzka und fuhr fort, was denkst du denn, die anderen schwafeln doch auch nur und schwafeln, was sie nicht alles schreiben würden, welche schöpferischen Qualen sie von früh bis spät durchleben, und trotzdem erscheint von ihnen nichts, nicht einmal die kleinste Broschüre, du bist einfach eine Schriftstellerin, die bislang für die Schublade schreibt, weil du dir sicher sein willst, dass das Werk, dem du das Leben schenken wirst, ein großer Gegenwartsroman wird, und als ich ganz schwach mein letztes verbliebenes Argument vorbrachte, eine Schriftstellerin würde schließlich nicht so aussehen, was die anderen von mir denken sollen, sagte Zuzka, kein Ding, was eine Schriftstellerin trägt, findest du in den Lifestyle-Magazinen, die ich deiner Mutter immer mitschicke. Und so habe ich, als R mich gezielt fragte, wovon das Buch, an dem ich schrieb, handle, ohne zu zögern geantwortet, ich würde einen Roman über Pferde schreiben.

Zuzka haute das völlig um, obwohl sie mit mir gemeinsam reiten war, und wir uns dort kennengelernt hatten. Sie ist die einzige Freundin, die mit mir alle Hürden, die sich uns dort entgegenstellten, gemeistert hat, die Reitstunden, die beiden Jurajs, Herrn Ble mit den Bassets, unsere Zeit als Pferdemädchen, Tristans Tod, die drei Tage, in denen ich verschollen war und über die Getreideinsel irrte, und alles, was dann folgte. Und sie ist trotzdem meine Freundin geblieben. All die Jahre. Und als sie verstanden hat, dass ich nicht darüber reden möchte, erwähnte sie es nie mehr, sie akzeptierte mein Schweigen, diese ganze Sache wurde für uns zu einem verminten Niemandsland. Was aber nicht heißt, dass sie deswegen ihr eigenes Leben vernachlässigt hätte, im Gegensatz zu meiner Mutter, für die nach meinem Kollaps alles andere vorbei war. Zuzka hat ein abgeschlossenes Journalistik-Studium, sie arbeitet für eine große Zeitung, ich merke gerade, wie komisch das Wort groß in unserer Gegend klingt, aber wie soll ich es sonst ausdrücken, für eine der renommiertesten Zeitungen? Zuzka hat sich schon immer für Schwächere und Benachteiligte eingesetzt, sie hilft Obdachlosen, schreibt für deren Zeitschrift, kocht ihnen zu Weihnachten Krautsuppe und Ähnliches, und so habe ich manchmal den leisen und unangenehmen Verdacht, dass auch ich eines ihrer humanistischen Projekte bin, doch es gelingt mir meist, diesen Gedanken zu verscheuchen. Natürlich bewundere ich Zuzka sehr für das, was sie schreibt, wie sie schreibt, für die Interviews, die sie geführt hat, ich beneide sie um ihre Beziehungen zu Männern, und das schon seit unserer Zeit auf dem Reiterhof, als sie etwas mit dem kleinen Juraj anfing, der allen Mädels gefiel. Und ich bewundere sie dafür, dass sie sich traute, mich zu den Freitags-Runden ihrer Zeitungsleute mitzunehmen, obwohl ich sonst nie unter Menschen gehe, und dann gleich dorthin, dafür braucht es auch Mut.

Und nur dank dieses Mutes habe ich R getroffen, sie machte uns bekannt, obwohl ich ihn, natürlich, schon kannte, also bereits wusste, wer er war, Zuzka hatte mir viel von ihm erzählt, ich hatte ihn auch schon in Zeitungen gesehen und in letzter Zeit auch im Fernsehen, bei Mutter läuft der Fernseher ja ständig, er leistet ihr Gesellschaft, wie sie immer sagt, als würde meine Gesellschaft nicht zählen, als wäre sie nicht der Rede wert, ungenügend, die Gesellschaft des Fernsehers hingegen schon, die schon.

R. Ich habe Lust, ständig und überall seinen Namen hinzuschreiben, R, R, R. Er sagte mir, dass ich ihm von dem Roman erzählen müsste, an dem ich schrieb, und ich hatte in jenem Moment ein totales Vakuum im Kopf, das Einzige, was mir einfiel, war, wie ich mich einmal gemeinsam mit Zuzka zu Fuß vorwärts quälte, ich weiß nicht mehr, woher wir kamen und wohin wir wollten, aber ich weiß noch, dass wir neben der Autobahn hergingen, irgendwo hinter Bratislava, sicher von einer Pferdekoppel zur nächsten, wie alt mögen wir da gewesen sein, zwölf, dreizehn? Was hatten wir mit zwölf an der Autobahn zu suchen, verdammt noch mal, doch das war ein anderes Thema, wir gingen also und Zuzka erzählte mir von einem Film, den sie kurz zuvor gesehen hatte, er hieß »Der Pferdeflüsterer« und handelte von einem Mädchen, das bei einem Ausritt einen Unfall erlitten hatte, ein Pferd war dabei gestorben, ein weiteres wurde traumatisiert, ganz zu schweigen von ihrer Freundin, die bei dem Unfall ebenfalls starb, sie brachten das überlebende Pferd dann irgendwohin, zu einem Mann, der mit Pferden sprechen konnte, und so weiter, daran musste ich denken, als R mich so ansah, an diese Dunkelheit an der Autobahn, Zuzka und ich, die Scheinwerfer der Wagen und der Pferdeflüsterer, und ich dachte, wenn ich ihm jetzt diesen recht bekannten Film mit Scarlett Johansson nacherzähle, wird er mich anstarren, als hätte ich sie nicht mehr alle, das kommt mir gerade irgendwie bekannt vor, als hätte ich so etwas schon mal gesehen, ich stellte mir die Szene vor und konnte nur mit Mühe einen Lachanfall unterdrücken, mit gesenktem Kopf murmelte ich, gut, das mache ich irgendwann später. Und so werde ich mir irgendwann später etwas für R ausdenken müssen, wo Zuzka nun schon einmal damit angefangen hat, ich sei eine Schriftstellerin.

Doch das bedeutete, dass es tatsächlich ein anderes Mal geben wird! Dass ich R wiedersehen werde, nicht wahr? Mir wird schwindelig bei der Vorstellung, ich öffne das Fenster und beuge mich über die Vajnorská hinaus, die Luft ist schneidend kalt, Januar, es gibt zwar heute keinen neuen negativen Rekord, aber minus sieben ist auch nicht zu verachten, ich schaue zu der Kerze neben der Einfahrt hinüber, wo mal jemand überfahren wurde, sie brennt ununterbrochen, Tag und Nacht, die treue Verwandtschaft. Ich werde R wiedersehen, diese Erkenntnis dringt in jede meiner Zellen, und ich spüre nach langer Zeit etwas, das ich kaum wage, Glück zu nennen.

Vor dem Reiterhof in Petržalka, dem richtigen, dem, wo es geschah, hatte es schon einen anderen gegeben, in der Freizeitanlage Ekoiuvente, auf einem Hügel, nicht weit von meiner Grundschule entfernt, von der Treppe des imposanten Hauptgebäudes aus konnte ich sogar das Fenster meines Klassenzimmers sehen, und immer, wenn ich den Unterricht schwänzte und stattdessen auf dem Reiterhof war, hatte ich Angst, dass mich jemand sah, ach je, ich glaubte allen Ernstes, die Lehrerin könnte mich aus dieser Entfernung erkennen, zur Sicherheit duckte ich mich immer tief in die Sitzbank, wenn ich im Trolleybus nach Ekoiuvente an der Schule vorbeifuhr.

Und dort, bei Trainer Braňo im Freizeitpark, waren wir ein unzertrennliches Kleeblatt, Nina, Edita und ich, wir brannten für die Sache, für die Pferde, jeden Tag kamen wir und zankten, wer Maša reiten darf und wer Šumienka, und wem von uns dreien das Glück zufallen würde, die wilde Dakota zu kriegen, wir wetteiferten, welches Pferd am besten gestriegelt war, das glänzendste Fell hatte, die saubersten Hufe, wer den meisten Mist auf die Karre laden konnte und wer ihn am schnellsten auf den Misthaufen gekippt kriegte, wir waren oft bis zum Abend dort, ich sehe es noch genau vor mir, wie wir einmal auf der Treppe des hinteren Gebäudes standen, jenem am Waldrand, mit dem Schild Zoo über der Tür, und uns gegenüber die beiden Jungs, wie sie uns eine Weile nervten, sich bei uns einschleimten, uns mit Steinen bewarfen und unsere Pferde erschreckten, und wie wir ihnen kess zuriefen: Was wollt ihr eigentlich von uns, und wie der Größere von beiden dem Kleinerem zuraunte, ich nehme die Mittlere und du die außen. Noch Jahre später quälte mich das, denn in der Mitte stand – natürlich – Nina, die Schönste, Größte, Fescheste, und neben ihr wir beide – Edita und ich, und obwohl Nina hinter vorgehaltener Hand immer beteuerte, dass »die außen« ganz sicher ich war, Edita habe doch schiefe Zähne, eine plattgedrückte Nase und mache auch sonst nicht viel her, war diese Unsicherheit nie mehr von mir gewichen, zumal die beiden Jungs sich danach nie wieder blicken ließen, um uns zu nehmen.

Ich weiß nicht, wie Editas Leben weiter verlaufen ist, ich habe schon lange nichts mehr von ihr gehört, sie hat aber sicher Familie, einen Mann, Kinder, Arbeit, ein Haus, ein normales Leben, einen Alltag, und so war doch ich, und das ist wohl damals auch so gemeint gewesen, diese Dritte, die sich niemand aussuchte.

Es dauerte Jahre, ehe es meiner Psychiaterin in der Tehelná gelang, meine Medikamente richtig einzustellen, ehe sie die Ausschläge nach oben und unten so ausbalanciert hatte, dass ich weder extrem gedämpft und langsam noch übermäßig lebhaft und aufgekratzt war, dass ich unter Kontrolle war, unter ihrer, unter Mutters und unter meiner eigenen, und nicht irgendwohin entschwand, von wo aus man mich hätte auf die Erde zurückholen müssen, oder auf die gebrochenen Beine stellen, kurzum, dass ich ich selbst war, doch nur im Rahmen der vernünftigen, genau festgelegten Grenzen: ich selbst – von hier bis hier. Schluss.

Bis wir das hinbekamen, bis es ihr gelang, mich in diesen meinen kleinen, eingefassten Sandkasten zu sperren, damit ich hier mit meinen Förmchen Sandkuchen backen konnte, war mein Zustand meist in einer Depression gemündet, die immer wiederkehrte und bei der niemand genau sagen konnte, warum, jedenfalls niemand außer mir, nicht wahr, doch ich lag nicht tagelang im Bett wie andere, ich schaffte es, in die Tagesklinik zu gehen, ich dachte auch nicht ans Schluss machen, obwohl man mir das nicht immer glaubte, in den manischen Phasen hatte ich wiederum das Gefühl, die ganze Welt wäre nur für mich alleine da, bereit, von mir konsumiert zu werden, und ich streifte statt der Tagesklinik, statt der Kunst-Musik-Theater-Therapie tagelang durch Bratislava, ziellos und dennoch davon überzeugt, dass irgendetwas Grundsätzliches, Umwälzendes geschehen müsste, überzeugt davon, dass alles, was ich sah, die Leute, die ich traf, nicht zufällig hier waren, ich sah überall Zeichen, die nur mir galten. Es bedurfte harter Arbeit, vieler Jahre, ich musste auch die Realschule abbrechen, ja, tatsächlich abbrechen, ich könnte doch irgendwann dorthin zurück, selbst mit über dreißig, nicht wahr, doch inzwischen war das wohl kein Thema mehr, diese Bildungssache, jetzt, da es um das Leben selbst ging. Dass ich heute, mit einunddreißig, in der Lage bin, mich selbst einzuschätzen, meine Situation, dass ich mich aus einem gewissen Abstand betrachten kann – genau, immer aus einer gewissen Entfernung! –, habe ich einzig und allein meiner Psychiaterin zu verdanken.

Man muss aber nichts auf die Spitze treiben. Ich vertraue der Chemie, der Psychotherapie schon weniger. Mit anderen Worten – sie interessiert mich nicht. Abgesehen von dieser unvermeidlichen Gruppentherapie-Sache in der Tagesklinik, bei der ich mich nicht sonderlich hervortat, habe ich weiteres Zerpflücken abgelehnt. Ich absolvierte ein paar Sitzungen, doch wir mussten das Ganze bald wieder abbrechen, denn als sie mit Sätzen kam wie: Erinnern Sie sich daran, als Sie an der Donau verschollen waren?, oder: Können Sie sich an den Tag erinnern, als das Pferd starb?, fing ich an zu schreien, ich ertrug es nicht, dass jemand einfach so über Tristan und seinen Tod sprach, schon gar nicht, wenn es eine völlig fremde Person war wie diese liebe Psychologin, die nichts darüber wusste, ich schrie und warf mich zu Boden und lehnte es ab, mich zu beruhigen, ein voller Amoklauf. Darum blieb es bei den Medikamenten. Medikamente sind irgendwie greifbarer, sie lösen das Problem, sie regeln den momentanen und längerfristigen Zustand von Gemüt, Seele, Geist oder was auch immer gewünscht wird, sie stellen keine unangenehmen Fragen und sind darauf ausgerichtet, den Menschen wieder auf die Beine zu kriegen, anstatt ihn auseinanderzunehmen. Und heute kann ich wohl auch das sagen: Die Medikamente schaffen es, den Menschen wieder zusammenzusetzen, obwohl unterwegs eine Reihe von Splittern verloren gegangen sind, im Gras, in den Büschen am Ufer, einige bei Herrn Ble und seinen blank gewienerten Schlitten, und die wichtigsten, die wesentlichen, auf dem Reitplatz, hinterm Stall, bei den auf den Boden geschleuderten Eingeweiden.

Ich verband mit diesem ersten abenteuerlichen, man könnte sagen: improvisierten, Reiterhof in Ekoiuvente von Anfang an die Empfindung von Licht und Wärme. Dort, mit Trainer Braňo, der bereits ein Gegner des Systems war, als das Protestieren noch nicht in Mode war, fühlte ich mich so behaglich und erfüllt, wie ich es nie zuvor erlebt hatte, endlich wusste ich, wie man den Tagen einen Sinn geben konnte. Und auch Braňo mochte mich, seine erste Ivana, wie er immer sagte, er erließ mir auch den Mitglieds- und den Reitbeitrag, denn bei ihm zahlten alle, die nur gelegentlich reiten kamen, und ich war ja praktisch jeden Tag nach der Schule da, ich bekam am Ende sogar mehr Punkte als der Monat Tage hatte, denn die Wochenendeinsätze zählten doppelt, und ich habe mich wirklich nie gedrückt.

Einmal ritten wir auf dem unteren Reitplatz, ich auf Šumienka und Nina auf Máša. Braňo trainierte uns, er rief uns Anweisungen zu und dann stellte er sich auf einmal an den Baum, um zu pinkeln, Nina und ich guckten uns groß an, und als wir uns dem Baum näherten, konnten wir Schritt für Schritt alles immer genauer sehen, wir kicherten in uns hinein, Braňo war aber auch eine Type! Er hatte keine Lust, bis zum Klo im Zoo-Haus zu gehen, und so pinkelte er einfach auf den Reitplatz. Ich mochte ihn, er hatte lange, lockige Haare, einen lockigen Bart und er zog mit Handwerkern herum, die aussahen, als wären sie irgendeiner mittelalterlichen Gilde entsprungen, und ich hielt auch zu ihm, als er sich mit der Leitung überwarf und seine Pferde mitnahm, ich weiß noch, wie er den Chef anschrie, er sei eine hirnlose Schießbudenfigur, während ich auf der wilden Dakota saß und fieberhaft überlegte, was aus uns werden sollte, wenn Braňo wegging. Mir war klar, dass ich es nicht schaffen würde, jeden Tag nach der Schule bis zu ihm nach Lamač rauszufahren.

Am Morgen wache ich mit einem so guten Gefühl auf wie lange nicht mehr, ich taumele im Nachthemd durch die Wohnung, Mutter kommt gerade vom Einkaufen zurück, sie lädt die Taschen in der Küche ab, was rennst du hier barfuß herum, geh endlich deine Latschen suchen, ich gehorche und es verdirbt mir nicht einmal die Laune, ich setze mich zum Frühstück, quäle mir Brötchen, Käse und Radieschen hinunter und nehme die Medikamente ein, Hauptsache nicht auf den nüchternen. Ich hatte R schon oft im Fernsehen gesehen, als Teilnehmer an Diskussionsrunden, auch an diesen politischen, die Mutter immer guckt, doch in Wirklichkeit sah ich ihn gestern zum ersten Mal, ich hatte ihn davor nicht wirklich wahrgenommen, und dabei ist er so ein lieber, schöner. Obwohl: dass er schön ist, wusste ich schon. Eigentlich hätte mich das eher abschrecken müssen, mir haben schöne Männer im klassischen Sinn nie gefallen. Zuzka hatte sich über mich fast kaputtgelacht, als ich ihr beim Reiten gestand, dass mir der große Juraj gefiel. Denn alle Pferdemädchen standen auf den kleinen. Der große war wohl der bessere Reiter, er siegte bei mehr Turnieren, gewann mehr Medaillen, doch er war schrecklich dürr und hatte ein pockennarbiges Gesicht. Schon möglich, dass er keine so schönen Züge hatte wie der kleine Juraj, doch mir gefiel er. Ich schnitt mir aus den Reiterzeitschriften seine Fotos aus, klebte sie in mein Tagebuch und schrieb jedes Mal dazu, wie lieb ich ihn hatte, wie glücklich ich war, wenn er mich ansah, wie verzweifelt, wenn er es nicht tat, wie ich mich nach ihm sehnte, was für ein wahnsinnig genialer Reiter er war, und dann, als Höhepunkt, wie ich einmal sein Pferd im Schritt auf dem Parcours abreiten durfte. Am Ende hat Mutter das Tagebuch gefunden, unter dem Teppich in meinem Zimmer. Sie las es und erfuhr so alles. Über mich. Und sie machte mich fertig. Angeblich schämte sie sich für mich. Ich war zwölf. Von da an habe ich lieber kein Tagebuch mehr geschrieben.

Mit R muss ich also vorsichtiger sein. Das ist klar. Als sie mich am Vormittag fragt, was es bei Zuzka Neues gäbe, verschweige ich, dass ich noch andere Leute von ihrer Zeitung getroffen habe, ich sage nur – Zuzka geht es bestens, sie arbeitet weiter an dieser Interview-Serie mit den Schauspielern, eventuell wird das Ganze ja auch als Buch erscheinen, es hat sich schon ein Verlag bei ihr gemeldet. Mutter nickt, murmelt: Aber mit der Pauhofová hat sie etwas danebengegriffen, wer soll sich denn für die interessieren. Mir würden da so einige einfallen, ich zucke aber nur die Schultern und sage auch nicht, dass das Gespräch mit der Pauhofová im Netz die meisten Klicks hat. Als Mutter sich vor den Fernseher setzt und irgendeine Kochsendung einschaltet, greife ich mir unauffällig den Stapel Zeitungen und Zeitschriften, den Zuzka mir gestern mitgegeben hat. Ich beginne darin zu blättern, hier wird sich bestimmt etwas finden. Und plötzlich stockt mir das Herz. R. Nicht nur ein Text von ihm, sondern sogar sein Foto! Wahnsinn, diese Augen. Ob ich es ausschneide? Bloß wie, ohne dass Mutter es merkt. Ich werde warten müssen, bis sie die Zeitungen gelesen hat, bis sie sie aussortiert, bis sie sie in den Milchkarton zum Altpapier legt, das entsorgt werden muss. Erst dann werde ich R ausschneiden können. Ich werde ihn irgendwo verstecken, sie wird ihn nicht finden, sie darf ihn nicht finden.

Ich bin nicht mehr zwölf, aber ich weiß, dass es sonst genau wie damals kommen würde. Oder noch schlimmer. Ich beginne den Artikel zu lesen, philosophische Anthropologie, das Konzept von Gut und Böse, Instrumentalisierungen, kategorischer Imperativ, die Hälfte der Wörter verstehe ich nicht, doch ich lese mit wachsendem Interesse, und mit wachsendem Entsetzen. Mit Interesse, weil der Text mit so viel Energie und Engagement geschrieben ist, dass er mich völlig in seinen Bann zieht, und mit blankem Entsetzen, denn … für jemanden, der so schreibt, will ich, *ich!* mir einen Roman über Pferde ausdenken?! Ich schlage die Zeitung zu, gehe in mein Zimmer, setze mich ans Fenster, draußen fällt Schnee, er schmilzt am Boden, ich habe hier noch eine Pflanze, eine ganz kleine, sie steht auf dem Fensterbrett, denn sie braucht Licht, mein kleiner heimlicher Widerstand, meine kleine familiäre Revolte. Zuzka hat sie mir schon vor einer ganzen Weile mitgebracht, und ich freue mich unglaublich, dass Mutter, obwohl sie sie schon tausendmal gesehen hat, nie darauf kommen würde, dass ich hier, zwischen all meinen Palmen, Bambussen und Orchideen, auch Gras anbaue, Marihuana.

Ist das nicht albern? Wie viel Angst ich habe, dass Mutter mitkriegt, dass R mir gefällt? So lange hat mir keiner gefallen. Es ist seltsam, nach Jahren wieder so zu fühlen. Dabei war es in meiner Kindheit nicht nur der große Juraj. Ich fand schon Bärchen in Ekoiuvente toll. Wir nannten ihn so, obwohl sein Name Martin war. Ein Zivi, der die Pferde versorgte, die nach Braňos Weggang noch dort waren: die schwarze Upa, mein brauner Virbius und das weiße Pony Mišo. Bärchen sollte sich auch um die Tiere im Streichelzoo kümmern. Hasen, Meerschweinchen, Ratten, Mäuse. Er kümmerte sich, ohne Zweifel. Einmal schnappte er sich gemeinsam mit einem anderen Zivi ein Kaninchen und trug das quietschende und wild zappelnde Tier hinter den Stall. Ich kletterte heimlich aufs Dach und beobachtete, was sie taten. Der andere schlug das Kaninchen so lange gegen die Mauer, bis sein Schädel zerbrach, Bärchen drehte sich unterdessen angewidert weg. Hab dich doch nicht so, fuhr der andere ihn an, als er den toten Körper häutete, im Bett macht dir nackte Haut doch auch nichts aus, also, was zickst du hier so rum? Bärchen lachte, ich verstand nicht, was sie damit meinten. Zum Glück haben sie mich dort oben nicht entdeckt, das Kaninchen bereiteten sie sich natürlich in der Küche als Mittagessen zu.

Als ich das Jahre später Zuzka erzählte, brachte sie mir am nächsten Tag das Gedicht *Kaninchenschlachten* von Válek mit. Es gefiel mir wahnsinnig. Ich schnitt es aus und klemmte es unter die Glasplatte des Schreibtischs. Dagegen hatte Mutter nichts einzuwenden.

Ich fand Bärchen aber auch deshalb unwiderstehlich, weil er ein Motorrad hatte, ich hörte ihn schon von weitem heraufkommen, wenn ich die Mistkarre schob, er kam immer viel später zur Arbeit als ich. Ich träumte davon, dass er mich mal auf dem Motorrad mitnehmen und einfach mit mir wegfahren würde. Ich stellte mir vor, wie ich mich hinter ihn setze, meine Arme um seine Hüften schlinge und er beim Gasgeben das Vorderrad hochreißt. Doch er fuhr mit einer anderen weg, natürlich einer anderen Ivana. Sie war fünfzehn, hatte über den Knien aufgeschlitzte Jeans und langes blondes Haar, das sie offen trug. Wie hätte ich es mit ihr aufnehmen können mit meinen Leggings, der Brille und dem Pferdeschwanz? Ich war fast vier Jahre jünger und meine Brüste wuchsen auch noch nicht richtig.

Pony Mišo verstand meine Depressionen. Als Bärchen mit seinem Zivildienst fertig war und Upa und Virbius nach Kladrúb gebracht wurden, von wo aus sie geradewegs nach Italien in die Wurst wanderten, drehte das Pony vor Einsamkeit fast durch. Sobald es sein Spiegelbild in der verglasten Tür des Hauptgebäudes von Ekoiuvente sah, regte es sich extrem auf. Ich wusste nicht, wie ich es von dort wegkriegen sollte, es hätte beinah die Scheibe eingeschlagen, als es dagegensprang. Ja, nur Mišo war noch da, ich musste mich nach einem anderen Ort umsehen, wo es mehr Pferde gab.

Ich habe plötzlich Fieber bekommen, gegen Mittag war noch gar nichts, ich aß meine übliche Portion Szegediner Gulasch, nahm von den Tabletten nur eine, doch als Mutter und ich unseren Nachmittagsspaziergang zum Kuchajda-See machen wollten, wurde mir plötzlich schwindelig, ich wäre im Flur beinah hingeschlagen. Und dann – das Fieberthermometer, lass sehen, 38,6. Mutter nörgelte, das machst du bestimmt mit Absicht, damit ich heute überhaupt nicht rauskomme. Dabei war sie doch am Morgen einkaufen gewesen, ich war diejenige, die heute nicht rauskommen würde. Ich liege also im Bett, schlapp, es wird immer schlimmer, mein Körper fühlt sich an, als wäre er hohl, seine Oberfläche scheint zu pulsieren, die Pflanzen verschwimmen und verschmelzen zu einem großen grünen Fleck, den ich auch durch die geschlossenen Lider sehe, draußen schneit es, Mutter und ihre Hand auf meiner Stirn, du hast schon über 39, schluck das, trink aus, ich gehorche, nehme nichts wahr, von fern sickert ihre Stimme zu mir durch, wenn das so weitergeht, werde ich dir Wickel machen müssen. Wickel, denke ich, ich kann das Wort nicht einordnen, was für Wickel? Keine Ahnung warum, aber ich stelle mir Ballen vor, die Heuballen in Ekoiuvente, auf einem davon habe ich einmal eine Nacht verbracht, ich sagte Mutter damals, ich würde bei Edita schlafen, Edita sagte ihren Eltern, sie schlafe bei Nina, und Nina sagte, dass sie bei mir schlafe, und ich lag da auf diesem Heuballen und schaute zu den Sternen hoch, es muss Sommer gewesen sein, ich konnte unter freiem Himmel schlafen, es war der letzte Sommer dort, und dann weiß ich es wieder, Wickel, kalte Wickel, wie sie sie mir gemacht hatte, als ich ein Kind war. Ich stehe auf, obwohl sich mir alles dreht, draußen ist es schon dunkel, Mutter ist vorm Fernseher eingeschlafen, mit offenem Mund, keinerlei Bedrohung, dennoch bin ich vorsichtig, als ich ins Bad gehe, ich setze mich in die Wanne und lasse lauwarmes Wasser über mich laufen. Das lasse ich nicht zu, Wickel lasse ich nicht zu. Dieses Wasser tut mir gut, ich bin gerade dabei, im Sitzen einzuschlafen, da wummert Mutter gegen die Tür, schreit, mach auf, mach auf, warum hast du abgeschlossen, du weißt doch, dass hier manchmal das Schloss hakt, was, wenn du nicht mehr aufschließen kannst, mach endlich auf.

Ich bleibe ein paar Tage im Bett, doch die Temperatur steigt nicht mehr über 38, es ist nicht mehr so dramatisch wie am ersten Tag, ich schniefe, huste, telefoniere mit Zuzka, Zuzka bemüht sich, mich zum Lachen zu bringen, sie erzählt von einem älteren Kollegen, mit dem sie eine Reportage über einen Escort-Service machen sollte, und wie seine Frau in das Redaktionsbüro gerannt kam und es ihm verbieten wollte und sie ihm, als ihr das nicht gelang, anschließend den ganzen Tag hinterhertelefonierte, offenbar um sich zu vergewissern, dass sie journalistischen Abstand wahrten und dass sein Atem unverändert ruhig blieb, irre war das, hoffentlich werde ich nicht auch mal so eine eifersüchtige Hysterikerin, lacht Zuzka und schiebt hinterher, solche Probleme gibt's bei uns zu Hause nicht, ich glaube, mein Matjo würde sich nicht mal von seinem Power-Yoga und dem veganen Mittagessen ablenken lassen, wenn ich an einer Reportage über Stripper oder Gigolos arbeiten würde. Ich lache mit, höre ihr zu und frage nicht nach R, ich frage nicht, ob bei ihnen ein weiteres Treffen geplant ist, sie fängt von selbst davon an, sie werde mich, wenn ich wieder gesund bin, unter Leute bringen, was sollte sie sonst damit meinen, ich komme nicht dazu, zu reagieren, denn Mutter ruft, ich solle Zuzka grüßen, ich gebe es weiter, Zuzka grüßt zurück, dann unterhalten wir uns über etwas anderes. Es sind ruhige Tage, Mutter geht morgens einkaufen, sie ersetzt das Szegediner Gulasch durch Reisauflauf, aber nur für zwei Mahlzeiten, und gleich darauf folgt in schwindelerregendem Tempo Fisch mit Kartoffeln, ein ganzes Backblech voll, ich soll ihn aufessen, vielleicht bin ich ja inzwischen gesund, meine vollgeschnaubten Taschentücher liegen in der ganzen Wohnung verstreut herum, Mutter sammelt sie ein und entsorgt sie, ohne zu murren, sie ekelt sich nicht davor, nur einmal macht sie sich darüber lustig, wie ich mich schnäuzen würde, ich bitte dich, warum hältst du dir das eine Nasenloch zu, schnäuz dich doch wie ein normaler Mensch, durch beide Nasenlöcher, wer hat dir das bloß beigebracht, ich bestimmt nicht. Hat mir wirklich jemand anderes das Schnäuzen beigebracht? Ich weiß es nicht mehr, doch ich schnäuze mich von nun an heimlich, in meinem Zimmer, und falls es doch mal in einem anderen Bereich der Wohnung sein muss, dann so, dass sie es nicht sieht, warum sollte ich das eine Nasenloch beim Schnäuzen nicht zuhalten, ich habe das bei vielen Leuten gesehen, das ist auch normal! Nicht nur ihre Art ist richtig!

Während der Tage des Herumlungerns in der Wohnung – als würde ich sonst etwas Spannendes, Fesselndes tun – schaue ich alle Zeitungen durch, die wir im Haus haben, am Ende hole ich auch die alten aus dem Karton im Flur, auch dort findet sich etwas, ich reiße heimlich die Seiten heraus, auf denen etwas zu R steht, und lege sie in ein Buch in meinem Regal. Während Mutter am Vormittag einkaufen ist, wage ich es, mir ein paar Videos mit ihm im Internet anzuschauen, im Inkognito-Modus, ich glaube zwar nicht, dass sie meinen Verlauf kontrolliert, aber man kann nie wissen, besser, dort findet sich nichts davon. Und gleichzeitig denke ich darüber nach, was ich R erzähle, wenn er mich zu meinem Pferderoman-Projekt fragt, herrje, was sage ich ihm. Und in meinem Kopf kreist eine weitere, noch schlimmere Frage, was, wenn er es inzwischen vergessen hat, was, wenn er inzwischen vergessen hat, dass es mich überhaupt gibt?

Und es tauchen weitere Erinnerungsfetzen auf, auch jene äußerst unangenehmen, die ich schon längst vergessen hatte, die ich womöglich auch versucht habe, zu verdrängen, denn nicht nur Pony Mišo verlor beim Anblick des eigenen Spiegelbildes die Fassung, beim Reiten war Erotik überhaupt sehr präsent, sie lag in der Luft, zwischen den Menschen, zwischen den Pferden. Eines der ersten unappetitlichen Erlebnisse hatte ich, als ich zu einem Hengst in die Box ging und ihm ein Stück Zucker gab, er fraß es und leckte dankbar meine Hand und leckte sie dankbar weiter und immer weiter, es kitzelte mich an der Handfläche, doch ich ließ ihn weiter lecken, es war auch angenehm, also ein bisschen, wie ich mir eingestehen musste, diese warme, raue Zunge, doch dann sah ich mit Schrecken, wie der Hengst seinen ganzen Penis ausfuhr, fast einen Meter lang, schwarz, ins Rosa übergehend, und das war ein gruseliger Anblick, ähnlich gruselig wie jener ein paar Tage später auf dem Reitplatz, als ich denselben Hengst vorne aufgerichtet und den Schlauch ausgefahren einer rossigen Stute hinterherjagen sah, und das Bild war umso schlimmer, weil auf der Stute Simona saß und auf dem Hengst Roman, und dass Simona und Roman miteinander schliefen, war ein offenes Geheimnis, doch in jenem Moment wirkte es, als stelle Roman Simona nach, vor aller Augen, und als hätte er sich dafür den meterlangen Schwengel seines Pferdes ausgeliehen, oh Gott, fort, fort aus dem Kopf, damals war ich auch so schnell ich konnte aus der Box gerannt, nicht dass mich das Pferd auch noch besprang.

Pfui, diese Tiere, sie sind den Menschen extrem ähnlich, nur dass es bei ihnen keinerlei Filter gibt, kein Mäntelchen für die Manieren, sie kommen gleich zur Sache, wie oft habe ich im Park gesehen, dass ein Hund eine heiße Hündin bespringt, einmal am Hintern schnuppern und hopp, schon geht's zur Sache, ohne überflüssiges Geziere und Getanze, umso lieber sind mir die Pflanzen, sie fahren wenigstens nichts aus, wenn man sie gießt.

Mutter erzähle ich nichts von R und den anderen, nur von Zuzka, Zuzka ist die einzige Freundin, die Mutter mir erlaubt, die sie toleriert, doch selbst das Treffen mit ihr wäre um ein Haar geplatzt – wie passend dieses Bild, denn als ich nach knapp einer Woche wieder gesund war und Zuzka mich am Freitag treffen wollte, erklärte Mutter, dass sie uns einen Termin beim Friseur machen würde, genau für Freitag, davor sei es ja nicht möglich gewesen, ich sei ja krank gewesen und sie habe sich um mich gekümmert, wie sie nicht zu betonen vergaß, sie fuhr sich mit der Hand durchs Haar, der Haaransatz ist schrecklich, so rausgewachsen, ich muss nachfärben lassen, und dich nehme ich mit, ich kann deine ausgefransten Spitzen nicht mehr sehen, ich war kurz vorm Explodieren, Mama, ich war doch eine ganze Woche lang nicht draußen und zum Friseur kann ich auch ein andermal gehen. Du kannst dich mit Zuzka auch ein andermal treffen, fertigte sie mich ab, am Ende gab Mutter aber nach, das heißt, die Friseuse hatte, wie sich herausstellte, Freitag doch keine Termine mehr frei, das war meine Rettung, sicher hätte ich Zuzka auch ein andermal treffen können, dachte ich im Stillen, doch R, R kann ich nur an diesem Freitag sehen.

Auf dem Weg zum Treffen bin ich sehr nervös, ich zeige es Zuzka nicht, doch im Kopf gehe ich noch einmal alle Artikel durch, die ich von R gelesen habe, alle seine Gedanken, die Ansichten, denen ich zustimmen will, ich versuche auch, mir sein Interesse am Weltgeschehen, das mir bisher fehlte, zu eigen zu machen, zum Schluss lege ich mir im Geist die Worte zurecht, mit denen ich das geplante »Buch über Pferde« umreißen werde, ja, auch darauf bereite ich mich so leidlich vor. Doch als wir ankommen, als ich R mit klopfendem Herzen erblicke und als mir auch noch der Platz neben ihm zufällt, kann ich nichts von dem präsentieren, was ich mir zurechtgelegt habe, denn eine junge Frau mit kurzem braunem Haar und einem Haufen Schmuck – ich habe nicht die geringste Ahnung, wer das ist, Zuzka hat uns nicht bekanntgemacht – berichtet gerade von einer gewissen Marie Kondo und dass sie ihr Heim nach deren Grundsätzen eingerichtet habe, und alle beginnen sich darüber zu unterhalten, alle scheinen dieses Buch gelesen zu haben, alle schaffen nach diesem Prinzip Ordnung, obwohl sie sich mit Details zurückhalten und lachend ironische Kommentare einstreuen, ein untersetzter Typ erklärt sogar, er sei nach der Lektüre ihres Buches in sich gegangen und ihn würden nicht mal mehr die Socken nerven, er rolle sie jetzt nicht mehr zu einem Knäuel, sondern lasse sie atmen, ja, werte Anwesende, ruft er, die Fäden in den Socken müssen atmen, sie müssen sich befreien, schließlich arbeiten sie den ganzen Tag über, eingepfercht in diesen engen Spalt zwischen unseren muffigen Füßen und den Schuhen! Da schaltet sich auch

Zuzka ein, sie stapele nämlich die Pullover nicht mehr übereinander, sondern nebeneinander und sei völlig begeistert, wie viel Platz nun im Schrank sei und wie alles mit einem Blick zu überschauen war, der ganze Schrankinhalt, ich beobachte R aus dem Augenwinkel, ob auch er bekräftigen wird, dass das wunderbare Aufräumsystem sein Leben verändert hat, doch er lächelt nur, trinkt von seinem Gespritzten und hört den anderen zu.

Ich falle immer mehr in mich zusammen, während ich ihnen zuhöre, es gibt nichts, was ich beitragen könnte, ich fühle mich äußerst ungesellig, ich habe das Gefühl, dass ich wirklich nicht dazugehöre, dass ich dieses Mal kein einziges Wort mit R wechseln werde, obwohl er direkt neben mir sitzt, und das deprimiert mich, und Zuzka wird es auch nicht mehr wagen, mich hierher mitzunehmen, wozu bin ich überhaupt hergekommen, was mache ich hier, eine ältere Journalistin berichtet gerade, dass sie an einem Beitrag über das japanische Phänomen der Hikikomori schreibe, der Sich-Einschließenden, dieser jungen Japaner, die sich jahrelang verschanzen und nur übers Internet kommunizieren, höchstens nachts würden sie ihr Zimmer verlassen, um das Tablett mit Essen reinzuholen, das ihnen die fürsorglichen Eltern hingestellt haben, und denkt bloß nicht, so die Journalistin am Ende, dass so etwas nur in Japan vorkommt, solche Fälle sind aus der ganzen Welt bekannt, und ich glaube ihr aufs Wort, ich kann mir einen derartigen Fall auch in der Vajnorská in Bratislava vorstellen, und ich denke im Stillen, dass sich jetzt gleich R einschalten wird, er wird ein paar zusammenfassende Bemerkungen zur japanischen Gesellschaft machen, sicher weiß er alles darüber, er hat studiert, hat Durchblick, hat eine Erklärung, und tatsächlich meldet sich R, nein, nicht zum japanischen Aufräumen und auch nicht zu den Sich-von-der-Welt-Abkapselnden, er beugt sich wie zufällig zu mir herüber und fragt leise: Haben Sie Lust, mit rauszukommen zum Rauchen?, ich fahre vor Überraschung hoch, von einer Sekunde auf die andere schießt mir das Adrenalin ein.

Wir schieben uns zwischen den Stühlen und den anderen Journalisten durch, Zuzka zwinkert mir sogar zu, vielleicht rede ich es mir aber auch nur ein, schon stehe ich mit R vor dem Café, und obwohl es genau so ist, wie ich es mir erträumte, habe ich nicht die geringste Ahnung, was ich jetzt sagen soll, ich kann doch nicht einfach so anfangen, ich schreibe in meinem Roman über …, doch R kümmert das nicht, er hilft mir in die Jacke, denn es ist kalt, höchstens null Grad, auch er hat einen Mantel an, er wickelt sich den Schal um den Hals, zündet sich eine Zigarette an und lächelt mich an, mir scheint, wir beide sind hier die Einzigen, die noch nicht auf Futons schlafen. Und obwohl ich nicht weiß, was genau ein Futon ist, lache ich mit und erzähle ihm, dass ich eine Woche krank in der Wohnung eingesperrt war und beinahe verrückt geworden wäre, weil ich nicht rauskonnte, und wie unglaublich froh ich jetzt sei, endlich an die Luft zu kommen, und ich fahre aufgekratzt fort, dass ich seinen Artikel in der Zeitung gelesen hätte – ich traue mich nur, den letzten, aktuellsten zu erwähnen, damit es nicht auffällt – und wie interessant ich seine Ansichten zum Konzept von Gut und Böse fände, bis er mich tatsächlich fragt, er hat es nicht vergessen!, wie es mit meiner Arbeit am Roman vorangehe, gut, sage ich, ich sei nur wegen der Krankheit etwas im Rückstand, und damit habe ich endlich die Gelegenheit, vor ihm auszuschütten, die Hauptheldin sei ein Mädchen, das in seiner Freizeit reite, auf dem Reiterhof bei Herrn Ble, der selbst viel reite und zudem Chef eines Automobilwerkes sei, die Handlung spiele in der Zeit des harten Mečiarismus, des Turbokapitalismus, und das Mädchen treffe dort auch auf Kinder von Neureichen, die meinen, sich alles erlauben zu können, ich schreie es fast, arrogant sind sie, impertinent, widerlich, das Buch handele von Ungerechtigkeit, von Ausbeutung, doch hier komme ich ins Stocken, war das vielleicht zu viel, vielleicht wirkt das ja kindisch, doch R lächelt noch immer und erklärt unvermittelt, Sie müssen es mir dann zum Lesen geben, und ich bin im siebten Himmel und denke in diesem Moment nicht einmal ansatzweise daran, dass ich nichts zum Herzeigen haben werde.

Als wir uns im Café zu unseren Plätzen durchzwängen, fahre ich im Kopf fort zu erzählen, dass das Mädchen dann eines Tages verschwindet, drei Tage auf der Getreideinsel herumirrt, aus Pfützen trinkt und nichts als ein paar Beeren und Pflanzen isst, vielleicht ja auch ein paar Wurzeln? Oder es weidet auf der Wiese wie ein Pferd, das Mädchen wird vollkommen verwirrt aufgegriffen, wie in dem Film *Die wilde Bára* – und wer hat sich hier in deinem Haar ein Nest gebaut, mein Mädel? Und seither kümmert sich die Mutter um das Mädchen und es bezieht Invalidenrente.

Eigentlich sind Pflanzen genauso, Pflanzen präsentieren ihre Reproduktionsorgane genauso protzig wie Tiere, ihre Blüten, die Staubbeutel, die Stempel, sie vermehren sich vor aller Augen, man kann dem nicht entgehen, es ist überall, überall das Gleiche. Doch den Pflanzen verübele ich es nicht, ich mag Pflanzen, nicht wegen der Pracht ihrer Blüten wie die meisten Leute, auch nicht wegen ihres Duftes, sondern vor allem wegen ihrer scheinbaren Regungslosigkeit, ihrer Beständigkeit, die mich beruhigt, und wegen ihrer Widerstandskraft gegenüber Quälereien, einer Pflanze kann man nicht so schnell ein Leid antun, wenn ich einen Zweig abbreche, seufzt sie nicht, aus den Wunden fließt kein Blut, als hätte sie es nicht einmal gemerkt, ihr wächst ein anderer Zweig, nichts passiert, ich kann sie auch ganz ummähen, solange die Wurzel in der Erde bleibt, sprießt sie von Neuem, und wenn ich sie mitsamt der Wurzel ausreiße, wird sie es mir auch nicht krummnehmen, sie wird mich im letzten Augenblick ihres Lebens nicht vorwurfsvoll anschauen, wird sich nicht wehren, ums Überleben kämpfen, und mir wird es höchstens einen Moment leidtun, nur einen kurzen, dann werde ich sie schon wieder vergessen haben, ich trage sie im Plastiksack hinunter in den Container im Hof, und am nächsten Tag kaufe ich mir eine neue, schönere, bessere.

Als ich mit siebzehn aufhörte, in die Tagesklinik zu gehen, fragte mich meine Psychiaterin, was ich gern machen würde, worauf ich Lust hätte, da ich nun die Schule abgebrochen hätte, und ich antwortete, dass ich mich gern um die städtischen Grünanlagen kümmern würde, um Parks, um Hecken und Beete, die Psychiaterin lachte und erklärte, sie habe viele Downs, die sich um das städtische Grün kümmerten, das sei für sie genau das Richtige. Und so habe ich mir im Zimmer eine Grünanlage geschaffen, durch die Vermittlung einer von Mutters Bekannten verdiene ich mir seit ein paar Jahren etwas mit dem Bemalen von Überraschungsei-Figuren dazu, handbemalt, genau, in Heimarbeit, es sind nur ein paar Stunden pro Woche, und was das Beste an dieser Arbeit ist – sie wirkt beruhigend, genau wie diese Ausmalhefte, die es jetzt überall in den Buchhandlungen gibt, Zuzka hat mir zu Weihnachten eins geschenkt, doch für mich ist das nichts, da bemale ich lieber Schlümpfe, darüber freut sich dann ein Kind. Ich hatte als Kind in meinem Zimmer ein ganzes Regalfach für die Figuren aus Überraschungseiern reserviert, wir haben sie sogar noch, Mutter erlaubt mir nicht, sie wegzuwerfen, du willst immer alles wegschmeißen, als würde alles auf den Bäumen wachsen! Sie hat sie in eine Plastikdose gepackt und auf den Dachboden gebracht, die Entsorgung ist aufgeschoben.

Wir waren auch Heu machen, für die Pferde, damals noch mit Braňo, er mähte immer die ganze Wiese und wir harkten mit dem Rechen hinter ihm alles zusammen, Nina, Edita und ich, die treuesten Mitglieder seines improvisierten Klubs, wir harkten das Gras immer zu Haufen zusammen, luden es auf und legten es auf den Heuböden zum Trocknen aus, das ganze Areal mähten wir, doch es reichte nicht, Braňo ließ uns auf die Ladefläche klettern und fuhr uns durch die Stadt, einmal hielt er im Villenviertel Unter der Kiefer, bei irgendeinem Wasserwerk, da war eine große Fläche, wir brauchten drei Tage dafür, danach brachte er uns zu einer Bahnstation unter einer Hochspannungsleitung, wir harkten uns zwischen Tennisplätzen durch die Nachmittage, ich werde nie vergessen, wie mir der Schweiß herunterlief, ich fühlte mich schon fast wie eine Leibeigene, doch ich machte es gern und freiwillig, ich harkte voller Lust und Elan, wir lachten ununterbrochen und veralberten uns gegenseitig. Damals begleitete uns Pišta, der einzige Junge, der etwas taugte, Edita steckte uns, dass sie miteinander gingen und sich küssten, wenn Nina und ich hinterm Haus harkten, wir hörten ihr staunend zu, uns wäre nie eingefallen, bei Pišta nachzufragen, ob das stimmt, uns seine Version anzuhören, ich beneidete Edita um diesen Freund, ich war zu jener Zeit noch nicht gewohnt, die Worte anderer Leute anzuzweifeln, denn ich selbst dachte mir nie etwas aus, ich log nicht, und im Prinzip denke ich mir bis heute sehr selten etwas aus, und dann auch nur, wenn die Umstände mich dazu zwingen, doch ich tue es nie, um mich in ein besseres Licht zu rücken, um mich vor jemandem zu brüsten, und so ist es auch wahr, dass wir vom Heumachen immer ganz zerschundene Waden und Schenkel hatten, zerkratzt und zerstochen, verbrannt von der Sonne und übersät mit blauen Flecken.

Lügen, etwas vertuschen muss ich bei Mutter, das ist klar, und als ich am Montag durchs Wohnzimmer gehe und gegen Ende der Abendnachrichten R im Fernsehen sehe, bemühe ich mich, so unbeteiligt wie möglich zu tun, ich nehme mir eine Handvoll Nüsse vom Couchtisch und setze mich in den Sessel, als wäre es das Normalste auf der Welt, dass mich die Abendnachrichten interessieren. Mutter beachtet mich zum Glück nicht, R ist bei irgendeiner Veranstaltung, im Hintergrund spielt eine Kapelle, die Journalistin fragt ihn, was sein Thema sei, an wen er sich wende? oh Gott, wie? was sagt sie da? das kann doch … Ein heißer Blitz durchfährt mich, als ich begreife, worum es geht, R hat ein Buch geschrieben, R hat heute, genau drei Tage nach unserem Treffen, seinen Roman, der in einem großen – natürlich wieder in diesem großen! diesem bedeutenden und prestigeträchtigen – Verlag erschienen ist, der Öffentlichkeit vorgestellt. Nach den Kulturnachrichten schaltet Mutter zu den Tschechen um, ich sitze da, wie peinlich das ist, ich kann mich nicht rühren, kann mich nicht vom Sessel erheben, und ich habe ihm am Freitag dieses Zeugs von einem »Pferderoman« erzählt, das obendrein zusammengesponnen war, während er genau in diesen Tagen ein richtiges – ein richtiges! – Buch veröffentlicht hat. Und was noch schlimmer ist – er hat es mir gegenüber mit keinem Wort erwähnt. Hat es nicht einmal angedeutet. Oh Gott. Ich bin für ihn ein Nichts. Irgendeine Ivana, die versucht zu schreiben. Solche Ivanas kennt er bestimmt massenweise. Mit solchen Ivanas könnte man die Donau zuschütten. Solche Ivanas sind einen Scheiß wert.

Mich erschüttert schon allein die Tatsache, dass R ein Buch geschrieben hat. Am Abend kann ich nicht einschlafen. Ich liege im Bett und mein Zimmer kommt mir vor wie ein nächtlicher Dschungel. Überall sind die Schatten meiner Pflanzen. Die Wedel der großen Palme reichen fast bis an meine Füße. Mutter behauptet, Vater habe sie gezogen. So wie man das eben macht, aus einem Dattelkern. Er sei zu faul gewesen, ihn in den Mülleimer zu werfe, und habe ihn in den Blumentopf gespuckt. Und dort ist die Palme gewachsen. Und sie wuchs und wuchs, er kam mit dem Umtopfen kaum hinterher, im Sommer brachte er sie raus in den Garten, damit sie an die Sonne kam, er goss sie mit dem Schlauch, und als er starb und das Haus verkauft wurde, war die Palme zu schade zum Wegwerfen, und obwohl sie schon damals riesig war, ließ Mutter sie sich in ihre erste Wohnung bringen, auf den Burghügel, und später brachten die Leute von der Umzugsfirma sie mit dem restlichen Mobiliar hierher, in die Vajnorská. Ich kann mich daran aber nicht mehr erinnern, als Vater starb, war ich vier. Ich überlege, ob R ebenfalls Pflanzen mag, ob er welche in seinem Zimmer hat und ob er in diesem Moment vielleicht auch irgendwo im Bett liegt. Möglicherweise gar nicht weit von mir, sicher irgendwo im Zentrum. Oder – ich will es nicht, doch der Gedanke drängt sich auf, es gelingt mir nicht, ihn zu verscheuchen – er ist noch draußen, was ist auch dabei, es ist gerade erst Mitternacht, er ist in der Stadt unterwegs, feiert das Erscheinen seines Buches, betrinkt sich in irgendeiner Bar oder … er ist vielleicht mit jemandem zusammen.

Und sie springen mich von überall her an, diese Bilder von R mit einer Frau, ganz bestimmt einer schönen, in einer Bar, im Bett, und ich spüre, wie mein ganzer Körper in Sekundenschnelle von Stress geflutet wird, der Kopf produziert ihn, von dort kommt alles Schlechte, dort quillt es immer hervor, mir ist zum Heulen, ich bin wie erschlagen, unfähig, mich zu rühren, die Augen starren ins Dunkel, einer wie er ist bestimmt mit jemandem zusammen, ich habe Zuzka nie danach gefragt, doch danach muss man auch nicht fragen, es ist einfach logisch, warum sollte er auf irgendeine bekloppte Ivana warten, nichts bin ich, für ihn, für alle, nur eine Belastung für meine Mutter. R kann jede Frau haben, die er will, Schauspielerinnen, Models oder Journalistinnen wie diese Brünette mit den vielen Kettchen, die bei dem Treffen von der Japanerin mit den bahnbrechenden Aufräummethoden erzählte. Ich ertrage es nicht, mir ist klar, dass ich keinerlei Ansprüche oder Rechte auf ihn habe, nicht einmal das Recht, ihn anzusprechen: Entschuldigen Sie, dürfte ich kurz …, nicht einmal das Recht, es zu denken, und dennoch ertrage ich es nicht. Mitternacht, Mutter ist im Wohnzimmer sicher vor dem Fernseher eingeschlafen, ich habe es schon etwas weggeatmet, jetzt muss ich es noch schaffen, dass das Blut im Körper wieder zu zirkulieren anfängt. Ich versuche langsam, das Bein zu bewegen, es klappt, obwohl es etwas abgestorben scheint. Ich bin kein bisschen müde, ich bin munterer als am Tag und ich weiß, dass das ein schlechtes Zeichen ist. Ich weiß, dass ich nicht schlafen werde. Meine übliche abendliche Medikamentendosis kommt einfach nicht gegen die Vorstellung von R mit einer anderen Frau an. Es wird nötig sein, zu etwas Stärkerem zu greifen.

Ich setze mich auf, ich stehe auf. Die Wohnung ist still, doch als ich die Zimmertür öffne, sind da leise Stimmen und der blaue Schimmer des Fernsehers, meine Vermutung war richtig. Vorsichtig gehe ich weiter zur Küche, Hauptsache kein Lärm, Mutter hat einen leichten Schlaf. Ich ziehe die Medikamentenschachtel heraus und krame darin, Xanax taugt nichts, Neurol kenne ich nicht, es ist von Mutter, ich habe es noch nicht probiert, lieber nichts riskieren, aha, hier ist es. Rivotril. Das wirkt immer, auf Rivotril ist Verlass. Ein Medikament gegen Epilepsie, zum Lockern der Muskeln, bei mir lockert es auch das Gehirn und die Gedanken. Ich gebe fünf Tropfen auf einen Teelöffel, dieser penetrante Geschmack, ich habe ihn im ganzen Mund. Ich lege mich wieder hin und ungefähr fünf Minuten später merke ich, dass ich allmählich in den Schlaf sinke, ganz ruhig bin ich schon, R kann mit ganz Bratislava herumhuren, im Moment ist mir das völlig egal. Das Letzte, was in meinem Kopf aufblinkt, ist das Wort Rohypnol. Rohypnol, Rohypnol, es klingt mir so bekannt, was war das gleich … ich komme nicht darauf, der Dschungel hat mich schon verschlungen.

Am nächsten Tag bin ich in der Buchhandlung, R's Buch bildet direkt neben dem Eingang eine Pyramide, ich nehme vorsichtig ein Exemplar herunter, starre das Foto auf dem Einband an, Wahnsinn, das Herz pocht mir im Hals, wie immer, wenn ich ihn sehe, ja, das ist er, und wir kennen uns, vor vier Tagen habe ich vor dem Café gestanden und mich mit ihm unterhalten! Ich blättere in dem Roman, lese hier und dort einzelne Sätze, worum geht es überhaupt, ich überfliege den Klappentext, doch er sagt mir nicht viel, es ist auch nicht wichtig, nur dass es seins ist, es sind seine Gedanken, es entsprang seinem Kopf, ich möchte das Buch wahnsinnig gern haben, was heißt hier, ich möchte, ich brauche es unbedingt! Doch als ich es zuklappe und auf den Preis schaue, wird mir fast schwindelig, 16 Euro, 16 Euro werde ich Mutter gegenüber nicht rechtfertigen können.

Und überhaupt, wie sollte ich vor Mutter den Besitz dieses Buches rechtfertigen?

Anfangs habe ich noch Angst, dass mein teuflischer Plan nicht aufgeht, wenn ich Zuzka gegenüber nicht Farbe bekenne, doch Zuzka ist meine Zuzka, und sie wird es auch immer bleiben, da kann sie Interviews mit allen Schauspielern der Welt führen, und so muss ich ihr tatsächlich nichts erklären, es reicht, am Telefon zu erwähnen, ich hätte R bei der Präsentation seines Buches im Fernsehen gesehen, und Zuzka versteht sofort, worum es mir geht, sie schlägt vor, mir ein Buch zu besorgen und mir am Nachmittag bei unserem Treffen im Café – obwohl Mutter wieder nörgelt, wie wir es jemals zum Friseur schaffen sollen, wenn ich ständig draußen herumlungere – auch gleich das Buch dieser verrückten Japanerin, wie sie immer sagt, zu geben. Und schiebt lachend hinterher: Damit du endlich anfängst, euren Dachboden auszumisten, wenn Mama einkaufen ist! Ich lache unsicher, wenn sie so redet, schäme ich mich immer etwas, denn ich muss daran denken, wie ich über Mutter hergezogen bin. Hier – sie reicht es mir über den Tisch – ein Gruß von unserem lieben R, du hast sogar eine Widmung. Aufgekratzt starre ich auf die mit Kugelschreiber gekritzelten Worte, ja, da steht, für Ivana, ich habe keine Ahnung, ob er meinen Namen noch wusste oder ob Zuzka ihn daran erinnert hat, ach was, er war ihm sicher von selbst eingefallen, wo kämen wir denn hin, wenn er nicht mal mehr meinen Namen wüsste. Er war es, der mit mir zum Rauchen vor die Tür gehen wollte, das hat schließlich etwas zu bedeuten, vielleicht nicht viel, aber etwas mit Sicherheit. Er widmete mir seine Aufmerksamkeit, sein Interesse, und jetzt habe ich auch sein Buch. Ich höre kaum noch zu, als mir Zuzka bis zum Ende unseres Treffens vom schwierigen Zusammenleben mit ihrem Freund berichtet, der süchtig danach ist, stundenlang vor dem Fernseher Kraftsport zu machen, ich freue mich die ganze Zeit über das, was ich habe, was ich habe und was mir niemand nehmen kann, obwohl … ein plötzlicher Gedanke zieht mich herunter, wegnehmen wird sie es mir kaum können, aber sie könnte unangenehme Bemerkungen darüber machen, wenn sie es sieht.

Als ich von unserem Treffen heimkomme, bin ich fest entschlossen, das Buch zu verstecken und es heimlich zu lesen, vielleicht nachts, ich kann sowieso nicht schlafen, und vom Rivotril abhängig will ich auch nicht werden, nicht von noch einem Medikament! Außerdem schlägt mir das Herz noch immer bis zum

Hals, ich hätte Zuzka nämlich beinahe, aber auch nur beinahe, gefragt, ob R eine Freundin hat, doch die Frage war irgendwo im Hals steckengeblieben, eigentlich will ich es gar nicht wissen, mir ist ja klar, dass er eine hat, warum mich noch mehr quälen mit der Gewissheit, mit diesen Bildern, mir reichen schon die, die mein Kopf ohne Zündstoff produziert. Ich verstecke R, Mutter übergebe ich die mitgegebenen Zeitschriften und Zeitungen und präsentiere in der Mitte des Schreibtisches das Buch der verrückten Japanerin. R zu lesen ist wie ein Sport, bei dem einem das Adrenalin einschießt, immer wenn ich eine Bewegung in der Wohnung höre, Mutters Schritte im Flur, werfe ich das Buch unters Bett und vertiefe mich in die bahnbrechenden Aufräummethoden, Mutter interessiert sich aber nicht für das, was ich lese, ihr genügen diese Zeitschriften, umso besser, dafür muss ich mir recht schnell eingestehen, dass mir das Buch übers Aufräumen besser gefällt, also ich möchte nicht missverstanden werden, das Buch von R ist wunderbar, klug und tiefgründig, ich verstehe bloß nicht sonderlich viel, während mir die Anweisung »Werfen Sie alles weg, was Sie nicht mögen!« viel mehr einleuchtet, es ist nun mal so, ich bin oberflächlich und ungebildet, ich denke mehr über die Sachen auf dem Dachboden nach und darüber, ob sie sich nicht doch unauffällig sortieren ließen, man weiß dort oben ja wirklich nicht mehr, wo man seinen Fuß hinsetzen soll, als über die Geschichte von Abel, der durch irgendeinen biblischen Raum irrt, in dem sich alle Sprachen der Welt vermischen, obwohl ich genau weiß, dass ich mich zu diesem Dachboden nie durchringen werde.

Doch dann passiert doch noch etwas, kurz nach dem Friseurbesuch, als Mutter mir die frische Wäsche in den Schrank packt, und was passiert, ist gruselig. Als ich die Bemerkung mache, mir wäre es lieber, wenn sie meine Socken nicht zu solch einer Knolle zusammenrollen würde, es genüge, sie einmal zu falten, damit die Fasern sich erholen könnten, starrt Mutter mich fassungslos an – und ich beginne hastig zu erklären, ich hätte gelesen, dass es so besser sei, doch bei diesen Worten ist es mit ihrer Beherrschung endgültig vorbei, sie rastet völlig aus, lässt mich nicht mal ausreden, ich koche jeden zweiten Tag für dich, ich kaufe für dich ein, mache für dich sauber, ich wasche und bügele für dich und sortiere die Sachen auch noch in den Schrank, damit du da Ordnung drin hast, denn allein würdest du das nie hinkriegen, und du wagst es, mich wegen irgendwelcher gerollter Socken zu schikanieren?! Was würdest du dir denn noch alles wünschen, ich kann nicht noch mehr deine Dienerin sein als bisher, das ist eine absolute Ungeheuerlichkeit, du rührst keinen Finger, hängst den ganzen Tag hier ab, gammelst draußen rum und obendrein bist du auch noch so dumm, dass du jeden Blödsinn glaubst! Hätte jemand geschrieben, dass der Körper besser durchblutet wird, wenn wir auf dem Kopf stehen und mit den Ohren wackeln, könnte ich schwören, du würdest von mir verlangen, mich sofort auf den Kopf zu stellen, jeden Schwachsinn, den du liest, nimmst du ernst, ist denn das die Möglichkeit?! ich rolle mein ganzes Leben lang die Socken zu Knollen und noch nie hat sich irgendeine Socke beschwert, dass ich ihre Fäden überdehnt hätte! Mutter schreit nun richtig, knallrot ist sie, einen solchen Ausbruch habe ich schon lange nicht mehr erlebt, ich sitze bestürzt auf dem Bett und wage es nicht, zu mucksen, während sie vor mir demonstrativ alle Socken zusammenrollt und ins Regalfach des Schranks schleudert – wie würde das scheppern, wären es nicht Socken, sondern Kochtöpfe – und zum Schluss die Tür meines Zimmers zuknallt – was nun wirklich scheppert.

Ich bleibe auf dem Bett sitzen, nage an meinen Fingernägeln, ich weiß, dass ich das nicht hätte sagen sollen, ich weiß, dass Mutter recht hat, sie tut alles für mich, kümmert sich immer um mich, hat sich das ganze Leben lang für mich aufgeopfert, aber ich habe doch nie von ihr verlangt, dass sie mir die Sachen in den Schrank sortiert, ich habe ihr schon mehrmals vorgeschlagen, es selbst zu tun, sie hat mein Angebot aber zurückgewiesen, ich würde das sicher nicht ordentlich machen. Ich schaue mich um, das wird sie mir nicht so schnell verzeihen, mir scheint jetzt wirklich, dass ich etwas Ungeheuerliches gesagt habe, aber ich hatte doch vor, die Socken selbst so zusammenzulegen, ich wollte ihr das vorschlagen, doch ich werde es ihr nicht mehr erklären können, mein Blick bleibt an der Dieffenbachie hinter dem Schreibtisch hängen, an ihren schönen grünen Blättern mit den weißen Flecken, ich reiße spontan eins davon ab, aus dem abgerissenen Stück quillt Flüssigkeit, ich beginne, das Blatt zusammenzupressen, in Schnipsel zu reißen, zu zerpflücken, als würde ich Blätter für er-liebt-mich-er-liebt-mich-nicht abrupfen, aber nichts dergleichen, am Ende knautsche ich die Schnipsel mit beiden Händen zusammen, ganz klebrig werden sie davon, ich führe eine Hand zum Gesicht, rieche daran und fahre leicht mit der Zunge darüber.

Ich lege mich hin, das Gift zeigt bereits Wirkung, meine Hände werden rot, brennen, ich hatte da auch ein paar Wunden, es ist ins Blut übergegangen, vielleicht rede ich mir das aber auch nur ein mit meinem Hang zur Übertreibung, vielleicht passiert ja nichts, vielleicht merkt niemand etwas, mein Blick fällt auf die Bambuspflanzen, ach je, ich müsste sie gießen, sie haben in ihren Schalen keinen Tropfen Wasser mehr, aber ich stehe nicht auf, ich mache nichts, ich fühle mich wie von mir abgekoppelt, wie innen hohl, es dreht sich leicht in meinem Kopf, mir wird übel, die Gedanken flirren umher, sind irgendwo, irgendwo bei dem kleinen und dem großen Juraj, was war das schon, kindliche Liebeleien, für mich war das bis heute alles, hätte ich mich etwa in sabbernde, durch Medikamente betäubte oder aufgekratzte Patienten der Tagesklinik von Petržalka verlieben sollen, ach, immer spielt sich alles in Petržalka ab, die wichtigsten Ereignisse meines Lebens, der Traum, ein Pferd schweben zu lassen, als das Springturnier auf dem Reiterhof ausgetragen wurde und unsere Pferde ein paar Tage auf der Rennbahn untergestellt waren, der Traum, mit Tristan auf die Rennbahn zu gehen, und zu verdrängen, dass er ein alter Klepper ist, der schon in den Schulbetrieb abgeschoben wurde, und daran zu glauben, dass ich ihn zum Schweben kriege, denn Schweben bedeutet, wenn das Pferd im Galopp einen Moment lang mit allen Hufen vom Boden abhebt, nur wie soll Tristan das hinkriegen, aber ich habe es doch noch nie erlebt, dieses Gefühl, das man nur hat, wenn man fliegt, und so ramme ich ihm die Fersen in den Bauch und galoppiere hinter Zuzka her, die mit der lebhafteren Penelope, die manchmal ausschlägt, vorgaloppiert ist, und ich stemme mich in die Steigbügel, klemme den Sattel zwischen die Beine, beuge mich vor, halte mich an der Mähne fest und versuche das Unmögliche zu erreichen, die maximale Geschwindigkeit, die einzig wahre Freiheit.

Zu diesem Wettbewerb waren – hätte ich mir die Hände nicht doch waschen sollen? Inzwischen ist es eindeutig, dass ich mir das nicht einbilde, sie schwellen an, ich konzentriere mich auf dieses Brennen und das innerliche Unwohlsein – auch die beiden Jurajs gekommen, ich stand auf dem Platz und stellte die Hindernisse wieder auf, die die Pferde manchmal umwarfen, doch der große Juraj kam fehlerfrei durch und ich war glücklich, und er fragte mich danach, ob ich sein Pferd im Schritt abreiten könnte, das war der siebte Himmel, er half mir in den Sattel, er verschränkte seine Hände so, dass ich mich darauf stützen konnte, und als ich mich auf seine Stute schwang, berührte er mich, das dreizehnjährige Mädel, das er sicher gar nicht richtig wahrnahm, doch mir genügte es, diese Liebe zu ihm in mir zu haben, dieses Verliebtsein. Am Abend, nachdem das Turnier vorbei war und die anderen schon weg waren, beobachteten Zuzka und ich die beiden Jurajs heimlich in der Reithalle, sie stellten sich Hindernisse auf und sprangen darüber, ohne Pferde, sie schafften es, über genauso hohe Hindernisse zu springen, wie sie selbst groß waren, Zuzka und ich sahen ihnen unter der Tribüne kauernd zu, wir kicherten und rissen die Augen auf, wir begriffen nicht, wie das ging, wie sie über so hohe Hindernisse springen konnten, was das für eine Technik war, sie waren nicht nur die besten jungen Springreiter der Slowakei, sie konnten auch selbst die besten Pferde sein! Zuzka bestand darauf, dass wir uns zeigten, dass wir uns einfach auf die Tribüne setzten und sie von dort anfeuerten, selbst wenn sie einen Schreck bekamen, doch ich zog sie wieder runter, ich hatte nicht den Mut dazu, sie fand am Ende den Mut, am nächsten Tag erwischte ich sie, als sie in der Box von Quebec den kleinen Juraj küsste.

Zuzka konnte das schon damals, und sie ließ mich immer weiter hinter sich, sie wechselte die Freunde, wie ich die Medikamente wechselte, sie ging in Discos, während ich in die Tagesklinik ging, und der Bruch hatte sich genau in jenem Moment vollzogen, als wir die beiden beobachtet hatten, ich in den einen Juraj verliebt, sie in den anderen, beide zusammengekauert, kichernd, uns wie alle Mädchen mit dreizehn nach Jungs sehnend, nach der ersten Beziehung, doch ich habe es damals versaut, als ich mich nicht traute, genau wie jetzt, da ich es gewagt habe, diese Dummheit zu begehen, meine Hände brennen inzwischen unerträglich, im Kopf dreht es sich, vor den Augen verschwimmt alles, ich gehe so schnell ich kann über den Flur zum Badezimmer und lasse mir kaltes Wasser über die Hände laufen, ich suche verzweifelt das ganze Bad ab, wo ist er, dieser Plastikeimer mit dem Lappen, ich glaube, ich muss mich übergeben.

Einen Tag nach dem Zwischenfall mit der Dieffenbachie ereignet sich eine weitere Katastrophe, Mutter entdeckt das Buch von R. Beim Saubermachen, eigentlich sauge meist ich, es ist eine der wenigen Arbeiten, die mir zukommen, von denen man meint, ich könne sie bewältigen, doch meine Hände sind ja lädiert, mir ist immer noch schlecht, ich kann nicht, und Mutter findet das Buch unter dem Bett, natürlich schlägt sie es auf, natürlich liest sie die Widmung, ich erkenne es daran, dass ich das Buch auf dem Tisch finde, ich erkenne es daran, dass Mutter, als sie beim Abendbrot Zuzkas Zeitungen durchblättert – es gibt leckeren panierten Käse, nur für eine Mahlzeit gekocht –, bei dem Artikel von R anmerkt, unglaublich, was der alles zusammenschreibt, ein durchschnittlicher rechtslastiger Schwachkopf. Der Käse in meinem Hals will nicht weiterrutschen, ich schaue sie an, natürlich habe ich den Beitrag von R gelesen, und nicht nur einmal, es geht darin überhaupt nicht um Politik, er schreibt etwas zu miserablen urbanen Beschlüssen und Regelungen in Bratislava, es ist eindeutig, dass es um etwas anderes geht, Mutter versucht, mich zu provozieren, der panierte Käse hindert mich daran, Luft zu holen, ich versuche, ihn hinunterzuschlucken, es hinunterzuschlucken, es gelingt mir aber nicht, ich muss ihn doch verteidigen, sie kann ihn nicht so grundlos beschimpfen, Mama, ich denke, dass R eher ein Linker ist. Dann eben ein linker Kretin, ist doch das Gleiche, du kennst ihn also, ja? Hast du mir ja gar nicht erzählt. Ich schweige. Was sollte ich auch dazu sagen. Soso, der lieben Ivana, wie interessant, stichelt Mutter, du triffst dich also mit Leuten, ohne mir davon zu erzählen?! Hast du Geheimnisse vor mir? Und obendrein mit so einem Blödmann? Es nimmt mir den Atem. Mutter bohrt weiter, war etwas zwischen euch, dass du dir gestern die Hände so zugerichtet hast? Ich springe auf, obwohl ich weiß, dass ich die Situation nur verschlimmere, mir ist klar, dass ich da drüberstehen sollte, was kann sie mir schon, doch es geht nicht mehr, ich spüre, wie der Groll in mir wächst, die mir wohlbekannte Tobsucht, die zu beherrschen mir inzwischen meist gelingt, die ich so gut zu unterdrücken gelernt habe, bloß nicht in diesem Moment, ich schreie Mutter an, R ist kein Blödmann, er ist ein kluger, gebildeter Journalist, ein Schriftsteller, warum beleidigst du Leute, die ich achte, Leute, die du überhaupt nicht kennst?!

Ich will aus Protest die Küche verlassen, weil der Zorn sonst in mir überkochen würde, weil ich sonst garantiert etwas sagen würde, was ich später bereut hätte, doch Mutter befiehlt – setz dich. Und schon ruhiger: Lass uns reden, ohne diese unbeherrschten Emotionen. Schließlich setze ich mich und Mutter sagt, du hast recht, ich habe eigentlich nichts gegen ihn, ich kenne ihn doch nicht einmal, vielleicht ist er ja ein sensationeller Mensch, mich hat nur befremdet, dass du ihn kennst und mir nichts davon erzählt hast. Da steckt etwas dahinter, ich kenne dich. Du weißt doch, wie es beim letzten Mal endete, als du mir etwas verschwiegen hast. Ich will nur nicht, dass du wieder in der Notaufnahme landest. Dass dir etwas passiert. Dass dir irgendein, ähm, gebildeter Journalist den Kopf verdreht und du es nicht verkraftest, wenn er anfängt, einer anderen den Kopf zu verdrehen. Ich bin deine Mutter, wenn du wieder zusammenbrichst, wer wird sich um dich kümmern? R etwa? Aber Mutter, falle ich ihr ins Wort, du redest von etwas völlig anderem, wir haben nur einmal im Café zusammengesessen, und dort waren noch viele andere, er hat mir eine Widmung in sein Buch geschrieben, was ist dabei? Und weil es mir keine Ruhe lässt, erkläre ich ihr gleich noch, dass sein Buch sehr gut sei, du solltest es auch lesen, R sei sehr weitsichtig und intelligent und sehr anständig dazu, er hat sich nie etwas zuschulden kommen lassen, und überhaupt, so labere ich lauter Zeugs und denke im Stillen, oh nein, ist das peinlich, wofür rechtfertige ich mich hier, was habe ich denn Schlimmes getan, was hat R Schlimmes getan? Schließlich denke ich, dass wir das Thema zu einem einigermaßen friedlichen Ende gebracht haben, dass ich es Mutter in angemessener Weise erklärt habe, dass sie sich beruhigt hat und mich nun in Frieden lassen wird, doch schon am nächsten Tag – am Freitag – stellt sich heraus, dass genau das Gegenteil der Fall ist.

Ich will mich mit Zuzka treffen, doch Mutter weiß schon, dass sich hinter Zuzka noch weitere verbergen, insbesondere R, sie sagt, wo willst du denn hin, ihr habt euch diese Woche doch schon gesehen. Ich schaue sie mit großen Augen an, so etwas hat sie noch nie zu mir gesagt. Was ist dabei, wenn wir uns schon gesehen haben, wir wollen uns eben noch einmal treffen. Mutter schüttelt den Kopf, nein, du gehst nirgendwohin. Mama, ich bin einunddreißig, ich bin erwachsen, ich kann gehen, wohin ich will. Aha, ist ja interessant, und warum hast du dann keinen Mann, keine Kinder, keine Arbeit, warum wohnst du bei mir, wenn du so *erwachsen* bist, wie du behauptest? Solange du bei mir bist, wirst du auf mich hören. Ich kann es nicht glauben. So weit war es gekommen?! Mama, ich werde einfach gehen. Mutter – versuch es nur. Ich trete auf der Stelle, würde sie am liebsten anspringen, doch ich bemühe mich um einen versöhnlichen Ton, ich dachte, wir hätten das geklärt. Und nach einer kurzen Pause: Du musst dir keine Sorgen um mich machen. Mutter – oh, ich mache mir keine. Na dann? Es gibt keinen Grund, weshalb du dich mit ihm treffen müsstest. Oh Gott. Wir machen eine halbe Stunde so weiter, bis Mutter mich anschreit, gut, dann geh doch, geh, wie ich sehe, interessiert dich nichts anderes mehr. Ich bin kurz davor, mich auf die Diskussion einzulassen, wieso sollte mich nichts anderes mehr interessieren, was willst du damit sagen, doch da sie mich nun schon aus der Wohnung wirft, muss ich das nutzen, ich ziehe mir im Flur schnell etwas über und mache mich praktisch grußlos davon.

Als Zuzka und ich mit etwas Verspätung im Café eintreffen, ist R noch nicht da, was mich etwas unruhig werden lässt, er hat sich noch nie verspätet, ist ihm etwas dazwischengekommen? Die anderen, fast nur Journalisten aus Zuzkas Redaktion, die ich vom Sehen kenne, sitzen bereits. Sie unterhalten sich entspannt, wir setzen uns dazu und ich bin wieder still, ich versuche, wenigstens dem Gespräch zu folgen, ich kann ohnehin nichts dazu beitragen, es ist mir auch egal, mir ist nur wichtig, dass R kommt, Mutter hat natürlich recht. Die Runde analysiert etwas, als plötzlich eine sehr junge Journalistin – Zuzka sagte, sie habe sogar ein Cambridge-Diplom – erklärt, sie habe gehört, dass unser lieber R vier Geliebte hat, XY habe es ihr verraten, eine, wie es heißt, glaubwürdige Informantin. Daraufhin schaltet sich jener ein, der beim letzten Mal von Marie Kondo und den Fäden in den Socken erzählt hat, er schnalzt in ihre Richtung und sagt, meine Liebe, du hast keine verlässliche Informantin, dem ist nicht so. Und wie ist dem dann? Ganz einfach, beginnt der untersetzte Mann, vielleicht hat er ja heute vier, gestern waren es aber zwei, vorgestern war's vielleicht eine und morgen … Sind's fünf!, fällt ihm Zuzka lachend ins Wort, und der Mann fährt fort, genau, das ändert sich einfach, alles fließt, meinst du, du kannst die aktuelle Situation als eine unabänderliche Tatsache betrachten, R hat vier Geliebte und das bleibt so bis in alle Ewigkeit? Na, komm schon. Alle lachen, ich lache nicht, ich spüre, dass ich völlig erstarrt bin, und ich kann nichts dagegen tun, ich will nicht, dass man es mir anmerkt, doch man kann es mir sicher ansehen, ich habe den Eindruck, dass Zuzka mich aus dem Augenwinkel beobachtet, obwohl das Gespräch sich schon um etwas anderes dreht, ich merke, dass ich grimmig an meinen Nägeln kaue, ich nehme sofort die Finger vom Mund, greife nach meinem Ingwertee, doch die Bewegung dauert unangemessen lange, alle meine Bewegungen versteinern plötzlich, ich schaffe es kaum, das Teeglas vom Tisch zu heben, bin vollkommen verkrampft, ich habe den Eindruck, dass alle sehen, was mit mir los ist, und während ich Ingwertee trinke, zwängt sich R mit seinem langen Schal und seinem Mantel zwischen den Stühlen zu uns durch, er entschuldigt sich, er sei aufgehalten worden, in meinem Mund brennt der Ingwer, vielleicht ja von einer seiner vier Geliebten? Ich weiß selbst nicht, ob ich mich freue, als er sich wieder zu mir setzt.

Dieses Mal passiert es direkt am Tisch, es ist nicht nötig, zum Rauchen rauszugehen, R nickt dem Kellner zu, er bestellt Espresso macchiato und Mineralwasser, keine fünf Minuten später beugt er sich zu mir herüber und fragt, wie es mir gehe, doch weil das eine Frage ist, bei der es mir nie gelingt, mit einer Floskel oder dem klassischen *gut* zu antworten, und ich mich stattdessen jedes Mal in einer detaillierten und offenherzigen Analyse meines momentanen Befindens verliere, fange ich auch dieses Mal an, laut zu referieren, während in meinem Kopf die Frage dröhnt, was R wohl sagen würde, wenn er wüsste, dass Mutter und ich uns wegen ihm gezankt haben und wie sie ihn genannt hat, oh Gott, das wäre unsagbar peinlich, er darf nie erfahren, wie ich lebe, was ich in Wirklichkeit bin, und so erzähle ich, dass ich meine Zimmerpflanzen zurückgeschnitten habe, ohne daran zu denken, dass ein paar davon giftig sind, und da sei es passiert, ich fuchtele mit der Hand vor seinen Augen herum, aber so schnell, dass er nichts erkennen kann, denn das will ich nicht, es schaut recht hässlich aus, er könnte meine Hand abstoßend finden, doch er äußert Interesse und Mitgefühl, fragt, ob ich damit beim Hautarzt war, vielleicht würde ja eine Salbe helfen, ich antworte, in solch einem Fall könne sich nichts mit der Aloe Vera messen, die ich im Haus hätte, und so sondern wir uns immer weiter von den anderen ab, nur wir beide unterhalten uns, er ist unwahrscheinlich nett und aufmerksam, und so schön, so schlank, so groß gewachsen, und mit diesem Dreitagebart, in meinem Inneren beginnen die aufgeschnappten Worte über seine Geliebten sich allmählich aufzulösen, bis sie vollkommen vom Daskannnichtsein aufgesogen werden, R wäre nicht fähig, Frauen so etwas anzutun, und dann, wie hohl mein Kopf ist!, erst dann bedanke ich mich bei ihm für das Buch und die Widmung und beginne ihm mit Begeisterung – sie ist nur ein bisschen gespielt – von seinem eigenen Buch zu erzählen, von diesem Abel, der allmählich aufhört, die Sprache zu verstehen, die seinem eigenen Mund entspringt, und von diesen Erzählsträngen aus der Gegenwart, von Kain, von der Sache mit den Drogen, diesen LSD-Experimenten, die er mit seinem Freund, einem Psychiater, macht, Halluzinationen unter Aufsicht, und wie sie solche Sachen schon in den Sechzigern probiert haben, und vom Erleben anderer Bewusstseinsstufen, und R lächelt mich an, R wehrt mein Lob ab, übertreiben Sie nicht, ich habe doch nichts Weltbewegendes verfasst, es habe da ja auch diesen Hunter S. Thompson und seinen *Gonzo-Journalismus* gegeben, er habe sich bei dieser Passage gewissermaßen von Thompson inspirieren lassen, und so unterhalte ich mich überglücklich mit ihm, und als er fragt, wie ich vorankomme, erkläre ich, dass ich mich etwas dumm fühle mit meinen Kindergeschichten über Pferde und dass ich zugeben muss, in den letzten Tagen etwas in Verzug geraten zu sein, es gäbe dort eine Figur, die ich nicht genau zu fassen kriege, den Besitzer des Reitklubs, denn er müsse als Schurke herüberkommen, doch wie soll ich so etwas schreiben, ohne dass es allzu schwarzweiß erscheint, allzu eindeutig, und in diesem Moment – keine Ahnung, woher der Mut dazu kommt – bitte ich ihn um seine Mailadresse, nein, ich sei nicht bei Facebook, ob ich ihm nicht schreiben könne, ich könne zu einigen Passagen einen Rat brauchen, und von wem sollte ich ihn einholen, wenn nicht von einem so ausgezeichneten Schriftsteller wie ihm, und er gibt mir seine Mailadresse!

Erst zu Hause wird mir bewusst, was ich mir eingebrockt habe, genauer gesagt, kurz vor dem Schlafengehen, denn zuvor musste ich noch Mutters Groll über mich ergehen lassen – wo warst du so lange? Ich habe zwei Mal bei dir angerufen, warum bist du nicht rangegangen? Trag künftig dein Handy bei dir und lass es nicht in der Tasche liegen, ich wollte schon die Polizei alarmieren, dass du wieder vermisst wirst, und so komme ich erst, als ich all das hinter mir habe und in meinem Kinderzimmer im Bett liege, dazu, darüber nachzudenken, dass ich jetzt tatsächlich so etwas wie einen Text produzieren muss oder mir zumindest irgendetwas ausdenken, irgendwelche Szenen aus dem Leben, denn ich kann R nicht einfach so behelligen, ihm inhaltslose Mails schicken, aber ich will ihm schreiben, ich freue mich unglaublich, dass ich seine Mailadresse habe, dass er nicht mehr nur Freitagabend im Café erreichbar ist, sondern jederzeit übers Internet, und ich kann wegen dieser ganzen Aufregung wieder nicht einschlafen, ich versuche mich zu erinnern, was ich R zu seinem Buch gesagt habe und ob ich dabei eventuell in irgendein Fettnäpfchen getrampelt bin, etwas Dummes geplappert habe, wie es meine Art ist, ich kann es nicht sagen, hoffentlich nicht, und im Dunkeln beugt sich meine Palme wieder zu mir herab, inzwischen beugen sich auch die Bambushalme, ich habe sie in letzter Zeit vernachlässigt, ich schaue aus dem Fenster, im Haus gegenüber ist es dunkel, irgendwelche Büros sind dort, die Straßenlaternen enden eine Etage tiefer, dennoch dringt Licht ins Zimmer, mir fällt etwas ein, ich stehe auf, schalte die Lampe neben dem Tisch ein und gehe zum Fensterbrett mit meinen Pflanzen, sie ist hier, sie ist also immer noch hier, ich hatte sie schon fast vergessen, meine Mariška, meine Marihuanapflanze, wozu habe ich sie eigentlich herangezogen, etwa zur Zierde? R hätte sie bestimmt schon längst konsumiert, doch ich weiß ja nicht einmal, wie man so etwas macht, ich könnte mir aus einem dieser alternativen Läden mal eine Pfeife holen, ich könnte ja vielleicht auch Zuzka bitten, oder so.

Am Morgen tut mir der Kopf weh, nichts weiter, ich trödele in der Wohnung herum, ich habe ein neues Paket erhalten, neue Arbeit, ein paar Tage lang beschäftige ich meine Hände, das ist gut, wenigstens etwas, wenn das Schlafen schon nicht mehr klappt, ich hätte liebend gern auf diese Halluzinationen verzichtet, in denen mir Herr Ble als böser Geist erscheint, der mich verfolgt, nur, war er tatsächlich so schlimm, wie er mir heute scheint? Er mochte doch Tiere, oder? Heißt es nicht immer, ein Mensch, der Tiere mag, erscheine gleich in einem günstigen Licht, jemand, der Tiere liebt, könne nicht böse sein, ich mag Tiere ja auch, vor allem Pferde, natürlich, und mir fällt ein, dass auch Hitler seinen Hund liebte, ich habe das irgendwo gelesen, aber warum hält sich dann dieses Vorurteil, dass, wer Tiere mag, kein wirklich schlechter Mensch sein kann, so hartnäckig? Eindeutig, er war ein Schuft, ich sehe ihn, wie er war, wenn auch nur in meinem Kopf.

Und ich war auch auf diesem zweiten Reiterhof die Ivana Nummer eins, Ivana, das erste Pferdemädchen von Herrn Ble, dem obersten Chef, über allen anderen Chefs stehend, Herr Ble, der Mann mit dem ernsten Gesicht, klein, doch sehr resolut, sehr bestimmend, stets mit Reitgerte und blank gewienerten Stiefeln, nein, nicht uns schlug er damit, um Himmels Willen, nur die Pferde, wenn sie bockten, wenn sie nicht hörten, zu uns Kindern war er nett, freundlich, und ich war sein Liebling, denn – es war immer das Gleiche – ich habe mich mit Leib und Seele dort reingehängt, ich war jeden Nachmittag auf dem Reiterhof, ich pfiff auf Schule und Hausaufgaben, es war doch viel nützlicher, die Zeit mit dem Abspritzen des Bodens und dem Ausmisten der Ställe zuzubringen, mit Striegeln und Hufe-Auskratzen – oh, dieses Gefühl, wenn du dich seitlich an das Pferd lehnst, einen seiner Hufe hebst und dann den Mist herauskratzt, und bei den hinteren gruselt es dich immer, denn hier ist's dem Pferd unangenehm und es kann dich jeden Moment auf die andere Seite der Box kicken, ich war die Ivana, die Herrn Ble bei allen Pferden geholfen hat, und es gab dort auch Spitzenparcourspferde, Champions! Ich habe sie für das Reiten zurechtgemacht und im Schritt geführt, und abends durfte ich dann, zur Belohnung, mit den anderen Pferdemädchen reiten, zum Beispiel mit Zuzka, auf den Pferden vom Schulbetrieb, doch wir standen über den Freizeitreitern, wir konnten uns die Pferde aussuchen, wir ritten nicht hintereinander in der Abteilung wie jene Schisshasen, uns gehörte abends der ganze Reiterhof, manchmal wurden wir trainiert, manchmal machten wir, worauf wir Lust hatten, und zu mir hatte Herr Ble ein besonderes Verhältnis, zu der ihm treu ergebenen Ivana, die ungeachtet ihrer Vier in Deutsch immer zu seiner Verfügung stand, Herr Ble, der manchmal die Bassets dabeihatte, wenn er aus seinem Büro in den Stall kam, und manchmal nicht, und der sich neben das Schränkchen mit den Bürsten stellte und mit wohlklingender voller Stimme durch den ganzen Stall rief, Ivanka, wo sind meine Sporen? Doch das war keine Frage, und ich wusste das, es war ein Befehl, ein Befehl, den ich jederzeit und ausnahmslos befolgte, was auch immer ich gerade tat, wo auch immer ich gerade war, ich ließ alles stehen und liegen und rannte zum Schränkchen, beugte mich zu den Füßen des Herrn Ble hinunter, ging vor ihm wie vor einer Gottheit in die Knie, zog aus dem unteren Bürstenfach seine Sporen und schnallte sie ihm – immer noch kniend – an die Stiefel.

Nun, ich hätte gern etwas Positives über Herrn Ble berichtet, doch da ist nichts, zurückblickend nehme ich ihm am meisten die Turniere übel, bei denen man mehrere Tage mit den Pferden unterwegs war, in den Hängern, natürlich, ich immer dabei, ich ließ mich von der Schule freistellen – *aus familiären Gründen!* – und zwängte mich in diesen engen Raum zu den Pferden, Monsonmagyaróvár, Ostrava und weitere und weitere Städte, in denen die Turniere stattfanden, und ich muss sagen, dass man sich sehr gut um mich gekümmert hat, wenn wir in diesen Städten waren, ich habe Essen bekommen, auch einen Schlafplatz, nur dass sich Herr Ble bei unserer Rückkehr nach Bratislava, die oft in den späten Nachtstunden erfolgte, nach der rührenden Begrüßung seiner Bassets in den Transporter schwang und zu seiner Villa unterm Slavín davonbrauste, während ich nachts um eins allein durch das Wäldchen an der Donau nach Hause tippeln musste, über Drogensüchtige und Obdachlose steigend, durch ganz Ovsište und Petržalka, denn es fuhren kaum noch Busse, während Mutter, natürlich, wach am Fenster saß und nur noch beten konnte, ich möge unbeschadet zu Hause ankommen.

Ganz zu schweigen von dem Zwischenfall mit Logan. Logan war ein Nachkomme des größten und edelsten Hengstes des gesamten Reitstalls, auf Logan ruhte die große Hoffnung, er würde in die Fußstapfen, also Hufabdrücke seines Vaters treten, doch man war sich da nicht sicher, denn Logan wirkte etwas schläfrig, wenn er im Schritt ging, schwankte er in alle Richtungen, keine Spur von Eleganz, ein schlaksiger Kerl mit langen Armen und Beinen, also Beinen und Beinen, und man musste ihn immer wieder in den Bauch treten, damit er überhaupt antrabte, und beim Galopp erst, lasst's euch gesagt sein, so ein Phlegma beim Angaloppieren wie bei ihm hatte die Welt noch nicht gesehen, aber nur bis zu jenem Moment, als er es allen zeigte, und ausgerechnet da saß ich auf ihm. Es war irgendwann im Frühjahr, wir ritten draußen, ich ließ ihn im Schritt gehen, wärmte ihn auf, denn danach wollte Herr Ble, der an der Bar noch einen Kaffee nahm, ihn reiten, ich ritt unter Aufsicht der Trainerin, als Logan erschrak, und es war wirklich das erste Mal, dass er erschrak, wer weiß worüber, vielleicht fuhr ja gerade jemand auf Inlineskates vorbei oder auf einem Fahrrad über den Damm, vielleicht bellte irgendein Hund, das erschreckt Pferde am häufigsten, wie auch immer, Logan galoppierte diesmal wahrhaftig los, und ich hatte keine Chance, ihn zu bremsen, die Trainerin schrie mir zu, nimm die Zügel kürzer, die

Zügel kürzer! Halt ihn an! Doch ich konnte nichts tun, ich hatte auch kein Ohr für Ratschläge, ich war einfach nur froh, dass ich saß, doch dann war es plötzlich auch damit vorbei, Logan galoppierte geradewegs auf das Gatter zu, er ging kurz vor dem Gatter zu Boden und ich flog – wie in einem lustigen Stummfilm – über seinen Hals hinweg, übers Gatter hinweg und schlug mit dem Kopf genau auf dem Betonweg auf. Das Einzige, woran ich mich erinnere, ist die Finsternis, alles war plötzlich schwarz, und als die Farben und die Welt ringsumher zurückkehrten, als ich wieder zu mir kam, sah ich, dass alle angerannt kamen, aus dem Stall, vom Reitplatz, die Trainerin auch, ich richtete mich mühsam auf, mir tat der Kopf weh, das war aber auch alles, alle gratulierten mir, stützten mich, alle staunten, du lebst, alles in Ordnung mit dir? Oh mein Gott, ich konnte es selbst kaum fassen, dass ich so einen Sturz überlebt hatte, und wie sich später herausstellte, sogar ohne Gehirnerschütterung, und da sehe ich auch Herrn Ble zum Ort des Geschehens geschlendert kommen, gewienerte Stiefel, Reitgerte, Reitkappe, und er lächelt, und ich denke, er lächelt, weil ich überlebt habe, doch weit gefehlt, Herr Ble geht an mir vorbei, fasst Logan am Zügel und verkündet mit einem Lächeln und so, dass alle es hören: Der Kleine ist aufgewacht.

Man wird es mir nicht verübeln, dass ich nicht sonderlich traurig war, als Herr Ble sich ein halbes Jahr später das Schlüsselbein brach.

Und genau damals, ich meine tatsächlich, dass es damals war, habe ich zum ersten Mal Žofia wahrgenommen. Žofia, die weder Pferdemädchen noch Freizeitreiterin war, denn Žofia, und das war die höchste und für Normalsterbliche unerreichbare Stufe, hatte ein eigenes Pferd. Žofia gab mir ein paar Tage später auch ein Foto, Žofia hatte mich fotografiert, als ich auf dem verschreckten Logan galoppierte, die Hände vor die Brust gerissen, den Tod in den Augen.

Anfangs zögere ich, von Zweifeln geplagt – ist das nicht anmaßend? werde ich ihn nicht langweilen? macht man so etwas? was, wenn er mich abwimmelt? doch dann stürze ich mich kopfüber hinein und es zeigt sich, dass es mir leichter fällt als gedacht, ich stelle fest, dass beim Schreiben der Mails an R alle Hemmungen von mir abfallen, am Ende geht mir sogar das Ausdenken leicht von der Hand, ich muss mich nicht einmal vorbereiten, ich baue alles ein, meine Arbeit am Roman, das über Herrn Ble und die entscheidenden Ereignisse, über meine Bindung an einzelne Pferde und an das Areal des Reitklubs, der mit seinem perfekt getrimmten Rasen im ersten Moment wirkte, als entstammte er einem Katalog für Gartenmöbel, doch der Schmutz war unter dem Teppich, zum Beispiel unter dem im Foyer, wo ich regelmäßig beim Fegen den ganzen Dreck hinschob. Und was, wenn ich dazu noch über mich schreiben würde, ich sehne mich danach, ihm so viel wie möglich von mir zu erzählen, gewissermaßen alles, damit er es weiß und mich trotzdem akzeptiert, ich sehne mich danach, R von mir zu erzählen, und er wimmelt mich seltsamerweise überhaupt nicht ab, er antwortet auf jede Mail, wenn auch nicht sehr ausführlich – er hat bestimmt viele Verpflichtungen, ein Journalist und Schriftsteller dieses Formats! –, doch er schenkt dem, was ich schreibe, Beachtung, er schenkt mir sein Interesse, und das scheint mir das Wundersamste zu sein. Mich beunruhigt nur etwas, wie leicht ich diesen momentanen Eingebungen folge und wie gut es mir tut, mich anzuvertrauen, es genügt, dass ich den Menschen am anderen Ende nicht sehe, dass er mir zum Beispiel nicht im Café gegenübersitzt, denn sobald der Austausch übers Schreiben erfolgt, im virtuellen Raum, merke ich sofort, dass ich fähig bin, nahezu alles von mir preiszugeben.

Im Nachhinein erschrecke ich dann manchmal – habe ich übertrieben? Bin ich ihm irgendwie zu nahe getreten und habe ihn verärgert, was, wenn er nicht mehr mit mir reden will? Und dann kommt es mir wie Adrenalinsport vor, jedenfalls so wie ich mir Adrenalinsport vorstelle, die Grenzen auszuloten, was er mir erlaubt, bis wohin er mich lässt, wie dicht an den Körper ran. Natürlich sind da noch andere Ängste. Ich fühle mich immer wie ein Kind, in meiner Ausdrucksweise, in meinen Handlungen, logischerweise auch in meiner Lebenssituation, ich habe Angst, dass ihm meine Infantilität auffällt, ihn abschreckt, dass er dahinterkommt, dass ich noch lange keine erwachsene Frau bin, nur ein zu groß geratenes verhätscheltes Kind, ich habe Angst, dass er meine Oberflächlichkeit und meine Unwissenheit erkennt und aufhört, sich mit mir abzugeben, und sich lieber seinen vier oder wie vielen auch immer Geliebten widmet, dass er sich sagt, die Zeit ist da besser genutzt.

Und obendrein beginnt wohl auch Mutter etwas zu ahnen, sie scharwenzelt oft hinter meinem Rücken herum, ich klicke schnell eine andere Seite von meiner Favoritenliste an, wenn sie hinter mir vorbeikommt, ich lese Ratschläge für den Hobbygärtner, wie man Zimmerpflanzen vermehrt, und sie nörgelt, ständig sitzt du an diesem Computer, was gibt es denn da so Interessantes, und dann schimpft sie, Hauptsache du sitzt hier, deine Pflanzen können inzwischen ruhig eingehen, merkst du das nicht? Was ist mit dem Bambus, du hast ihn so geliebt und nun gießt du ihn nicht mal mehr, und sie geht Wasser in die Kanne füllen, ich kann es nicht mitansehen, wie du sie vertrocknen lässt, und ich komme für einen Moment zu mir und denke, sie hat recht, ich müsste mich mehr um sie kümmern, doch in meinem Kopf ist nur R, in meinem Kopf ist nur die eben an ihn geschriebene Mail, in der ich mich bemühe, einen Aspekt meines Lebens zu beleuchten, sicher schweift mein Blick manchmal auch ab, streift über die Palmen, die Zyklame, die Dieffenbachie, aber ich stehe nicht auf, um sie zu gießen, im Gegenteil, ich denke mittlerweile, warum habe ich den Raum so verseucht, überall diese Zweige und Wedel und alle zerren an mir herum und kratzen mir manchmal sogar über den Rücken, die Beine, wenn ich herumgehe, regelrecht durchschlängeln muss man sich hier, ich spüre, dass ich in meinem Zimmer immer öfter keine Luft kriege, ich nehme immer öfter auch den aufdringlichen Geruch der Orchideen wahr, hier soll doch kein

Dschungel sein, das soll ein Raum für mich sein, nur für mich, und ich muss atmen.

Doch als Mutter verkündet, sie werde mit meiner Psychiaterin reden müssen, denn es entwickele sich in eine schlechte Richtung, ich würde mich in letzter Zeit unvernünftig verhalten, sie habe auch den Eindruck, ich sei geistig abwesend, ich würde auf alles pfeifen und keinerlei Willen zeigen, an mir zu arbeiten, und es wäre gut, das in der nächsten Sitzung mit der Psychiaterin zu thematisieren, auch ob ich auf ein neues Medikament umgestellt werden sollte oder ob die Dosis etwas zu erhöhen wäre oder zu reduzieren oder ob etwas hinzugefügt werden müsse oder ein Medikament abgesetzt, bin ich kurz davor, in die Luft zu gehen, und als Mutter dann erklärt, ich müsse auch eine gynäkologische Untersuchung machen lassen, denn ihr sei da etwas aufgefallen, hast du zufällig irgendeinen Ausfluss?, da wird es mir zu viel – kontrolliert sie inzwischen auch meine Slips?! ich will sie anschreien, dass ich von nun an meine Sachen selbst wasche! und dass man mit den Medikamenten nichts machen muss, ich will schreien, Mama, ich bin verliebt, also lass mich in Ruhe! doch ich tue es nicht, denn ich weiß, dass das etwas wäre, was Mutter mir niemals verzeihen würde.

Und ich weiß, dass das die Wahrheit ist, und ich weiß, dass ich, sollte ich irgendwann einmal etwas schreiben, es nur wegen R tue, um ihm zu gefallen, doch genau das ist das Problem, wie schreiben, damit ich R gefalle? Wenn ich seine Mails lese, wirkt alles, was er schreibt, mächtig kompliziert, mächtig verkopft, es scheint also nicht zu reichen, dass ich mich hinsetze und einfach schreibe, was mir in den Sinn kommt, oder? Ich weiß es nicht, und überhaupt, warum sollte ich, die ich nicht einmal Abitur habe, die ich höchstens Ratschläge zum Aufräumen und zur Vermehrung von Zimmerpflanzen lese, schreiben können, und darum – der Entschluss reift mitten in der neuen Szegediner Phase nach den obligatorischen vier Knödeln – muss ich R mit etwas anderem für mich einnehmen.

Bloß womit? Ich mustere mich verzweifelt im Spiegel, nichts, was mich mit Stolz erfüllen würde, nichts, was einen berauschen würde, ich habe mich nie gehen lassen, doch ich habe mich auch nie sonderlich um mich gekümmert, es waren ja auch nie Mittel dafür da, mit der Invalidenrente und den Nebenjobs lassen sich keine großen Sprünge machen, die Basis wäre ja da, die Basis ist akzeptabel, ich habe keine große Nase, keine abstehenden Ohren, ich bin nicht von Narben übersät, es wirkt aber alles wie unter dem Schlick der Jahre begraben, unter den Ablagerungen der depressiven und manischen Phasen, der Medikamente, von denen meine Haut gelblich schimmert und von denen ich auch zugelegt habe. Nicht dass ich dick wäre, das nicht, nur etwas gepolstert, als Kind war ich kantig, überall stachen meine Knochen hervor, doch das ist lange her, jetzt habe ich keine kantigen Gesichtszüge mehr, alles ist jetzt abgerundet, obwohl ich Normalgewicht habe, wie es immer heißt. Ich konnte mir nie schöne Kleider leisten, ich habe nie Sport betrieben, und ehrlich gesagt, haben mich solche Sachen auch nie interessiert. Nein, ich glaubte nicht, dass es nur auf die inneren Werte ankommt, ich hatte nur einfach keinen Anlass.

Doch nun habe ich einen Anlass. Wie seine Geliebten wohl aussehen, sicher sind sie schön, elegant, charmant, sicher reiche ich ihnen nicht einmal bis an die Knöchel, doch warum führt er mich dann so an der Nase herum und bekundet Interesse an mir, warum antwortet er auf meine Mails, warum redet er bei den Treffen mit mir, fragt mich, ob ich mit rauskomme, wenn er rauchen geht, er ahnt doch sicher längst, dass es sich um kein rein *literarisches* Interesse handelt, warum macht er das mit mir, wenn er es nicht ernst mit mir meint, oh Gott, nein, nein, was sind das für Sätze, das ist meine Mutter, die aus mir spricht. Also gut, möglicherweise besteht auch von seiner Seite ein gewisses Interesse. Es mag absurd scheinen und für Außenstehende kaum zu begreifen sein, aber ich gefalle R. Doch wie weiter? Ich hatte noch nie eine Beziehung, ich weiß nicht, wie ich vorgehen soll.

Zuzka hätte sicher gesagt: Arbeite an dir, der Rest kommt von allein. Damit könnte ich also beginnen. Irgendwo zum Training zu gehen kam nicht in Frage, Mutter hätte sofort geahnt, was los ist, aber ich könnte joggen oder etwas in dieser Art, ich könnte zum Beispiel nach dem Gang zur Post zwei Mal den Kuchajda-See umrunden. Ich könnte Essen verstecken, um es nicht aufessen zu müssen, denn mir von vornherein weniger auftun zu lassen, würde ja bedeuten, der Schweiß des Schreckens überflutet mich, dass die Zeit noch länger wird, in der das betreffende Gericht auf dem Tisch steht, also nicht vier Tage Szegediner, sondern fünf, oh Gott, nicht auszudenken. Vielleicht versuche ich ja irgendetwas, schrittweise, mal sehen.

Als Zuzka und ich ein paar Tage später in einem Secondhand-Laden stehen und Zuzka mir rät, mir etwas völlig Geschmackloses zu kaufen, einen goldenen Faltenrock, bin ich mir nicht sicher, ob sie mich aufziehen will, ob sie mich für total närrisch hält, für eine dumme Tusse, einen Krüppel ohne Geschmack, oder ob sie tatsächlich meint, dass mir so etwas stehen würde, ich ziehe ihn auf ihr Drängen in der Umkleidekabine an, doch als ich mich danach draußen im Spiegel betrachte, bin ich supergereizt, ich finde, ich sehe scheußlich aus, sollte das nur an diesem grellen Licht liegen? Kein Gramm habe ich abgenommen, obwohl ich in den letzten Tagen wirklich zwei Mal gejoggt bin und weniger gegessen habe, doch nichts, keinerlei Resultat, und ganz ehrlich – ich sehe geschminkt genauso aus wie ungeschminkt, nicht die kleinste Verbesserung ist zu erkennen, diese blauen Striche bringen überhaupt nichts, inzwischen stinkt mich alles an und Zuzka nervt besonders, sie hilft mir null, ich habe das Gefühl, dass sie nur ihren Spaß mit mir treibt, vielleicht ahnt sie, für wen ich mich so ins Zeug lege, ich hätte sie nicht fragen sollen, wie es R geht, warum habe ich bloß gefragt, ich dumme Kuh, er hatte doch erst am Morgen auf meine letzte Mail geantwortet, ich weiß besser als sie, wie es ihm geht, und dennoch, ich konnte nicht anders, ich wollte seinen Namen aussprechen, ich wollte über ihn reden, und jetzt habe ich die Quittung, einen goldenen Faltenrock, ich ziehe ihn aus und gebe ihn wütend der Verkäuferin zurück. Zuzka wirkt enttäuscht, ich habe Lust, sie zu beschimpfen, sie anzuschreien – verpferdeäppele mich nicht!, wie wir es uns beim Reiten angewöhnt hatten, doch es treibt mich plötzlich ins nächste Café, warte mal, ich muss kurz um die Ecke, ich schiebe mich zwischen den Stühlen hindurch zur Toilette und stelle fest, dass ich gerade meine Tage gekriegt habe, na klar, dass mir das nicht eher eingefallen ist, der aufgeblähte Bauch, die Waage, die Nervosität, alles ließ sich damit erklären, mit diesem bei mir vollkommen überflüssigen Zyklus.

Doch Achtung, meine Jungfräulichkeit habe ich bereits verloren. Auf dem Reiterhof, natürlich, doch weder mit Bärchen noch mit Pišta, und auch nicht mit dem kleinen oder dem großen Juraj, es ist etwas peinlich, das zuzugeben, aber um es genau zu sagen, verlor ich meine Jungfräulichkeit nicht auf dem Reiterhof, sondern auf einem Pferd, ich nehme an, es war Oskar, ein großes kantiges Tier, es schüttelte und warf einen auf seinem Rücken immer gewaltig herum, und ich fand nach dem Training beim Umziehen einmal Blut in meinem Slip, es konnte nicht von der Regel kommen, die ich schon seit zwei Jahren hatte, doch ich bewahrte die Ruhe, ich wurde nicht panisch, was das sein könnte, ich habe den Slip zu Hause einfach in eine Plastiktüte gesteckt und in den Müllcontainer geworfen, damit Mutter nichts merkte. Dann vergaß ich die Sache, ich hatte andere, ernstere Sorgen. Erst fünf Jahre später fiel mir das Ganze wieder ein, als die Gynäkologin bei der ersten Untersuchung sagte, ich sei keine Jungfrau mehr, das Jungfernhäutchen sei weg. Ich habe nichts dazu gesagt, nicht angefangen mit ihr zu diskutieren, obwohl ich mit niemandem geschlafen hatte, erst später kam ich darauf, dass genau dieser Vorfall dahinterstecken konnte.

Irgendwann zu jener Zeit fand Frau Janka Gefallen an mir, eine Anwältin, die bei uns ein Pferd zu stehen hatte, den bereits verstorbenen braunen Wallach Apollo, und da Frau Janka nicht jeden Tag Zeit für Apollo hatte, bat sie mich, ihn ab und zu für sie zu reiten, sie würde ihn etwas vernachlässigen. Natürlich war ich sofort Feuer und Flamme, mich begeisterte der Gedanke, für ein echtes Springpferd verantwortlich zu sein – das war keiner dieser Klepper vom Schulbetrieb –, und dass ich dieses Pferd an manchen Tagen ganz für mich allein haben würde, diese neue Aufgabe erfüllte mich mit Stolz. Doch wie sich herausstellte, ging die Sache der Leitung gewaltig gegen den Strich, allen voran Herrn Ble und Roman, die auf unterschiedlichste Weise versuchten, mir das Leben schwer zu machen. Ständig scheuchten sie mich den Stall hinauf und hinunter, ich sollte Büros und Treppen fegen, und wenn ich Apollo auf dem Reitplatz ritt, fragte Roman mich vor allen, Ivanka, du gehörst ja nun nicht mehr zu uns, sondern bildest eine selbstständige Einheit, nicht wahr? Und er kritisierte mich beim Training viel mehr als vorher, halt die Hände über den Widerrist, was fuchtelst du ständig herum, wie soll er da locker werden, merkst du nicht, dass er völlig genervt von dir ist, runter mit den Händen, hörst du? Und richte dich auf, ständig buckelst du hier rum wie ein hundertjähriger Opa, Fersen runter, herrgottnochmal, wie oft muss ich dir das noch sagen?! Und Herr Ble schien plötzlich zu wollen, dass ich alle Aufgaben übernehme, ich war für ihn plötzlich unverzichtbar, obwohl er noch andere Pferdemädchen hatte, immer nur ich, er könnte sich nur auf mich verlassen, betonte er immer wieder, und so musste ich den von Koliken geplagten Quebec vier Stunden übers Gelände führen, musste jeden Tag bis zum Abend bleiben, um die Pferde zu striegeln und die Freizeitreiter anzuleiten, und obwohl meine Schulnoten immer bedenklicher ausfielen und Zuzka obendrein zu jener Zeit den Reiterhof verließ, es machte ihr dort keinen Spaß mehr, diese ständigen Schikanen, konnte ich mir ein Leben ohne Pferde nicht mehr vorstellen, und dann kamen noch zwei weitere Erniedrigungen hinzu.

Die erste hatte mit Geld zu tun. Roman nahm mich eines Tages beiseite und teilte mir mit, er habe die Rechnungen durchgesehen und festgestellt, dass ich zwei Jahre keinen Reitbeitrag mehr gezahlt hätte, er hatte recht, ich wusste, dass ich keinen Reitbeitrag zahlte, doch es gab eine stille Abmachung zwischen Herrn Ble und mir, denn ich kümmerte mich für ihn ja umsonst um die Turnierpferde, und so hatte ich gemeint, das sei in Ordnung, und es war wohl auch in Ordnung gewesen, bis ich diesen Höhenflug bekam, bis ich mit dem privaten Reiten von Apollo anfing. Auf einmal stieß Roman sich sehr daran, er erklärte, ich hätte wie eine Freizeitreiterin zu zahlen, dabei machten die Kinder vom Freizeitreiten nicht einmal ansatzweise das, was ich leistete, sie kamen zwei Mal pro Woche und putzten, wenn überhaupt, vor dem Reiten nur ihren Gaul, während ich Tag für Tag im Stall schuftete und schwitzte, doch ich brachte es nicht fertig, das Roman so zu sagen, ich hörte einfach nur zu, als er mir gönnerhaft mitteilte, dass sie mir die letzten zwei Jahre erlassen würden, ich von nun an aber zahlen müsse, ich überlegte, wie ich das Mutter beibringen sollte, dass ich für dieses ganze Aufopfern auch noch zahlen sollte, wo sie von meinen Pferdegeschichten ohnehin längst die Nase voll hatte, denn ich gehörte in der Schule deswegen zu den Schlechtesten, und in Chemie drohte mir eine Vier.

Und die zweite Erniedrigung hing natürlich mit Žofia zusammen.

Aber was soll das, warum denke ich jetzt daran, wo ich mich doch morgen mit R treffen werde, nur er und ich, oh mein Gott, ich war so mutig, das einzufädeln, und jetzt kann ich nicht schlafen, ich kann meine Gedanken nicht mehr im Zaum halten, bin ihnen ausgeliefert, vor allem nachts, wenn die Stadt draußen verstummt, nicht einmal die Straßenbahnen fahren mehr, nur ab und zu ein Auto, die Kerze, die in der Durchfahrt brennt, die Pflanzen, die sich in meinem Zimmer immer länger machen, sich in der Dunkelheit zu mir herabbeugen, als wollten sie mich trösten, denn in meinem Kopf herrscht dieser schreckliche Tumult, dieser tosende Tumult, ich halte diesen Tumult nicht mehr aus, er meldet sich jedes Mal in meinem Kopf, wenn alles ringsum verstummt, ich habe das Gefühl, mein Kopf platzt, darum hatte ich damals auch dieses Rohypnol genommen.

Mutter dachte, ich hätte versucht, mich umzubringen, die Psychiaterin dachte es auch, und sie benahm sich mir gegenüber dementsprechend, alle waren sich sicher, dass es mir darum ging, und ich habe wie immer nichts dazu gesagt, obwohl ich keinerlei Selbstmordabsichten hatte, ich hatte bloß zwei Wochen nicht mehr geschlafen und konnte das nicht mehr länger ertragen, ich hätte alles Mögliche gemacht, um für einen Moment in einen ohnmächtigen Schlaf zu sinken, um für einen Moment nicht mehr mit mir selbst zu tun zu haben, und so habe ich dieses alte Rohypnol genommen, das Mutter in der Medikamentenschachtel aufgehoben hat, denn Mutter wirft nie etwas weg, auch kein abgelaufenes Medikament, kann ja sein, es wirkt noch, und das tat es tatsächlich, das Rohypnol von Vater, gewiss, es war schon ein paar Jahre her, dass er gestorben war, doch mir war das in jenem Moment egal, ich hätte zu jedem Mittel gegriffen, und da ich ganze zwei Wochen nicht geschlafen hatte, habe ich an die zehn Pillen aus der Packung herausgedrückt und sie alle auf einmal hintergeschluckt, um diesen Schlaf zu erzwingen, ich hoffte, zwei Wochen durchzuschlafen und erst aufzuwachen, aus der Ohnmacht aufzutauchen, wenn all das weit hinter mir liegen würde.

Das jetzt ist aber etwas anderes, in diese Schlaflosigkeit mischt sich Glück. Ich kann nicht einschlafen, weil ich so euphorisch bin, dass ich R morgen treffe. Beim Schlafen kann ich nicht glücklich sein und deshalb wehrt sich mein Organismus dagegen, einzuschlafen, er will mich so – so wach, so angeregt, so verliebt. In der Mail, die ich heute Abend erhielt, schrieb mir R, dass er sich auf mich freue, so schrieb er es, ganz direkt, und ich schrieb ihm natürlich zurück, dass ich mich auch sehr auf ihn freute, und ich überlegte, wie ich das noch ausbauen könnte, um anzudeuten, dass in meiner Freude noch etwas mitschwingt, genau dieses Etwas, das Mutter Sorgen macht und das auch der Grund ist, dass ich sie anlügen musste, ich habe mir ein Grundschultreffen ausgedacht, gewiss werde auch die Lehrerin Frau Obrcianová kommen, ich würde sie auf jeden Fall grüßen, ich wollte keinen neuen sinnlosen Streit, doch darüber denke ich jetzt nicht weiter nach, das ist jetzt nebensächlich, ich werde Mutter anlügen, wenn ich es für nötig erachte, um leben zu können, ich werde Mutter wegschieben, die Pferde wegschieben, das Rohypnol auch, ich will nur an R denken, ich würde ihn wahnsinnig gern berühren, er ist immer so nah, doch mir kommt die Entfernung unüberwindbar vor, wir waren immer in Gesellschaft anderer, ich konnte ihm doch nicht unter dem Tisch an den Fuß tippen oder so. Doch morgen muss ich irgendetwas tun, wenn auch nur für einen Moment, ihn wie zufällig mit den Fingerspitzen berühren, wollen wir kurz rausgehen rauchen? Ich werde sonst verrückt.

Kurz vor dem Treffen fällt mir ein, dass ich mir noch gar nicht überlegt habe, was ich antworte, wenn er nach meinem Roman fragt, ich beschließe, dass das bestimmt nicht das Thema wird, wir werden über sein Buch reden, das wird besser sein, dafür ist er leichter zu begeistern, und dann, als ich ihn sehe, als ich ihn auf mich zukommen sehe, schnürt es mir die Kehle zu vor Glück und Angst, wegen mir ist er hergekommen, nur wegen mir, und ich sitze da und ich weiß nicht, ob ich aufstehen soll, ihm die Hand reichen, die Wange hinhalten, Guten Tag sagen oder ob ich gleich alles auf einmal machen soll, und wegen dieser Grübelei sitze ich einfach da und fange, kaum, dass er sich hingesetzt hat, von seinem Roman an, ich würde ihn schon zum zweiten Mal lesen, denn beim ersten Mal seien mir einige Sachen entgangen, und ich würde jetzt neue Zusammenhänge erkennen, und R hört mir zu, wenngleich er nicht mehr so milde und wohlwollend wie beim letzten Mal wirkt, er wirkt ernst, und ich stutze am Ende, rede ich irgendwelchen Blödsinn? Er unterbricht mich, ja, aber wissen Sie, das sehen nicht alle so wie Sie, und ich frage sofort, was passiert ist, er winkt ab, nun ja, in den Konkurrenzblättern stürzen sie sich auf mich, und es sind weitere Attacken in Vorbereitung, und ich bin pures Interesse und Verständnis und dann Empörung – wie, jemand erlaubt sich, meinen R und sein Buch zu kritisieren?! –, und um ihn zu beruhigen, werfe ich kurzerhand ein, ich würde dem keinerlei Beachtung schenken, sie beneiden Sie sicher nur, so ein erfolgreicher Journalist, wie Sie es sind, woraufhin er noch einmal abwinkt, als wolle er dieses ganze Thema verjagen, als würde er an diese Neidgeschichte selbst nicht glauben, ich lese sein Buch tatsächlich schon zum zweiten Mal, doch ehrlich gesagt, quäle ich mich dabei ganz schön, während ich den Folgeband der Aufräum-Queen an einem Tag verschlungen habe, doch es ist jetzt nicht der richtige Moment für Aufrichtigkeit, und weshalb sollte ich auch ehrlich sein, ich will ihm doch nur eine Freude machen.

Doch plötzlich geht R zum Angriff über, wie aus dem Nichts beginnt er mich auszufragen, nach meinem Leben, denn obschon unsere Zuzka hervorragend, brillant, fantastisch ist, will sie nahezu nichts zu ihrer Freundin preisgeben, und nun fange ich an zu schwitzen, denn R will wirklich wissen, was ich neben dem Schreiben eines Pferderomans sonst tue, etwas müsse ich doch tun, und welche Interessen ich denn hätte, was mir im Leben Spaß mache – ernsthaft, was mir im Leben Spaß macht –, doch ich weiche ihm aus und lenke vom Thema ab, ich fange an, von Problemen zu faseln, davon, dass ich schwere Zeiten durchgemacht hätte und ihm in diesem Café nicht gegenübersitzen würde, wenn meine Mutter nicht wäre, und dann erzähle ich von meiner Kindheit, der einzigen Zeit, in der ich mich sicher fühlte, in der ich gesund war und kein seelischer Krüppel, ich sage ihm das natürlich nicht so, dafür erzähle ich, was für ein graziles Wesen ich war, mit diesem meinem unschuldigen Gesichtchen, und wie ich mich mit den Jungs hinter die Hausecken verdrückt habe – und heute rauchen Sie wohl nicht mehr?, lächelt er und beginnt, sich eine Zigarette zu drehen – und wie ich auf dem Klo in die Wand geritzt habe *Die Obrcianová ist Scheiße* und unsere ganze Klasse nachsitzen musste, damit die Schuldige sich dazu bekenne, logisch, dass ich mich nicht dazu bekannte, und so weiter und so fort, wer hätte nicht solche Geschichten aus der Kindheit parat, nur bei diesem verdammten dreizehnten Jahr komme ich nicht weiter, denn es gibt da diese eine Sache, eine Begebenheit, die er wirklich von mir wissen sollte, und die niemand kennt, die einzige Tat, die ich begangen habe, mit dreizehn, und es ist genau diese eine Sache, die ich nicht erzählen kann, da schlägt R mir plötzlich vor, wollen wir nicht ein Stück gehen, und er fasst mich an der Hand, und ich hebe überrascht den Kopf, schaue zu ihm hoch, dann hinunter auf unsere Hände und dann durch das Fenster nach draußen, es ist schon dunkel.

Und so spazieren wir durch das Stadtzentrum und es ist wunderbar, ich erzähle ihm noch mehr, ich schwatze und schwatze und mir ist kalt, ich überlege, wenn er mich jetzt um die Schulter fassen würde, um mich zu wärmen, wenn er mir jetzt seinen Schal umlegen würde, über meinen geflochtenen Fummel, und da schlägt er mir vor, mich zur Straßenbahn zu bringen, wir stehen auf dem Steinplatz, etwas abseits von der Menge, und ich mag nicht auf diese Leuchtuhren schauen, die mir zeigen, die mich daran erinnern, dass ich längst zu Hause sein müsste, und ich mag das Handy nicht aus der Tasche holen und nachschauen, wie oft Mutter mich schon angerufen hat – vor dem Treffen hatte ich es vorsorglich auf stumm geschaltet –, und diese verdammte Straßenbahn kommt schon, und ich schaue hoch zu ihm, er ist so groß, und ich denke, jetzt werde ich ihn also auf diese Wange küssen, auch wenn das der letzte Akt sein sollte, den er mir zugesteht, und er schaut mich an und sagt unvermittelt – ich habe Angst, ich könnte Ihnen wehtun, Ivana, Sie wirken so verletzbar, er beugt sich zu mir hinab und küsst mich auf den Mund.

Nein, so etwas bin ich nicht gewöhnt, jemand, der mich als ein menschliches Geschöpf betrachtet, jemand, der in mir etwas anderes sieht als ein abgehärmtes, bedauernswertes Schaf, eine Durchgeknallte, die das Leben ihrer Mutter zerstört hat, und es ist jetzt egal, dass er das verkennt, ich und verletzbar, ich und empfindlich, dass er meint, er könne mich verletzen, womit denn? indem er sich zu mir hinunterbeugt, mich berührt? Damit hat er gerade mehr für mich getan als alle Psychotherapien zusammen, denen ich mich seit meinem dreizehnten Lebensjahr unterzogen habe.

Ich weiß, dass mich noch nie ein Mann geliebt hat, und es wird wohl auch nicht mehr passieren, sei's drum, mir wollte wohl keiner wehtun, wo ich so verletzbar bin, ich bin ein Pflänzchen, ein zerbrechliches Pflänzchen, was heißt hier Pflänzchen, eine zarte Wiesenblume. Die ein fünfhundert Kilo schweres Pferd zu Tode getreten hat.

So habe ich das am Ende gesagt. Im Geiste. Ich habe es in Worte gefasst, es zu einem Satz geformt, wirklich, es ist erstaunlich, was alles in so einen kurzen Satz passt.

Ich weiß nicht einmal, wie ich nach Hause gekommen bin, ich werde die Straßenbahn genommen haben, werde an der richtigen Haltestelle ausgestiegen und dann die Vajnorská entlanggegangen sein und dann in unseren Wohnblock hinein, dann werde ich an unserer Wohnungstür im fünften Stock geklingelt haben – ab hier ist es wieder da, ab hier weiß ich wieder, wie Mutter mich anschrie, wo ich mich so lange herumgetrieben hätte, sie habe mit dem Abendbrot auf mich gewartet und mich angerufen, ich sei aber nicht rangegangen – doch ansonsten kriege ich den Rest dieses Tages nicht mehr zusammen, nur dass ich abends, als ich im Bett liege, auf der Brust sein Buch, und wie üblich nicht einschlafen kann, eine Veränderung bemerke, es ist nicht dieses Glücksgefühl, nicht diese Vernarrtheit der letzten Tage, ich würde es eher Entschlossenheit nennen.

Und mich wirft am nächsten Tag, als ich vor dem Mittagessen in der *Neuen Zeit* blättere, die Mutter vom Einkaufen mitgebracht hat, nicht einmal aus der Bahn, dass ich dabei auf eine Schockierende Enthüllung!! stoße, ist sie das?! Die Geliebte des Journalisten und Schriftstellers R?! Dazu Fotos, wie sie Hand in Hand aus irgendeinem Laden kommen, na und, eine seiner vier Geliebten, ich wusste es doch schon, es ist also nichts passiert, ich betrachte sie, irgendeine Jungschauspielerin, wie es heißt, jünger als ich, obwohl sie älter wirkt, sehr schön sieht sie aus, aber vor allem völlig normal, nichts Besonderes, was man von mir nicht behaupten kann, sie wirkt, als würde sie ihr Leben so leben, wie man soll, Schule, Freunde, Studium, vielleicht Reisen und nun die Schauspielerei, keine Invalidenrente, keine Medikamente, keine Krankheit, keine Psychogeschichte, die sie ausgrenzen würde, ich will auch so sein wie sie, ich will nicht ständig so tun müssen, als sei ich normal, die Dosierungen anpassen, die Schwankungen ausgleichen, ich finde, es ist an der Zeit, dieses ganze Programm radikal umzustülpen, alles zu stoppen und das anzunehmen, was ist, ohne Filter, was auch immer dabei herauskommt.

Hey, du mit dem Besen, geh mal aus dem Weg.

Ich weiß noch genau, wie Žofia diesen Satz sagte, als sie mit ihrer fuchsroten Vrana um mich herumritt, die Trainerin war wegen dieses Satzes sauer auf sie, sie sagte, Žofka, sie hat einen Namen, sie heißt Ivana, unsere Ivana ist das, und nicht, hey, du mit dem Besen, wo sind wir denn?! Doch Žofia lachte nur und ich sagte nichts, ich wich aus, damit Vrana mir nicht auf den Fuß trat, ich unterbrach für einen Moment das Fegen des Stalls und blickte Žofia nach, mit ihrem langen, strohblonden Haar, den hohen, schwarzen Stiefeln, der ärmellosen Reitweste und der Gerte in der Hand, alles an ihr war wie aus dem Katalog, sie selbst war immer total geschniegelt und sogar ihre Vrana kam mir immer irgendwie sauberer vor, besser gestriegelt als die anderen Pferde, alle waren ihr gegenüber unwahrscheinlich liebenswürdig, regelrecht beflissen, selbst Roman und Herr Ble, erst Jahre später entnahm ich einer beiläufigen Bemerkung Zuzkas, dass Žofia die Tochter eines Bankdirektors war, du weißt schon, von welcher Bank, ich wusste es nicht, Zuzka wunderte sich, sie habe bis dahin gemeint, dass jeder es wisse, doch zu jener Zeit hatten mich solche Zusammenhänge nicht interessiert, für mich war das einfach ein Mädel, dem das unglaubliche Glück zuteil geworden war, dass ihre Eltern ihr ein Pferd kauften.

Der größte und unerfüllbare Kindheitstraum – Mami, kauf mir ein Pferd, bitte, kauf mir Virbius, er ist alt, er lahmt, er kostet bestimmt nicht so viel, ich schwöre, dass ich mich jeden Tag um ihn kümmern werde, wenn wir ihn nicht kaufen, geht er nach Italien in die Wurst.

Sie geben alle Pferde nach ihrer Karriere in die Wurst. Außer Orlando, ihm wurde ein geruhsamer Lebensabend zugestanden, denn er war das beste Springpferd, das Herr Ble je geritten hatte, und so wurde Orlando das Leben geschenkt, er konnte sich auf dem Gelände des Reiterhofes frei bewegen und von allen unbehelligt in Ruhe weiden.

Würdest du Pferdefleisch essen, fragte mich Žofia, als ich Logan für Herrn Ble zum Reiten putzte, ich war gerade dabei, ihm die Hufe auszukratzen, ich drehte mich um, ich hatte sie nicht an der Stimme erkannt, wir redeten sonst nicht miteinander. Ich ließ Logans Bein los, sah sie an, sie hatte sich an die Box gelehnt und lächelte mich an, ich schüttelte den Kopf, ich würde das Kotzen kriegen, und Žofia lächelte mich weiter an und blieb stehen, sie sah mir die ganze Zeit über zu, während ich Logan putzte, während ich ihn sattelte, ihm die Trense ins Maul schob, ihm die Zügel anlegte, und da kam mir die Idee, es ihr heimzuzahlen, diese Schmach aus der Vorwoche, ihr zu sagen, geh da mal aus dem Weg, wenn ich ihn aus der Box führe. Doch da erschien plötzlich Herr Ble, ich dachte, er will sein Pferd holen, doch er sah Žofia an und fragte, nun, bist du bereit? Žofia nickte, sie trat an Logan heran, du gestattest? Sie griff ihn am Zügel und führte ihn hinaus. Mich ließen sie dort stehen wie einen Deppen, ich sah ihnen ungläubig nach, sah zu, wie sie sich vor dem Stall in den Sattel schwang und dann unter den Augen, nein, nicht der Trainerin, sondern Herrn Bles, zu reiten begann, draußen, dort, wo die Hindernisse standen! Žofia, die erst vor einem halben Jahr auf den Reiterhof gekommen war, begann, Parcours zu trainieren, und ich hatte ihr gerade das Pferd fertiggemacht.

An jenem Abend hatte ich so etwas wie meinen ersten hysterischen Anfall, ein Vorbote dessen, was folgen sollte, Frau Janka rief an, ob ich am nächsten Tag ihren Apollo reiten würde, denn sie könne nicht kommen, doch ich weigerte mich, den Hörer von Mutter entgegenzunehmen, ich warf mich in meinem Kinderzimmer auf den Boden, trat um mich und schrie, dass ich Apollo nie mehr reiten würde, dass es immer das Gleiche sei, dass ich bis an mein Lebensende auf Kleppern vom Schulbetrieb sitzen würde, nichts anderes würde mich in diesem Scheißreitklub erwarten, selbst wenn ich mir weiter jeden Tag den Arsch aufriss, jeden Tag den ganzen Stall fegte, alle Pferde putzte und in allen Fächern eine Fünf bekam, absolut nichts würde es daran ändern!

Ich kann mich nicht bei R melden, genauer gesagt geht es im Moment nicht, ich denke nicht, dass es an diesem Foto seiner Geliebten in der *Neuen Zeit* liegt, ein bisschen vielleicht, ich gehe aber auch Zuzka aus dem Weg, sie rief an, wollte sich mit mir treffen, doch ich habe sie abgefertigt, ich hätte gerade sehr viel Arbeit, eine neue Lieferung Überraschungsei-Figuren sei zum Bemalen gekommen, was auch stimmte, doch bislang hatte mich das nie davon abgehalten, mich mit ihr auf einen Kaffee zu verabreden, ich bin seltsam drauf, ich kann mich auf nichts konzentrieren, meine Gedanken irren umher, besonders nach Ovsište, zum Reiterhof, zur Getreideinsel, ich bin zerstreut, bin an zwei Orten gleichzeitig, in zwei Zeitebenen, und R ist schrecklich weit weg, ich kann mich nicht bei ihm melden, und es kommt mir vor, als wäre unser Treffen unendlich lange her, obwohl es doch vor wenigen Tagen war, aber die Vergangenheit überdeckt immer öfter die Gegenwart, sie wird immer konkreter, doch es ist ein notwendiger Prozess, ich muss da durch, und vorerst macht es mir keine Sorgen.

Dafür schreit Mutter mich ständig an, woran denkst du, warum antwortest du mir nicht, ich rede mit dir, hallo, bist du taub? und sie schüttelt mich und lamentiert dann, ich mache das alles nur für dich, alles habe ich für dich geopfert, und du erachtest es nicht einmal für notwendig, meine Frage zu beantworten, nicht einmal das bin ich dir wert, undankbares Kind, und dann diese Drohung, mit der sie mich immer augenblicklich in die Realität zurückholt, ein Glück, dass wir in zwei Tagen zu deiner Psychiaterin gehen, sie wird wissen, wie weiter, sie wird dich wieder auf den Boden zurückholen, ich weiß mir mit dir keinen Rat mehr. Ich schaue sie an und weiß, dass ich dieses Mal nirgends hingehen werde, und schon gar nicht zu meiner Psychiaterin, keine zehn Pferde kriegen mich dorthin, das ist genau das, was ich im Moment nicht machen darf, ich muss mich dort irgendwie rausschleichen, am besten für immer, doch im Moment sage ich das Mutter noch nicht, ich ziehe mich nur gereizt in mein Zimmer zurück und überlege, ob ich die Medikamente offen absetzen soll oder ob ich es besser verheimliche, es tarne, damit sie nichts merkt.

Manchmal habe ich das Gefühl, ich müsste es R mitteilen, weil das Ganze sonst keinen Sinn macht, ich müsste es ihm so schreiben, dass er nicht weiß, ob es eine Passage aus meinem Pferderoman ist oder eine Erinnerung aus der Kindheit, dass er nicht weiß, ob es tatsächlich geschehen ist oder nur ein Produkt meines kranken Geistes, der mich immer runtermachen will und nicht aufhört, der nicht aufhört, bevor er mich nicht in die Knie gezwungen hat, damit er das weiß, damit er von mir dieses Schlimmste weiß und mich auch damit annimmt, mit all dem Schlimmen, das in mir ist, doch wie sollte ich das können, wie sollte ich jemandem gegenüber etwas bekennen können, das nicht einmal Zuzka verkraftet hätte, die mich kennt, seit ich elf bin.

Mutter droht mir den ganzen Tag, morgen gehen wir zur Psychiaterin, morgen gehen wir zur Psychiaterin, diese Worte flirren die ganze Zeit um mich herum, doch sie klingen irgendwie absurd, zu welcher Psychiaterin? ich kenne keine, ich kenne noch nicht einmal dieses Wort, was es bedeutet, ich zwänge mich durch Gebüsch und Gestrüpp und hohes Gras und meine Füße stampfen in den Schlamm, ich höre, wie er in den Schuhen patscht … ich spüre die Dornen, die sich an meiner Hose festkrallen, rosa Sträucher peitschen mir den Leib, das Gesicht, krallen sich in die Haare, wo bin ich hier, ich bücke mich, um mir den Schnürsenkel zuzubinden, so weit weg war ich noch nie, ich bin schon weiter, als wir sonst beim Ausreiten mit den Pferden waren, links erscheint hin und wieder der Donauarm in meinem Blickfeld, reglos, tot, doch anders kommt man hier nicht voran, alles hier ist so zugewuchert, meine Arme und das Gesicht sind schon völlig zerkratzt, ganz zu schweigen von diesen Brennnesseln, die mir bis an den Kopf reichen, und von diesen Steinen, über die ich stolpere, mir fällt ein, dass ich auf einen Baum klettern könnte, ich bin gut im Bäumeklettern, ich könnte mich in der Krone eines Kirschbaums einnisten und dort bleiben, nichts weiter, einfach einen Moment dort bleiben, doch vorher muss ich mit all diesem Kraut fertigwerden, eine Sense müsste man haben, eine von denen, die Braňo zum Heumachen nahm – oder am besten eine Machete, und sich damit den Weg freischlagen, wie es im Dschungel gemacht wird, oder ein Messer, wenigstens eine Schere, alles würde ich hier abhacken, abschneiden, abmähen, damit hier nichts mehr ist, kein Stein auf dem anderen bleibt, nur ich und eine freie Fläche, ja, so ist es besser, ich stehe in der Mitte meines Zimmers, in der Hand die große Küchenschere, und endlich kann ich durch das Dunkel schemenhaft alle vier Wände erkennen, den ganzen Raum, nur für mich, alle Stängel, Blätter, Blüten, Übertöpfe liegen am Boden, abgemäht, zerbrochen, erschlagen, eine Verwüstung, genau so eine Verwüstung, wie ich sie jetzt brauche.

Ich weiß nicht, wo ich damals hingelaufen bin, ich wollte wohl nur noch weg, nur verschwinden, als ich ihn hinter dem Stall gesehen hatte, damit ich niemals wieder so etwas sehen muss, damit ich so weit wie möglich wegkam von diesem Ort, an dem er lag, oder vielleicht war es auch aus Angst, dass sie mich in die Besserungsanstalt stecken, weil ich mich so auf Žofia gestürzt hatte, ich hatte mit Sicherheit keinen vorgefassten Plan, und so werde ich jetzt drei Tage über die Getreideinsel irren und dann wird man sehen.

Ich war dreizehn, als ich ihn getötet habe.

Žofia hatte das Springen auf Logan schon beendet – also Žofka, du würdest es auch über den Oxer schaffen –, die Reitstunde war vorüber und sie ging nach Hause, auf dem gesamten Gelände des Reiterhofs war kaum noch ein Mensch, und ich holte mir Tristan zum Reiten, ich holte ihn mir, obwohl ich überhaupt keine Lust zum Reiten hatte, ich wollte nur auf andere Gedanken kommen, vielleicht wollte ich mich auch vergewissern, dass es keinen großen Unterschied macht, ob man mit Logan springt oder auf Tristan reitet, nur dass es da einen Unterschied gibt, und zwar einen gewaltigen, ich sitze auf Tristan und dieses Trampel hört kein bisschen auf mich, ich will in die Diagonale und er läuft immer, als würde ich eine Acht reiten, ich muss ihn treten, damit er überhaupt antrabt, er kriecht irgendwie schief um die Kurven, kommt beinah ins Wanken dabei, und galoppieren, schön wär's, da hat er keinerlei Ambitionen, kann er überhaupt noch galoppieren? Bis ich mir sage, jetzt springst du ab, holst die Reitgerte aus dem Schrank und ziehst ihm richtig eins über, in Wahrheit bin ich vor allem auf mich wütend, nie schaffe ich es, die Hände über dem Widerrist zu halten, ständig hebe ich sie hoch, ständig fuchtele ich damit herum, und solange ich solche Klepper reiten muss, die nicht mal richtig galoppieren können, werde ich es auch nicht lernen, Tristan ist schon kurzatmig, bleibt stehen, ich stoße ihn ständig mit den Fersen in den Bauch, er soll antraben, er soll galoppieren, er soll sich bewegen, verdammt noch mal, warum bleibt dieser Klepper ständig stehen, sie sollten ihn in die Wurst geben, ich packe seine Mähne, beuge mich zu ihm nach vorn und flüstere, sie sollten dich in die Wurst geben, hast du gehört, Tristan?! Du gehst nach Italien in die Wurst, du verdienst es nicht anders, du bist gar kein Pferd mehr, eine Schindmähre bist du, nur ich bin noch auf dem Reitplatz, ich springe ab und führe ihn in den Stall, unterwegs ziehe ich ihn grimmig am Zügel, bis er anfängt sich zu widersetzen, doch der Zorn steigt in meinem Kopf hoch wie kochendes Blut, immer mehr, mir ist, als würde mein Kopf gleich platzen, ich bin bestimmt ganz rot, und in der Box verliere ich vollends die Kontrolle über mich, in der Box explodiere ich, gleich nachdem ich ihn abgesattelt habe, fange ich an, ihn mit den Fäusten zu bearbeiten, ich prügele ihn, trete ihn mit ganzer Kraft in den Bauch, ich halte ihn am Zügel und ziehe die Trense bis irgendwo an den Hals, als wolle ich ihm das Maul aufreißen, und schlage ihn mit der Leine und schlage ihn in die Seiten und trete ihn in den Bauch, er kann nirgendwohin ausweichen, er kann nirgendwohin fliehen, die Box ist klein, er trippelt auf der Stelle und reißt den Kopf hoch, und ich sehe seine Augen, wie sie mich erschrocken anstarren, und dennoch kann ich nicht aufhören, ich kann diese Wut nicht beherrschen, ich schlage ihn weiter und schlage weiter.

Žofia, die auf Logan sitzt und die Hände schön über dem Widerrist hält, die Fersen nach unten, sitzt den Trab graziös aus, Herr Ble ruft, ausgezeichnet, Žofka, es klappt bei dir, und Žofia, die mit ihrem hypermodernen Fotoapparat, mit dem man auch filmen kann, hinterm Stall steht, Žofia, die Tristan filmt, und als ich am nächsten Tag komme, sagen sie mir gleich, dass er hinterm Stall liegt, ich gehe nachsehen, ich gehe dorthin wie in einem bösen Traum, und das Erste, was ich sehe, ist Žofia mit ihrem Fotoapparat, doch dann sehe ich plötzlich Tristan, er liegt auf der Seite, er ist zur Hälfte zugedeckt, doch unter der Decke schaut ein Teil des Bauches hervor und dieser Bauch ist offen, aus dem Bauch hängen seine Gedärme, Innereien, auf dem Beton ausgebreitet. Tristan hat glasige Augen und einen aufgeschlitzten Bauch, mein Tristan! Und diese Sau filmt mein totes Pferd auch noch, ich knie neben ihm nieder, habe aber Angst, ihn zu berühren, das ist mein Werk, sage ich mir, und dennoch kann ich es im ersten Moment nicht glauben, als ich losging, lebte er doch noch, ich hatte ihn geschlagen, aber nicht erschlagen, ich hätte es doch nicht fertiggebracht, ihn zu erschlagen! und dann richte ich mich auf und werfe mich auf Žofia, wie kannst du ihn filmen, bist du bescheuert? er ist doch tot! und ich reiße ihr den Apparat aus der Hand, genauer gesagt, schlage ich ihn ihr aus der Hand, er fliegt und landet auf der Erde, und ich stoße sie und spüre, dass ich fähig wäre, die Hände um ihren Hals zu legen, ich wäre fähig, auch sie umzubringen, sie zu erwürgen, wieder dieselbe unbeherrschbare Rage wie gestern, jetzt aber nicht mehr gegen das Pferd, sondern gegen sie, gegen Žofia, und dann kommt Roman angerannt und packt mich am Arm und sagt etwas zu mir und schimpft auf mich ein, ich höre ihn aber nicht, ich reiße mich los und laufe weg, runter vom Gelände, den Deich hinauf, ich laufe und laufe und ich weiß überhaupt nicht wohin, ich weiß nur, dass ich Tristan umgebracht habe.

Doch warum hatte er einen aufgeschlitzten Bauch, grübele ich, als ich im Dunkeln im Bett liege, das ist die Frage, die sich mir diese ganzen Jahre lang immer wieder aufgedrängt hat, obwohl ich immer versucht habe, sie wegzuscheuchen, so weit weg wie möglich, bloß nicht daran denken, warum Tristan einen offenen Bauch hatte, habe tatsächlich ich ihn umgebracht? Erinnere ich das richtig?

All diese Jahre konnte ich nicht daran denken, ich musste es unterdrücken mit Medikamenten, mich betäuben, musste es verstecken, vor allem vor mir selbst, das, was ich in Wirklichkeit bin, ich kann es auch jetzt nicht annehmen, mit dem Abstand der vielen Jahre, doch jetzt kann ich wenigstens daran denken, es mir wieder ins Gedächtnis rufen, ich kann auf diese Tage zurückschauen, darauf, was ich getan habe, und ich zerspringe dabei nicht in Millionen Splitter, ich, die ich Pferde so liebte, habe eins getötet. Und plötzlich begreife ich: Das ist nicht irgendeine Krankheit. Das bin einfach ich. Mit all dem Schlimmen, das zu mir gehört.

Doch dann kommen noch andere Erinnerungen hoch.

Es ist ein heißer Augusttag, ich sitze auf Tristan, Zuzka auf Penelope, wir reiten im Gelände, hinter dem Deich, doch die Trainerin ordnet plötzlich an, das gehe so nicht, wir müssten die Pferde etwas abkühlen, und wir denken, sie ist verrückt geworden, doch sie steuert tatsächlich auf die Donau zu, na los, kommt, wir tauchen alle bis an die Rippen ein, Zuzka und ich lachen aus vollem Hals, während wir in das kalte Wasser hineinreiten, ja, auch unsere Schuhe sind schon nass, und die Pferde prusten und tauchen die Nüstern ins Wasser, wie sie gehen, wie sie den Wasserwiderstand überwinden, ein erstaunliches neues Gefühl, etwas zwischen Schritt und Trab, verschwimmend.

Und dann ein anderer Ausritt, im Winter, durch den frisch gefallenen Schnee. Ich glaube, es war sogar der erste Januar, als ganz Bratislava unter einer Schneedecke lag, alles war zugeweht, dennoch sind wir zum Reiterhof aufgebrochen, wie auch anders, Zuzka wartete eine Dreiviertelstunde an der Haltestelle auf mich, denn meine Straßenbahn fuhr nicht, doch sie wartete, und die Trainerin nimmt uns mit hinaus und dieses Mal sitze ich auf Quebec und Zuzka und ich reiten hinten und wir streiten, wer besser ist, der kleine oder der große Juraj, Zuzka ist in den kleinen verliebt, ich in den großen, wir können uns nicht einigen, welcher besser ist, wir lachen, bis die Trainerin uns von vorn eine Mahnung zuschreit, wir lachen, denn für uns ist ganz offensichtlich, dass die jeweils andere irrt, dass sich der kleine nicht im Geringsten mit dem großen messen kann, dass der große dem kleinen bei weitem nicht das Wasser reichen kann, wir lachen, und da legt sich Quebec plötzlich in den Schnee, ich falle in die Schneewehe neben ihm und er fängt an, sich zu wälzen, und Zuzka lacht noch lauter und ruft, dass Quebec mich auch nicht mehr hören kann und sich deshalb meiner entledigt hat, und ich sitze nur verständnislos da, starre vor mich hin, triefend nass, und Zuzka ruft, geschieht dir recht.

Und dann die letzte, noch fernere Erinnerung, vom ersten Reiterhof, mit Braňo, Šumienka sollte abfohlen, jeden Moment konnte es so weit sein, ich hielt es in der Schule kaum noch aus, ich fürchtete, es passiert, während ich in irgendeiner albernen Physikstunde sitze, und so renne ich nach dem Unterricht wie eine Irre nach Ekoiuvente und dort will Braňo uns Kinder nicht reinlassen, er kommt aus dem Stall gelaufen, geht wieder hinein, holt einen Eimer mit Wasser und Handtücher, ist überall ganz schmutzig und sagt, gleich ist es so weit, jeden Moment, geduldet euch, und dann kommt er raus und nickt mir zu, nur mir, seinem Liebling, seiner *ersten Ivana*, komm, du kannst jetzt gucken kommen, Ivana, und ich gehe, am ganzen Leib zitternd, hinter ihm in den Stall und bleibe vor der Box stehen und sehe durch das Gitter die am Boden liegende Šumienka mit etwas Dunklem vor ihrem Bauch, etwas, was ich im ersten Moment nicht deuten kann, doch es ist das Fohlen, ganz schwarz, obwohl Šumienka weiß ist, und dafür, dass es aus Šumienkas Bauch kam, scheint es mir riesig zu sein, und es liegt dort mit eingeknickten Beinen und Šumienka leckt es überall, und während Braňo zu ihr reingeht und ihr hilft, die Plazenta abzustreifen, beobachte ich die Szene vom Gang aus, da versucht das Fohlen, aufzustehen, auf seine wackeligen Beine zu kommen, erst kniet es sich hin, dann versucht es, sich auf alle vier Beine zu stützen, der erste Versuch, der zweite Versuch, der dritte, plötzlich steht es gespreizt da, neben der liegenden Šumienka, die es beobachtet, ein wahrhaftes Wunder, ich sehe, dass es steht, nur wenige Minuten nach der Geburt, doch mir ist klar, dass sein Gleichgewicht fragil ist, es ist so anfällig, es ist so verletzbar, dass es genügen würde, es sanft mit dem Finger anzustupsen, vielleicht auch nur anzupusten, und es würde augenblicklich einknicken, auf die Knie sinken, erneut zu Boden gehen, genau wie ich.

OLIVIA

Ich weiß noch, wann ich zum ersten Mal dachte, ich könnte einmal enden wie Gloria Rosboch.

Ich nicke dem Pförtner zu und verlasse das Schulgebäude, der Himmel ist stahlgrau, es wird langsam dunkel, in dieser fahlen Wintersonne wirkt alles unwirtlich, mysteriös. Tot. Vor zwei Tagen hat es geschneit, hier auf dem Hügel in Pino Torinese hält sich der Schnee noch, bei uns in Chieri ist er längst zu Matsch geworden. Während ich zur Haltestelle der Dreißig gehe, versuche ich mich daran zu erinnern, was ich für den heutigen Abend geplant habe. Irgendwann gebe ich auf, dieser löchrige Kopf, ich hole das Handy heraus, schaue im Kalender nach. PPP. Richtig, heute liest im Circolo dieser Schauspieler aus Pasolini-Texten. Ich seufze, ich mag Pasolini nicht, doch ich habe auf Torinosette für den Abend nichts Attraktiveres gefunden. Immer noch besser, als vor dem Fernseher zu hängen wie manch andere. Manch andere, die ich nicht überreden konnte, mitzukommen. Ich schiebe das Handy zurück in die Tasche, die Lesung beginnt um neun, ich habe also genug Zeit, einen Abstecher nach Hause zu machen, zu essen und mich umzuziehen. Ich werde mit dem Wagen hinfahren müssen, abends kommt die Dreißig nur einmal in der Stunde, also faktisch gar nicht, doch das ist kein Problem, bei der Gran Madre findet sich meist eine Parkmöglichkeit, von dort ist es dann nur noch ein kleines Stück. Ich erreiche die Haltestelle Pino Centro, es ist niemand sonst hier, mich schmerzen die Füße, den ganzen Tag an der Tafel, die Schultreppen hinauf und hinab, aber auf diese eisige Metallbank setze ich mich trotzdem nicht, eine Harnwegsentzündung würde mir gerade noch fehlen.

Gleich neben der Haltestelle ist der Zeitungskiosk mit den seitlichen Auslagen für Illustrierte. Mein Blick bleibt an einer Schlagzeile hängen: *Gabriele Defilippi aus dem Gefängnis: »Ich will sterben. Verzeih mir, Gloria.«* Und darunter, in kleinerer Schrift: *In 40 Tagen nahm er 10 Kilo ab. Ärzte sind besorgt.* Ich ertrage das nicht, ich ertrage nicht, dass auch ich das lese, dass ich diesen Fall verfolge. Seit zwei Monaten gibt es bei uns im Lehrerzimmer kein anderes Thema. Aber ich will das nicht, ich will mir nicht beim Pausenkaffee über die arme, unglückliche Gloria das Maul zerreißen wie diese alten Marktweiber. Ich finde es widerlich, dass diese Frau in Turin und Umgebung zur Zielscheibe des Spotts geworden ist. Auch ihre SMS sind schon durchgesickert. Ihre verliebten Botschaften, seine ekelerregenden Fantasien. Wie konnten die Magazine das veröffentlichen, haben die überhaupt kein moralisches Gewissen, kann man denn heutzutage alles machen, was man will? Wirklich, es ist ungeheuerlich, kennen diese Hyänen von der Journaille denn gar keine Grenzen? Das Volk interessiert sich angeblich dafür, die Leute wollen das lesen, diese Verwicklungen um Gloria und ihre Familie. Es ging darum, so viel wie möglich aus dem Ganzen herauszupressen. Damit es einen Unterhaltungswert bekam. Fürs Volk, für meine Kolleginnen, vor allem für Carla und Franca. Im Moment ist es ihr liebstes Thema, ein paar Monate zuvor war es das Sexualleben einer fünfzehnjährigen Schülerin. Ich weiß noch genau, wie Franca sich auf der Treppe zu mir herüberbeugte und mir kichernd zuflüsterte, dass sich die Elisa, du weißt schon, die aus der B, die Dünne, die sich immer eindieselt wie eine Königin, einen Genitalherpes eingefangen hat, wer weiß von wem, bestimmt hat sie ihn in der ganzen Klasse verteilt, ich hab das von der Sportlehrerin, diese Info, streng geheim, sie zwinkerte mir zu und rannte los zu ihrer Klasse, es klingelte schon. Ich blieb mitten auf dem Flur stehen, wie vor den Kopf geschlagen.

Während ich auf dem Fahrplan nachschaue, wann die nächste Dreißig kommt, finden sich weitere Leute an der Haltestelle ein, zwei Schülerinnen und zwei Schüler aus einer Gymnasialklasse, in der ich zwar nicht regulär unterrichte, aber seit zwei Monaten ab und an eine Kollegin vertrete, die zu onkologischen Behandlungen geht. Noch fünfzehn Minuten, der Bus war gerade gefahren. Ich beobachte, wie die Mädchen sich ohne zu zögern auf die eisige Bank setzen, obwohl sie nur Leggings anhaben, die Jungen stellen sich daneben. Sie grüßen mich beiläufig, meine Anwesenheit wurde also wahrgenommen, doch dann holen sie ganz entspannt vor mir ihre Zigaretten raus und stecken sich eine an. Sie unterhalten sich über Belén Rodriguez und ihr neuestes Video auf Facebook. Mir fallen auf die Schnelle ihre Namen nicht ein. Das eine Mädchen ist fettleibig, unter der Jacke stauen sich an ihrem Bauch die Rettungsringe, doch sie macht nicht den Eindruck, als würde ihr das Kopfzerbrechen bereiten, sie wirkt nicht gehemmt oder verschämt wie die dicken Mädchen meiner Jugend, ganz im Gegenteil, als würden ihr ihre beachtlichen Ausmaße mehr Autorität verleihen, als gäben sie ihr das Recht, als Erste das Wort zu ergreifen, die eigene Meinung zu verkünden. Sie lacht gerade laut über irgendeine Bemerkung, die ich nicht gehört habe, einer der Jungen hatte etwas genuschelt, wohl bezogen auf Beléns Video, ich kann meinen Blick nicht von ihr lösen, wie alles an ihr wabbelt und sie beinahe schnauft, ihr Gesicht ist stark geschminkt, lange violette Nägel, das eine Ohr mit sechs Ringen behängt, das andere mit dreien. Sei's drum, wenn sie das schön findet.

Doch dann fesselt einer der Jungen meine Aufmerksamkeit. Obwohl ich ihn unterrichte, hatte sich in der Klasse noch nie die Gelegenheit ergeben, ihn genauer anzusehen, erst hier an der Haltestelle, während er die Gruppe unablässig mit irgendwelchen witzigen Sprüchen und Bemerkungen erheitert. Im Gegensatz zu dem fettleibigen Mädel ist er gutaussehend. Symmetrische Gesichtszüge. Längere Haare. Zarter Flaum im Gesicht. Er erinnert mich sehr an Defilippi auf dem einen Foto, das sie ständig zeigen. Mir fällt ein, dass ich im Internet nachschauen könnte, ob sie sich tatsächlich so ähneln oder ob es mir nur so vorkommt, doch dann schäme ich mich für die Idee. Ich befasse mich nicht mit solchen Sachen, ich bin doch nicht Carla oder Franca. Ich verfolge das nur am Rande, nur soweit man sich nicht entziehen kann, wenn man die Nachrichten schaut, wenn man unter Leute geht, wenn man in irgendeinem Umfeld eingebunden ist. Ich bemühe mich eher, es zu verdrängen. Und mich mehr der Kunst zu widmen, Filmen, Büchern und dem Joggen, und nicht irgendwelchen Boulevardblättern und Skandalspalten, wie es andere tun. Doch man kann nichts für das, was einem durch den Kopf geht. Wir können dem Kopf ja nicht befehlen, was er zu denken hat und was nicht. Obwohl mir das gefallen würde. Mir würde es gefallen, die eigenen Gedanken zu beherrschen, sie zu lenken, nur die erhabenen zuzulassen. Wem würde das nicht gefallen. Entscheidend ist doch aber, wie ich mit den falschen Gedanken umgehe, ob ich sie verjage oder tatsächlich das Handy heraushole und gabriele defilippi in die Suchmaschine tippe. Ich unterdrücke den Drang. Um mich abzulenken, schaue ich zur anderen Straßenseite und zu dem Gebäude, in dem sich die Apotheke befindet. Brauche ich von dort etwas? Nein, ich habe doch schon am Morgen wegen dieser Nahrungsergänzungsmittel dort reingeschaut. Das Handy lasse ich schön in der Tasche, wo kämen wir denn da hin, da könnte ich mich ja gleich in die Diskussion der Schüler über Belén und das neu im Netz aufgetauchte Video einschalten, ah ja, wie sich eben herausstellt, ist es ein Porno.

Erneut betrachte ich den Gymnasiasten und fange unbewusst an zu überlegen, wie er seine fette Freundin wohl wahrnimmt. Sieht er die Rettungsringe und wie vulgär sie ist, nahezu ordinär? Ist sein Kontakt zu ihr eventuell enger? Hält er sie für eine charmante Mollige? Schmeichelt es ihm, dass sie über seine Witze lacht? Würde er mit ihr etwas anfangen? Brächte er es fertig, sie anzufassen?

Carla und Franca im Lehrerzimmer, wie sie mir die Fotos von Gloria Rosboch zeigen, die durch die Medien gingen, genauer gesagt, dieses eine Foto der unattraktiven neunundvierzigjährigen Französisch-Dozentin zusammen mit mehreren, aus dem Internet heruntergeladenen Selfies ihres feschen zweiundzwanzigjährigen Freiers, ihres ehemaligen Studenten Gabriele Defilippi, sie bohren ihre Finger in die Fotos, lachen, platzen fast dabei, halten mir die Zeitungen unter die Nase – guck sie dir mal an, ist das nicht ein schnuckeliges Gespann, ist das nicht ein schönes Paar? Wie findest du die beiden Turteltauben? Und sie hat wirklich geglaubt, dass er sich in sie verliebt hat, ach, meine süße Gloria, wir werden schon bald zusammen sein, bring mir nur diese 187 Tausend Euro, die du auf dem Konto hast, und wir kaufen uns dafür ein Liebesnest, wo es nur uns beide geben wird, und Carla, die sich die tränenden Augen reibt, da könnte sich ja genauso irgendein Gymnasiast in mich verlieben.

Wie oft war mir in diesen Jahren der Gedanke gekommen, dass sich ein Schüler in mich verlieben könnte?

Ich habe mit fünfundzwanzig zu unterrichten angefangen und war damit vom Alter her meinen Schülern näher als den meisten meiner Kollegen. Doch mir wurde schon sehr bald klar, dass ich mir mit meinem freundschaftlichen Umgang mein eigenes Grab schaufelte. Ich wollte die charismatische Englisch-Lehrerin sein, mit der man nicht nur *phrasal verbs* und *conjugation* behandeln kann, sondern auch den Sinn des Lebens und die Botschaft von Livingstons Buch *Die Möwe Jonathan*. Ich hatte auf dem Gymnasium selbst so einen Lehrer gehabt, den ich bewunderte, einen

Italiener, er setzte sich manchmal auf das Pult und unterhielt sich mit uns über das Leben, die Liebe und den Sinn der Literatur, über die Frage, warum man schreibt, über alles Mögliche. Er siezte uns, doch er sprach mit uns wie mit seinesgleichen, er sah in uns Partner, und nicht eine Horde Ungeheuer, die man bändigen und züchtigen muss. Und bei ihm funktionierte es, wir respektierten ihn in jeder Hinsicht. Doch als ich so auftrat, stellte ich sehr schnell fest, dass mich das in den Augen der Schüler nur zu einer leichten Beute machte. Dass ich mich lächerlich machte. Peinlich. Erst dachte ich, es liege daran, dass mein italienischer Lehrer ein Mann war und ich eine Frau, später begriff ich, dass ich es einfach nicht habe. Ich habe kein Charisma. Und überhaupt. Sich über das Leben unterhalten? Welche Ratschläge hätte ich ihnen geben können, ich, die ich jahrelang in einer labilen Beziehung festhing, die dann auch noch in die Brüche ging, ich, die ich als Kind Talent zum Tanzen hatte, zum Malen, zu so vielem, und der es nicht gelang, irgendetwas daraus zu machen. Im Laufe der Jahre, in denen ich unterrichtete, hat sich meine Sicht jedoch etwas geändert. Inzwischen gebe ich den Schülern die Schuld. Sie sind oberflächlich, dumm, überheblich, haben an nichts Interesse, sie können sich für nichts wirklich begeistern, haben null Ausdauer, keinerlei Willen, sind materiell rundum abgesichert, doch sie wissen nichts damit anzufangen, sie haben um nichts im Leben kämpfen müssen, sie kriegen alles umsonst vorgesetzt. Und während mir das durch den Kopf geht, während ich das im Geiste so ausformuliere und dabei die vier saftigen Exemplare vor mir an der Haltestelle betrachte – endlich biegt auch der Bus um die Ecke –, wird mir klar, dass das schlecht ist, denn ich weiß, dass ich bereits zu den älteren Kollegen gehöre, sowohl den Jahren als auch den Ansichten nach.

Was für eine Lehrerin war Gloria Rosboch? War sie streng, war sie freundlich? Konnte sie gut unterrichten? Dem Foto nach zu urteilen hatte sie eine gewisse Ähnlichkeit mit Franca, einer bebrillten Tonne, aber besser erzogen, sie zerriss sich im Flur gewiss nicht das Maul über den Genitalherpes ihrer Schülerinnen, wer weiß, ob sie überhaupt jemals einen Mann hatte. Carla und Franca war es zwar gelungen, mir zuzuraunen, dass Defilippi mit Gloria »angeblich wirklich im Bett war«, doch Gerüchte und Realität waren zweierlei. Und wenn es stimmte, fragte ich mich, ob sie noch mit jemand anderem als diesem Betrüger eine Beziehung eingegangen war? Wie groß mussten ihre Verzweiflung und Einsamkeit gewesen sein, dass sie, die unattraktive alte Frau mit Segelohren, glaubte, dass so ein schöner junger Mann sie wollte, sie physisch begehrte, dass sie das Objekt seiner erotischen Träume war?

Ich steige in den Bus, gehe den Gang nach hinten durch und setze mich in die erhöhte Sitzreihe, die Schüler lassen sich vier Reihen vor mir nieder, pausenlos dümmlich über irgendetwas kichernd, ich sehe, dass die Frau mir gegenüber eine große Fieberblase an ihrer Oberlippe mit weißer Creme zugeschmiert hat, die inzwischen getrocknet ist und jetzt aufplatzt. Wieder dieser Herpes. An manchen Tagen habe ich den Eindruck, dass ihn praktisch alle haben. Ich schaue in der Handtasche nach, ob ich die antibakteriellen Feuchttücher eingesteckt habe, damit ich mir nach dem Aussteigen die Hände reinigen kann.

Ich bilde mir ja manchmal auch ein, dass Schüler mir nachschauen, dass ich ihnen gefalle, und ich bin der festen Überzeugung, dass ich attraktiver bin als ihre fünfzehnjährigen, bereits übergewichtigen Mitschülerinnen. Doch wie kann es sein, dass ich, eine erwachsene Person, mich mit fünfzehnjährigen Kindern vergleiche und als Siegerin fühle, ich mir sage, ich sei ihnen überlegen?!

Die Erklärung ist simpel. Ich habe immer noch das Gefühl, dass ich als Frau etwas hermache. Ich bin zwar schon neununddreißig und mir ist klar, dass das nicht gerade wenig ist, an meinen Augen sitzen kleine Falten, mein Körper streikt zuweilen und ist auch nicht mehr ganz so belastbar wie früher, aber ich meine dennoch, dass ich noch nicht zu den ausgemusterten Modellen gehöre. Zwar habe ich das Tanzen vor ein paar Jahren mit großem Bedauern aufgegeben, ich war nicht mehr beweglich genug, außerdem blockiert eine Schulter, aber ich laufe. Ich arbeite an mir, nicht wie andere, die schon schnaufen, wenn sie in unserer Schule die Treppe hochmüssen. Ich mache bei uns in Chieri mit der Laufgruppe Ausdauerläufe. Zwei, drei Mal pro Woche. Je nach Wetter und Laune, ich bin aber nicht sportsüchtig oder fanatisch. Ich bereite mich peu à peu auf den Halbmarathon vor, der Marathon in Paris würde mich auch reizen, doch das ist schon etwas aus dem Reich der Träume, vielleicht ja später einmal. Jedenfalls achte ich auf mich. Ich kann sagen, dass ich durchtrainiert bin. Ich trage meine langen Haare offen oder mit einem Haarreifen. Und obwohl ich mich bemühe, dem Grundsatz zu folgen, dass das Wesentliche für die Augen unsichtbar ist, muss ich sagen, dass ich auch ein rundum schönes Gesicht habe. Für mein Empfinden. Etwas hohlwangig vielleicht, und diese Fältchen, wie gesagt, doch ich habe große, hellblaue Augen und hervorstehende Wangenknochen, meine Nase ist adäquat und gerade, und ich habe nicht den Eindruck, dass es den Leuten unangenehm ist, mich anzuschauen. Ich bin dankbar, dass ich mit meinen neununddreißig aussehe, wie ich aussehe. Jawohl, was einen gesunden Lebenswandel betrifft, bin ich vielen fünfzehnjährigen Schülerinnen überlegen.

Und da ist noch etwas: Ich stehe in der Hierarchie über ihnen.

Ich hole mein Handy heraus, wir sind gerade durch Pina gefahren, alles wirkt gespenstisch, ich fotografiere die Landschaft hinter dem Fenster, der Schnee leuchtet schön in der Dämmerung, und lade einen Ausschnitt daraus als WhatsApp-Profilbild hoch. Auf dass sich jene, die mich mögen, ebenfalls an der interessanten Aussicht erfreuen. Der Bus ist noch immer halb leer, doch die vier Schüler machen ordentlich Radau, ich habe noch nie verstanden, was diese jungen Leute ständig so komisch finden. Gibt es heute mehr zum Lachen als früher? Ich kann mich nicht erinnern, in meiner Kindheit oder Pubertät ununterbrochen hysterisch über etwas gekichert zu haben. Die dicke Schülerin dreht sich nach hinten, und als unsere Blicke sich treffen, dreht sie sich kichernd zurück, tuschelt dem feschen Schüler etwas zu und beide brechen in wieherndes Gelächter aus. Machen sie sich über mich lustig? Und wenn schon, bei einzelnen Exemplaren kommt offenbar jede Hilfe zu spät, obwohl sie noch das ganze Leben vor sich haben. Mein Handy piept, mein Herz hüpft, jemand hat mir geschrieben, ich öffne mein WhatsApp und die Schüler verschwinden aus meinem Kopf, doch es ist nur Mutter. Wie könnte es auch anders sein. Mutter kommentiert mein neues Profilbild. Angeblich ist das Bild ein toller Schnappschuss, *schade nur, dass es durch die Fensterscheibe des Busses geknipst wurde,* und wann ich bei ihnen vorbeischauen würde. Ich unterdrücke einen verzweifelten Seufzer. Manchmal habe ich den Eindruck, dass meine Mutter nonstop auf WhatsApp, Facebook und Twitter unterwegs ist. Sie ist immer die erste, die meine Statuseinträge kommentiert, jedes neue Foto, jeden meiner Freunde, sie kommentiert auch jeden meiner Kommentare, den ich wem auch immer aus unserer Runde sende, und wenn ich meine Profile öffne, sehe ich zuerst meinen Namen und immer gleich dahinter ihren. Sie ist sogar fähig, mir, wenn wir uns sehen, vorzuwerfen: Warum hast du den ganzen Samstag nicht ins WhatsApp geschaut, ich habe mir schon Sorgen gemacht, weil ich dich nicht online gesehen habe, ich hatte Angst, dir wär etwas passiert, ich wollte dich schon anrufen, doch dein Vater hat mich zurückgehalten. Ich weiß, warum ich so selten wie möglich bei Mutter vorbeischaue.

Oh Gott, und wie vulgär sie sind. So jung und so unflätig. Was wird aus ihnen werden, was für unreife Kreaturen werden sie als Erwachsene sein, die nur die eigene Befriedigung im Sinn haben. Schon immer bin ich in den Stunden größter Schwermut zum *Kleinen Prinzen* geflüchtet, dem wahrhaftigsten Buch, das ich je gelesen habe, wenn ich traurig bin, wenn die Einsamkeit mich heimsucht, lese ich abends ein paar Seiten darin und bin für eine Weile wieder gern auf dieser Welt, denn ich weiß, dass es Menschen gibt, die ähnlich fühlen wie ich, die empfindsam sind, ernsthaft, die so über die Welt nachdenken wie ich, und ich weiß dann, dass all das Sinn macht. Doch jene dort? Diese vier Hosenscheißer? Lesen bestenfalls *Fifty Shades of Grey*, und das auch nur, damit sie wissen, in welcher Position es sich am besten in den Hintern rammeln lässt. Sie ekeln mich an. Sie kriegen mit fünfzehn Genitalherpes, mit zwanzig Mundhöhlenkrebs von den vielen Penissen, die sie geblasen haben. Ich habe keine Ahnung, ob sie so zur Welt kamen, ob alle so sind oder ob sie sich einfach der Mehrheit angepasst haben, den Werbungen, den Oberflächlichkeiten, die von allen Seiten auf sie einprasseln. Am meisten befremden mich diese Mädchen. Den zufällig aufgeschnappten Bemerkungen und den Lehrerzimmer-Scherzen von Carla und Franca nach zu urteilen ist Oralsex bei ihnen eine völlig gängige Praxis, so etwas wie Hallo, wie geht's, etwas wie Händeschütteln. Alle machen es. Ich könnte das niemals in den Mund nehmen, schon bei der Vorstellung dreht sich mir der Magen um.

Also doch, das ist etwas, worin mir diese übergewichtigen und hässlichen Mädels überlegen sind. Aus Sicht der Jungen jedenfalls.

Weg, weg damit, schnell an etwas Schönes denken, diesen Ekel aus dem Kopf scheuchen, mir fällt nichts ein, ich ziehe das Handy heraus, beginne meine letzten Fotos durchzusehen, Hügel, eine schneebedeckte Kiefer in unserem Hof, Gertrude Steins *A rose is a rose is a rose*, mein auf dem Regal liegendes Armband, durch eine Jalousie dringendes Licht, ich hebe den Blick vom Handy, wir erreichen gerade eine Haltestelle, endlich steigen die Schüler aus, sich gegenseitig rempelnd, lauthals lachend und dabei ganz offen spöttische Blicke in meine Richtung werfend. Sie wissen, dass ich ihnen keine Noten gebe. Erneut lese ich die Nachricht von Mutter. Sie mag sein, wie sie will, doch sie hat mich zu einem anständigen Menschen erzogen. Das musste man ihr lassen. Im Gegensatz zu vielen anderen.

Gloria Rosboch war allem Anschein nach ebenfalls ein anständiger Mensch. Es gibt gewisse Ähnlichkeiten, gewisse Parallelen in unseren Leben, die mich beunruhigen, und ich muss mir immer wieder sagen, dass es mir einfach nicht passieren kann, dass aus mir so etwas wird wie sie. Ich werde nicht so enden. Jeder Mensch hat sein eigenes Schicksal, unsere Lebensbahnen nähern sich zwar stellenweise an, doch sie verschmelzen nicht, es sind nicht einmal Parallelen, die irgendwann in derselben Unendlichkeit landen würden. Gloria war neunundvierzig – also genau zehn Jahre älter als ich –, sie lebte in dem kleinen Ort Castellamonte nahe Turin, ich lebe in dem kleinen Ort Chieri nahe Turin, sie unterrichtete an einer Berufsschule Französisch, während ich am Gymnasium Englisch unterrichte, sie hatte keinen Mann, ich habe keinen Mann, aber ich hatte einen, ich hatte sehr lange einen Mann, und das Wichtigste ist, ich lebe nicht bei meinen Eltern, und ich entziehe mich sogar recht erfolgreich dem mütterlichen Stalking in den sozialen Netzwerken. Das ist der grundlegende Unterschied. Und schließlich, *last but not least* – Gloria hatte Einhundertsiebenundachtzigtausend Euro auf dem Konto, die ich definitiv nicht habe, wohingegen ich über Urteilsvermögen verfüge, woran es ihr offenbar mangelte. Ach, du süße Glo, ich kann es nicht erwarten, dich in die Arme zu schließen, ein süßes Leben in Antibes erwartet uns, wir brauchen dafür nur noch Geld. Aus den Äußerungen ihrer Bekannten, Kollegen und Nachbarn, die ich in der Presse gefunden habe, geht recht deutlich hervor, dass sie nicht sehr intelligent war.

Und das Wichtigste – Gloria sah grässlich aus, Gloria war genau der Typ, der längst jenseits jeglichen männlichen Interesses lag. Gloria sah eigentlich nicht aus wie eine Frau. Irgendwie unbestimmt, undefinierbar. Wie ein asexuelles Wesen. Ich dagegen sehe weiterhin wie eine Frau aus, sogar wie eine lebenslustige. Diese Gewissheit kann mir niemand nehmen, da kann sich anstrengen, wer will.

Oh Gott, was schwätze ich hier, wie kann ich nur. Das ist armselig. Das bin nicht ich. Ich schüttele den Kopf und schaue zum Fenster hinaus, wir fahren gerade in Chieri ein.

Ich habe kürzlich ein interessantes Buch gelesen, über starke ungebundene Frauen, es wurde mir in der Buchhandlung Luxemburg empfohlen, in englischer Sprache, da es auf Italienisch noch nicht erschienen ist, sein Titel ist *Spinster*, und ich kam davon nicht mehr los. Als ich es las, sagte ich mir, ja, so eine könntest du werden, eine selbstbewusste Frau, die keinen Mann nötig hat, nur um einen zu haben, um ihrer Umgebung und sich selbst etwas zu beweisen, als wäre eine Frau ohne Mann unvollkommen, arm dran, bedauernswert, dabei stimmt das nicht, eine Frau kann auch allein leben, vollwertig, gelassen, auch ihr ganzes Leben lang, doch warum jagt diese Vorstellung mir dann einen wachsenden Schrecken ein, diese Vorstellung, dass ich niemanden mehr finde und allein bleibe, obwohl mir klar ist, obwohl mir völlig klar ist, dass ich bei weitem nicht die Einzige in dieser Lage bin, warum komme ich dann immer wieder zwanghaft auf den traurigen Fall der hinters Licht geführten Gloria Rosboch zurück, wenn ich mir doch sicher bin, dass es mir nicht so ergehen kann?

Und schon sind wir da, auf der Piazza Cavour, ich stehe auf und gehe nach vorn, noch immer etwas betäubt von dem, was diese vier frechen, schlecht erzogenen Gymnasiasten hier im Bus veranstaltet haben, ich trete in die Kälte hinaus und hole sofort ein Desinfektionstuch aus der Tasche, ich habe es nicht vergessen, ich vergesse es nie, selbst wenn meine Gedanken sonst wohin irren, ich wische mir die Hände gründlich ab, besonders die Fingerkuppen, ich werfe das Tuch in den nächsten Mülleimer, gehe an der Kirche der Heiligen Bernardino und Rocco vorbei und dann den Hügel hinauf nach Hause. Es ist schon fast dunkel, der Matsch unter den Füßen beginnt zu knirschen, es friert, ich passe auf, dass ich auf dem Gehsteig nicht ausrutsche, ich überlege, ob der Wagen für heute Abend eine gute Idee ist, auf den Straßen scheint aber schon jemand Salz gestreut zu haben. Beim Gehen spüre ich mein Kreuz sehr, wie schon an den Tagen zuvor war ich heute Morgen wie durchgebrochen aufgewacht, vielleicht sollte ich mir zu Hause Gel draufschmieren oder ein Pflaster draufkleben, genau.

In zehn Jahren kann viel passieren, in zehn Jahren kann man sein Urteilsvermögen einbüßen, möglicherweise sogar den letzten Rest des Verstandes, zehn Jahre sind eine wirklich lange Zeit, besonders wenn man sie in Einsamkeit verbringt. Eine einsame Dozentin kann anfangen, sich einzureden, dass die Studenten ihr hinterherschauen, dass sie sich für sie interessieren, nicht nur als Vermittlerin von Lehrstoff, sondern auch als Person. Wie das Gloria passiert ist. Und wie oft habe ich selbst den Eindruck, dass einige freche Schüler mich taxieren. Dass ich nicht als Lehrerin bewertet werde, sondern als Frau. Als Frau mit Augen, Haaren, Brustwarzen, Schenkeln, einem Hintern. Wenn ich solche Blicke wahrnehme, werde ich verlegen, und ich richte mich automatisch auf, strecke mich. Als wollte ich dieses Urteil über mich vorteilhafter ausfallen lassen. Doch welchen Eindruck kann eine fast vierzigjährige Frau auf einen Gymnasiasten machen? Auf einen Gymnasiasten, der genau unterscheidet zwischen seinem Jahrgang und jenen, die ein Jahr unter oder über ihm sind? Wirke ich auf so einen Hosenscheißer überhaupt noch wie eine Frau, wenn das, was Gloria ernst nahm, eine derartige Tragödie und gleichzeitige Posse ergab, dass ganz Turin sich darüber das Maul zerreißt, wenn nicht ganz Norditalien?!

Doch ich bin ja nicht einsam. Ich verbringe die Tage nicht damit, über mein trauriges Schicksal als geschiedene Frau zu sinnieren, ich mag kein Selbstmitleid, ich verfalle ihm nicht, ich habe ständig etwas zu tun, ich interessiere mich für Millionen von Sachen, ich habe jeden Abend ein anderes Programm, das ich meist in Gesellschaft absolviere. Mit irgendeiner Freundin, manchmal auch mit einem Bekannten, das aber seltener, Männer sind zu durchschaubar, sie wollen einen nach dem Konzert nach Hause begleiten, doch für so was bin ich nicht zu haben, das will ich nicht. Nur heute Abend hat es irgendwie nicht geklappt, ich konnte niemanden zu dieser PPP-Lesung überreden. Sie sind wohl vor dem schweren Stoff zurückgeschreckt. Dabei soll es so etwas wie eine Theateraufführung werden, wenn ich den Flyer richtig verstanden habe, vielleicht werde ich ja angenehm überrascht sein. Vielleicht treffe ich ja dort jemanden.

Ich würde mich gegen eine neue Beziehung gar nicht wehren, doch alles zu seiner Zeit. Einen Mann mit zu mir zu nehmen, ist dagegen überhaupt nicht meins, Affären interessieren mich nicht. Und die Befriedigung von eigenen Bedürfnissen erst recht nicht. Welche Bedürfnisse?! Mir fehlt in dieser Hinsicht nichts. Mir geht es gut, danke der Nachfrage. Ich bin nicht wie manche, also manche Frauenzimmer, ich denke da vor allem an meine Schülerinnen, die meinen, ihr Zug sei abgefahren, wenn sie mit fünfzehn ihre Jungfräulichkeit nicht verloren und alle Stellungen aus dem Kamasutra durchprobiert haben –

Oh Gott, schon wieder. Wenn das so weitergeht, werde ich in zehn Jahren die Schüler im Bus an den Ohren hochzerren, wenn sie mir als der Älteren nicht ihren Sitzplatz anbieten, und ich werde sie auf den Fluren anschreien: Du unerzogenes Gör, jetzt marsch, ab in die Klasse!

Nicht aufregen.

Ist doch wahr. Ich bin da vielleicht konservativ, aber die Beziehung zwischen Mann und Frau sollte doch noch aus etwas anderem bestehen als der Befriedigung animalischer Bedürfnisse. Dem Befüllen und Entleeren von Organen. Und genau das haben diese Hosenscheißer noch nicht begriffen. Und wer weiß, ob sie es jemals begreifen werden. Ich jedenfalls hatte es nicht eilig, meine Jungfräulichkeit verlor ich erst mit meinem Mann. Zwar noch vor der Hochzeit, aber erst, als ich mir sicher war, dass ich keinen Fehler begehe, dass er mich nicht gleich wieder wegkickt, zu jener Zeit konnte ich mir durchaus vorstellen, mein ganzes Leben mit ihm zu verbringen.

Und er hat mich nie gedrängt, er gab mir für alles Zeit, er wartete, bis ich bereit war für diesen großen Schritt. Und vor allem verlangte er von mir nicht irgendwelche Schweinereien, niemals, er deutete weder mit Worten noch mit Gesten an, dass er mehr wollen würde, als ich selbst wollte. Wir küssten uns, umarmten uns, berührten uns, ich erlaubte ihm, dass er in mich eindrang, wir liebten uns. Einfach die normalen Sachen. Manchmal habe ich es ihm mit der Hand gemacht, wenn ich abends müde war. Einmal passierte es, wir waren da schon verheiratet, dass er schneller abschoss, als ich erwartet hatte, und ich bekam etwas davon ins Gesicht. Er entschuldigte sich. Er habe das nicht gewollt. Damals fand ich es normal, dass er sich dafür entschuldigte. Ich habe mich einfach saubergewischt und ihm versichert, dass ja nichts passiert sei. Es war ja auch nichts passiert. Ich dachte damals, dass wir uns einig waren, dass wir auf derselben Wellenlänge waren. Doch diese Situation kam später wieder hoch, besonders als unsere Beziehung sich abkühlte, als sie bereits in Richtung Scheidung driftete. Was, wenn er sich die ganze Zeit über mehr gewünscht hatte, etwas anderes? Was, wenn er all diese Schweinereien machen wollte, von denen es mir – schon beim Gedanken daran, schon bei der bloßen Erwähnung – immer hochkam? Was, wenn das der wunde Punkt war?

In diesen siebzehn Jahren habe ich ihn nie beim Pornoschauen erwischt, und mir fiel erst nach der Scheidung auf, dass er es hätte tun können. Er hätte schauen können, und ich ihn dabei erwischen. Und dennoch war mir dieser Gedanke während unserer Ehe nicht ein einziges Mal gekommen. Ja, es stimmt, dass der Sex allmählich aus unserem Leben verschwand, doch mir schien das normal. Mir fehlte er nicht sonderlich, ich habe aber auch nicht weiter darüber nachgedacht. Für mich hatte Priorität, dass wir uns stets gut verstanden. Doch was, wenn er die ganze Zeit über litt, weil er sich mit wenig zufriedengeben musste, weil er meinen Kopf nicht mit den Händen umfassen und in mich reinstoßen konnte oder mich niederdrücken, sich auf mich setzen, festhalten und seinen Schwanz reinschieben, bis ich fast ersticke, und pressen, bis mir von dem Druck die Augen aus den Höhlen treten und die Wimperntusche verläuft?

Ich dachte auch deshalb so viel darüber nach, weil er sich so schnell Ersatz gesucht hat. Er hat mich nicht wegen ihr verlassen, aber es vergingen nicht einmal vier Wochen und sie war schon da. Als ließe sich eine Person problemlos durch eine andere ersetzen, als gäbe man eine Ware, mit der man unzufrieden ist, am Tag nach dem Kauf einfach zurück. Oder nach siebzehn Jahren. Und bestellt sich etwas anderes, etwas Neues, Besseres. Und bekommt es.

Mund und Hintern habe ich ihm jedenfalls nie gegeben, doch ansonsten gab ich ihm unglaublich viel von mir. Von meiner Energie, von meiner Zeit, von meinem Leben. Erst als unsere Ehe in den letzten Zügen lag, wurde ich apathisch, die Tage eilten dahin, ich hörte auf, Interesse zu zeigen – ja, aha, wie du magst, gut, ich hörte auf, ihn bei allem zu unterstützen, wie ich es diese siebzehn Jahre lang aus Gewohnheit getan hatte, und ich wartete nur noch darauf, dass er es mir sagen würde. Ich verließ ihn nicht, ich überließ es ihm, ich brachte ihn mit meinem Verhalten dazu, es zu tun. Ich ließ diese Beziehung sterben, doch weder mit grausamem Vergnügen – jetzt koste ich das Desaster aus! –, noch mit belehrender Befriedigung – genau das habe ich erwartet! –, und auch nicht auf die ironische Art – jetzt lass dich nicht länger bitten, du Scheißkerl! Ich bedauerte es, doch ich konnte es nicht länger hinauszögern. Mein Mann hat sich dank mir die ganzen siebzehn Jahre lang profiliert, er tat sich hervor, er arbeitete sich nach oben, er verwandelte sich von einem verschreckten Jungen in einen selbstbewussten Mann, nur ich war unterdessen bei *ihm* in Vergessenheit geraten, als hätte es für mich keinen Raum mehr gegeben, wirklich, wo war eigentlich ich diese ganzen Jahre über?

Warum besprachen wir nach dem Abendessen immer nur seine Arbeit, seine Probleme mit den Kollegen, warum erarbeiteten wir mit vereinten Kräften immer Berichte, die er abzugeben hatte, ich musste sie immer für ihn durchsehen, sie aufmerksam lesen und – besonders wichtig – sie vervollständigen, durch eine Anmerkung, einen Verbesserungsvorschlag oder wenigstens durch eine geänderte Wortfolge, andernfalls bezichtigte er mich, mir würde nichts daran liegen und es wäre mir egal, was sein Chef dazu sage. Warum sind wir im Urlaub immer in die Berge gefahren, Aufstiege zu Berghütten, wow, ein weiterer Stempel auf der Ansichtskarte, obwohl ich so hoffte, wenigstens einmal ans Meer zu fahren, für eine Woche, und als er sich einmal dazu herabließ und wir zehn Tage auf dem Campingplatz bei Savona verbrachten, schimpfte er die ganze Zeit auf die mürrischen Köche, und überhaupt, auf diese Liguren, dieses schmutzige Wasser, in dem Abfälle schwimmen, und darüber, dass er sich einen Sonnenbrand am Rücken geholt hat, und ich tolerierte sein Verhalten nicht nur, ich entschuldigte mich quasi auch noch für die Entscheidung, mea culpa, mea culpa!, und drang in den folgenden Jahren nicht mehr darauf, ans Meer zu fahren. Warum hatte ich eingewilligt, dass wir in Chieri blieben, wo ich schon während des Studiums entschlossen gewesen war, von diesem Dorf wegzuziehen, nach Turin, wo das Leben war, wo man jeden Tag ausgehen konnte und immer etwas Neues sehen.

Apropos, da gerade von meinem Entschluss die Rede ist. Wie habe ich, die ich seit jeher Kunst liebe, vor allem Tanz, Musik, Konzerte, aber auch Literatur, Filme, Ausstellungen, Theater, wie habe ich mich auf so ein Leben einlassen können, das aus Abendbrot, Nachrichten und anschließendem Arbeiten bestand, auf ein Leben, in dem nebenbei höchstens mal ein Buch gelesen wurde, in dem der Höhepunkt kulturellen Genusses im gemeinsamen Schauen eines Filmes auf DVD bestand oder im Hören irgendwelcher Musik vom CD-Player, und in dem das absolute Sahnehäubchen am Samstagnachmittag der Gang ins Lingotta-Kino zu »Avatar« war, mit 3D-Brillen, wie die Kinder, weil er sich für Sci-Fi interessierte, weil er Filme über Außerirdische liebte, und da er Filme über Außerirdische liebte, war klar, dass auch ich mir eine bunte Brille aufsetzte und drei Stunden lang blaue Ufos mit gelben Bullaugen anstarrte, die mit Sigourney Weaver über die Bäume jagen.

Ich weiß ja, warum. Ich weiß es sehr wohl. Ich dachte, wenn wir alles zusammen machen, wenn wir gemeinsame Interessen haben, also wenn ich mich seinen Interessen anpasse, würden wir ein vollkommenes Paar werden, würde es bei uns klappen, klapp, klapp, klapp, bis zum Sargdeckel. Unter dem wir selbstverständlich auch so liegen würden, Seite an Seite.

Und jetzt treffe ich ihn Seite an Seite mit dieser Anderen, Chieri ist ein kleiner Ort, Chieri ist ein ätzendes Nest, man möge es mir verzeihen, ich bin ja hier geboren, aber es ist so. Seit unserer Scheidung – ich sage immer Scheidung, obwohl sie noch nicht vollzogen werden konnte, vorerst handelt es sich um eine Trennung – ist ein Jahr vergangen und diese Andere hat nicht lange gefackelt, sie ging gleich aufs Ganze, wirklich. Man kann es schon sehen, sogar unter dem Wintermantel mit den orientalischen Ornamenten, in dem sie Seite an Seite mit dem vormaligen Mann meines Lebens herumspaziert, ist es schon zu sehen. Und damit sind wir auch schon angekommen, klar. Beim zweiten Stein des Anstoßes. Kinder.

Was war eigentlich mit Kindern? Jeder hält mir das jetzt vor, jeder fragt mich jetzt direkt oder indirekt danach, doch ich weiß es selbst nicht genau, ich kann es selbst nicht sagen. Ich wollte keine Kinder, er wollte keine Kinder, wir wollten Kinder, sie kamen aber nicht, wir wollten später Kinder und vergaßen es dann irgendwie im Alltagsstress, das mag es gewesen sein, das am unwahrscheinlichsten Klingende, wie kann man vergessen, dass man Kinder haben will, doch so ungefähr war es wohl, ungefähr so scheint die Antwort auf dieses hundertmal gebetsmühlenartig wiederholte oder nicht ausgesprochene Fragezeichen aller meiner Verwandten und Bekannten zu lauten – siebzehn Jahre zusammen und keine Kinder hätten!?

Ich kann mich nicht erinnern, dass wir mal einen Entschluss in dieser Hinsicht gefasst oder überhaupt darüber gesprochen hätten, ausgenommen vielleicht zu Beginn der Beziehung – und welchen Namen geben wir einem Mädchen? ganz bestimmt Chiara! nein, Bianca! Vielleicht als wir zusammenzogen, vielleicht als über die Verhütungsfrage entschieden wurde, doch das war schon so lange her, dass ich mich nicht mehr daran erinnern kann, und, was erst recht niemand versteht – mir haben diese Kinder nie gefehlt. Und das ist bis heute so geblieben. Mit neununddreißig, so heißt es, sei die biologische Uhr bereits am Ablaufen, doch hatte sie für mich überhaupt jemals getickt, hatte ich während dieser siebzehn Jahre jemals das Gefühl, dass es nun höchste Zeit wäre, dass ich es jetzt oder nie angehen sollte, dass mir etwas Grundlegendes entgehen würde, etwas Unwiederbringliches, was sich nie mehr aufholen, wettmachen ließe? Nein.

Und als er dann diese Andere fand und diese Andere schwanger wurde und die Leute darauf zu zeigen begannen und mich auf die unterschiedlichste Weise zu demütigen oder zumindest zu kränken versuchten, sobald man sich in diesem Nest traf, in diesem Chieri, durch das ich gerade gehe, bei völliger Finsternis, dieser Wegabschnitt ist unbeleuchtet, da hatte ich nichts als tiefen Groll in mir und unbändige Wut. Gut, ich habe also keine Kinder gemacht oder mir keine machen lassen, ich werde nie Kinder haben, doch was soll ich jetzt dazu sagen, dass ich als Frau versagt habe, dass ich als Frau minderwertig bin, unvollkommen, dass ich ein leeres Inneres habe, das mich belastet, dass meine Geschlechtsorgane umsonst angelegt wurden, dass ihr mich alle zu bedauern habt, weil ich um das Schönste gebracht wurde, das einer Frau in ihrem Leben widerfahren kann, und dass dieser arme Kerl es richtig machte, als er mit einer anderen abzog, die ihm diese Kinder schenken will?

Mistkerl elender, jetzt stellt sich also heraus, dass er sein Lebtag von einer Familie mit Kindern geträumt hatte? Ist ihm das jetzt eingefallen? Interessant, in der Tat. Mir wird schlecht.

Noch mal, es war so und es ist so, ich habe gewiss verschiedenste Anwandlungen, doch die Sehnsucht nach Kindern zählt nicht dazu.

Ich meine, dass ein Mensch, und eine Frau zählt ja wohl als Mensch, auch ohne Kinder glücklich sein kann, doch ich gewinne zunehmend den Eindruck, mit dieser Überzeugung allein zu sein.

Als würden mich viele nicht ernst nehmen, weil ich keine Kinder habe, weil ich keinen Ehering trage, besonders Fremde, die das nicht das Geringste angeht. Als würde man, herrje, schon wieder so eine Form, als würde frau erst dann erwachsen, wenn sie eine Entbindung durchmacht, als könnte sie erst dabei feststellen, worauf es im Leben ankommt, um sich dann in eine Reihe mit den Veteraninnen oder den anderen verdienten Eltern zu stellen. Solange du kein Kind zur Welt gebracht hast, bist du nur ein Mädchen, eine *signorina, signorinella, raggazuola,* da kannst du Augenfalten haben, so viel du willst, da kannst du neununddreißig sein und im Leben schon alles Mögliche gemeistert haben. Mir passiert das vor allem mit diesen verbitterten *Damen*, diesen Frauen um die fünfzig, sechzig. Erst kürzlich fing eine nach dem kurzen Blick auf meinen leeren Ringfinger gleich an, sich zu korrigieren, oh Entschuldigung, Teuerste, ich spreche Sie hier mit *Frau* an und dabei sind Sie ja noch *Fräulein*, und griente mir dabei hämisch ins Gesicht. Ich lachte gezwungen zurück, nein, das passt schon, Sie können ruhig *Frau* zu mir sagen, wir sind doch schließlich alle Damen, und das auf sehr gehobenem Niveau. Die ätzende Kuh, das Lächeln fror ihr augenblicklich ein.

Und wenn ich daran denke, dass ich früher Ratgeber studierte, wie der Mann zu unterstützen sei, wie die Beziehung zu entwickeln und zu bewahren sei, wie auf den Mann Einfluss zu nehmen sei – Bis Freitag wird Ihr Mann ein anderer sein! – und wie ich mir all diese Grundsätze und Kniffe angeeignet habe. Und wie ich mich danach richtete. Um nichts in der Welt kritisieren, im Gegenteil, motivieren, die Vorzüge herausstreichen, immer loben, für jede Kleinigkeit Anerkennung zollen, auch wenn er nur den Deckel einer wiederverschließbaren Flasche öffnet, ach du bist so ein Starker, ich danke dir, was würde ich ohne dich tun. Und wenn er ihn nicht aufkriegt – ach je, du hast sicher fettige Hände, Moment, ich helfe dir.

Und weil er nicht ans Renovieren denkt, wird die Jogginghose und ein altes Shirt angezogen, die Leiter aus dem Keller geholt und die Wand gestrichen, und wenn es ihm nicht gelingt, etwas anzuschrauben, wird ein Profi-Akkuschrauber besorgt und kleine Reparaturen werden selbst erledigt, ist doch ein Klacks, nicht der Rede wert, so einfach wie das Aufbauen von Ikea-Möbeln, oder es werden Artikel zu LED- und Halogen-Leuchten in der Fachpresse gesucht und durchgearbeitet und die Beleuchtung im Haus entsprechend ökonomisch gestaltet, mit dem Elektriker ist man auf Du und Du, ebenso mit dem Installateur und dem Verkäufer vom Baumarkt, als wären es gute Bekannte, man kennt sich mit Silikonpistolen aus und besitzt eine davon, um damit die Ritzen im auseinanderbröckelnden Balkon abzudichten, damit dem Nachbarn von unten bei Regen nicht die Wand vollläuft, der Schimmel wird mit Essiglösung entfernt und nicht mit diesen karzinogenen Präparaten, die man im Laden kriegt, und ich könnte bis zum Halleluja weitere Männerarbeiten aufzählen, die mir zufielen, die ich nach und nach übernahm, doch das alles sind Banalitäten, das alles hätte ich gern gemacht, wenn ich wenigstens hin und wieder auch von ihm eine Anerkennung dafür bekommen hätte.

Doch es ist müßig, eine Anerkennung von einem Einzelkind zu erwarten, dem jeder Wunsch von den Augen abgelesen wurde, von einem *figliolo,* dessen Mutter mir unablässig durch die Blume zu verstehen gab, ich sei für ihn nicht gut genug!

Nein, genug, genug davon! Im Moment schade ich nur mir selbst.

Und schon bin ich angekommen, ich gehe in den Toreingang, doch ich biege nicht nach links zum Treppenhaus ab, denn die Wohnung, die ich mit Hilfe meiner Familie gekauft habe, befindet sich im Hof, im für die Augen der Außenwelt verborgen liegenden, zweistöckigen Laubenganghaus, also geht es über den gepflasterten Weg um die Kiefer herum, vorbei am Fenster des Elektrikers Hauptsache, er sieht mich nicht, zum Glück ist es schon dunkel und er hat Licht gemacht, uff, geschafft – dann die Treppe hoch in den zweiten, über die Pawlatsche vorbei an der Nachbarwohnung mit den Studenten, bei denen wieder etwas los ist, offenbar irgendeine Feierlichkeit, ein Grund für so etwas findet sich ja immer, und erst ganz am Ende der Pawlatsche, vor dem letzten Geländer, ziehe ich den Schlüssel aus der Tasche und schließe auf.

Sehr geräumig ist es hier nicht, nur zwei Zimmer, plus Küche und Bad, ich wohne schon mehr als ein halbes Jahr hier, doch es sieht schlimmer aus als kurz nach dem Umzug, Bücherstapel, CDs, DVDs, Papiere, Karten und Broschüren verschiedener Kulturinstitute und Bibliotheken, Kleider, ich stelle mir manchmal vor, wie die Mütter meiner Schüler ihre Sprösslinge wegen des Durcheinanders in ihrem Zimmer schelten, und ich kann mir gut vorstellen, was sie sagen würden, könnten sie das Chaos in der Wohnung ihrer Lehrerin sehen. Doch es ist bei mir nicht schmutzig, darauf bestehe ich. Wenn ich allerdings daran denke, welch zwanghafte Ordnung ich in der Wohnung hielt, die ich mit ihm bewohnte, in diesem unserem heimeligen Liebesnest, Duftkerzen und dekorative Wand-Tattoos durften nicht fehlen, nicht wahr, dann ist es schon komisch. Ich habe Ordnung schon immer geliebt. Und eigentlich tue ich es noch heute. Ich rede mir ein, dass das hier nur etwas Übergangsmäßiges ist, nur eine Reaktion, die sich etwas hinzieht. Doch jedes Mal, wenn ich mir sage, jetzt räume ich das hier aber wirklich weg, knicke ich wieder ein – wozu eigentlich, wer kommt denn her, für wen soll ich hier aufräumen, für mich etwa? Außerdem erinnert mich all das an etwas, das ich bisher nur vom Hörensagen kannte – es ist ein schöpferisches Chaos. Und es freut mich, dass es ausgerechnet mir gelang, es zu erschaffen. Ich steige über das Französisch-Lehrbuch hinweg – *oui, mesdames messieurs*, ich habe mich mal in meiner Freizeit mit Französisch beschäftigt, das war noch vor dem Fall Gloria, heute hätte ich mich eher für Spanisch entschieden, aber egal –, ich stupse kurz das eingerahmte Exupéry-Poster an, das den Autor an ein Flugzeug gelehnt zeigt, und gehe in die Küche, als erneut das Handy pfeift. Ich aktiviere es durch antippen, schaue aufs Display, meine Freundin Silvana, eine von jenen, die mein heutiges Programm abgelehnt haben, sie sagt, sie habe die ersten zwanzig Minuten von *Saló* gesehen, das hätte ihr gereicht, keine zehn Pferde würden sie zu PPP kriegen. Ich habe noch nicht einmal diese zwanzig Minuten von *Saló* gesehen, doch das ist jetzt auch egal. Sie hat eine WhatsApp-Gruppe gegründet und mich darin aufgenommen, sie schreibt, es gäbe *eine große aktion im einkaufszentrum Settimo cielo, im Burger King, die geburtstagsparty meines benjamin, wer kommen will, melde sich. Und bringt ruhig partner und sprösslinge mit.*

Benjamin. Sprösslinge. Was sind denn das für Begriffe. Diese Silvana hat mir erst neulich ins Gesicht gesagt, es sei hysterisch, drei Mal am Tag das Profilbild zu ändern, sie sagte wortwörtlich hysterisch, und jetzt hat sie wegen einer dämlichen Geburtstagsfeier eine ganze WhatsApp-Gruppe gegründet. Und es wird bei mir jetzt eine Woche lang piepen. Oder auch nicht, ich schalte die Gruppe stumm. Mitlesen werde ich trotzdem, diese Millionen Kommentare und Fragen, was er noch nicht hat, welches Spielzeug, und worüber er sich freuen würde, und welche T-Shirt-Größe. Und Anspielungen, die ich nicht verstehen werde. Und Sätze, die nicht für mich bestimmt sind. Oder ich gehe da nicht hin und trete aus der Gruppe aus. Und Schluss. Nein, das kann ich nicht machen. Dann wäre sie beleidigt. Silvana macht tagelang nichts anderes, als Bilder von ihrem *Sprössling* in allen möglichen Posen und aus allen möglichen Winkeln zu posten, ich dagegen poste wenigstens ein paar schöne Fotos, eine Landschaft oder ein Motiv, das vielleicht auch andere interessiert, ich mache mich nicht wichtig damit, wie toll ich bin und was ich alles mache und schaffe und hinkriege.

Silvana gehört also zu jenen Freundinnen, die ich weniger mag. Wir waren auf dem Gymnasium in einer Klasse, gemeinsam mit Gabriela bildeten wir ein unzertrennliches Trio. Danach gingen wir jede an eine andere Hochschule, ich blieb in Turin, Gabriela ging an die Statale nach Mailand, Silvana sogar bis nach Basel, und wir sahen uns nicht mehr, obwohl wir zu den Feiertagen weiterhin nach Chieri kamen. Später, als ich in der Schule von Pine anfing, traf ich sie in Chieri nicht mal mehr zufällig auf der Straße, sie verschwanden völlig von meinem Radar. Doch als ich mir vor ein paar Monaten ein Facebook-Profil anlegte – mich hatte das lange kein bisschen interessiert, ich meinte, Facebook würde mir nichts bringen, doch eine Bekannte klärte mich auf, dass es gerade für Kulturveranstaltungen ideal sei, man erhalte Einladungen, diverse Newsletter, Informationen aus erster Hand usw. –, fragte ich mich, was wohl Gabriela und Silvana machten, und ich beschloss, sie zu suchen. Gabriela ist noch immer in der Schweiz, sie hat geheiratet, Silvana hat auch geheiratet und ist von Mailand nach Turin zurückgekommen, sie wohnt im Viertel Borgo Po, was mich jedoch am meisten stutzig machte, ich würde fast sagen, verletzte – beide hatten die ganze Zeit über Kontakt gehalten. Als ich das durch unseren Gruppenchat realisierte, war mir im ersten Moment, als habe man mir eins mit dem Knüppel übergezogen, doch dann akzeptierte ich es. Ich wollte mich nicht weiter verrückt machen, wer wessen bessere Freundin war, wer hinter wessen Rücken was machte und so weiter, es hätte zu nichts geführt, und ich verstand auch sehr schnell, dass ich den Fehler keineswegs bei mir suchen musste. Gabriela und Silvana waren nämlich noch immer auf demselben mentalen Niveau wie im Gymnasium. Als wäre ich in alte Zeiten zurückgekehrt, die gleichen Witze, Bemerkungen, Sichtweisen, Reden, nur jetzt von einer unerträglichen Flut an Smileys eingerahmt, mit einem Wort, Gabriela und Silvana drückten sich mit neununddreißig aus wie zwei Pubertierende, und das, obwohl beide Familie und Kinder hatten! Ich finde das recht traurig, ich denke, dass ich nach dem Gymnasium ein gutes Stück Weg zurückgelegt habe. Seitdem treffe ich mich hin und wieder mit Silvana – dass unsere Wohnungen nicht weit voneinander entfernt liegen, hat etwas Verbindendes, mein Eindruck hat sich dabei aber noch verfestigt. Ich überlege seit ein paar Wochen sogar, ob ich beide einfach aus der Liste meiner Facebook-Freunde lösche, sollen sie doch beleidigt sein, mir ist das so egal, sollen sie sich auf den Kopf stellen und über mich herziehen, ich habe einfach keine Lust auf solche pubertären Sprüche über *Kerle*, ich bin eine erwachsene Frau und weiß, was ich im Leben und bei Facebook will.

Ich gehe ins Bad und wasche mir gründlich die Hände. Ich schaue in den Spiegel: Den Zeitungsartikeln zufolge hatte Gloria keine engeren Freunde und bevor Defilippi auftauchte, hatte sie die Zeit nur bei ihren Eltern verbracht, sie ging nach der Schule immer auf direktem Weg nach Hause, sie aßen gemeinsam und werden danach im Wohnzimmer irgendwelche Serien geschaut haben, oder Filme. Abends hat sie ihnen dann Gute Nacht gewünscht und ist in ihr Zimmer gegangen, oh Gott, in ihr Kinderzimmer. Ich schüttele den Kopf, ich will diese Vorstellung wegscheuchen, warum ging sie nie aus? irgendwohin? hatte sie vollkommen resigniert? interessante Leute zu treffen war doch gar nicht so schwer. Ich habe jetzt diese neue Freundin aus dem Senegal, Marie. Eine Schwarze, natürlich. Ich lernte sie kennen, als ich neulich unterhalb der Superga-Basilika am Po neben einem Spielplatz auf einer Bank saß und las. Sie war mit ihrem Sohn da, er machte nichts Schlimmes, rannte über den Kies und hangelte am Klettergerüst, trotzdem führten sich die anderen Mütter auf, als hätte dieser Junge mindestens AIDS und als sei er nur aus Afrika hergekommen, um ihren blaublütigen italienischen Nachwuchs zu infizieren. Ich sah, wie eine Mutter ihre Tochter nachdrücklich zu sich rief und dann, als die Kleine nicht hörte, zu ihr ging und sie mit Gewalt wegzog. In jenem Moment spürte ich, wie Scham mich durchflutete, wegen dieser Frau, wegen ihres Verhaltens. Gewiss, wir alle haben unsere Paranoia und irgendwelche Ängste, ich zum Beispiel habe Angst vor Herpes und Syphilis, und ich berühre höchst ungern fremde Menschen, doch das hier war wirklich zu viel. Sogar für mich. Dabei sah die Schwarze, also Marie, völlig normal aus. Ordentlich gekleidet, diskret zurechtgemacht. Sie war nicht irgendeine Bettlerin oder Zigeunerin in bunten Röcken, die den Leuten mit schmutzigen Nägeln und einem Plastikbecher vor dem Gesicht herumfuchtelt oder ihr Kind im

Trainingsanzug mit durchlöcherten Knien losschickt, anderen Kindern irgendein Spielzeug wegzunehmen. Ich konnte nicht anders. Ich stand von der Bank auf, ging zu ihr und entschuldigte mich bei ihr. Ich sagte, dass ich mich für die Frau schämte. Marie lächelte mich mitfühlend an und murmelte, ich hätte keinen Grund, mich zu entschuldigen. So machten wir uns bekannt.

Ich öffne die Kühlschranktür, doch eigentlich habe ich auf nichts Appetit, in letzter Zeit habe ich generell keinen Appetit, ich habe auch weiter abgenommen, als hätte gerade ich es nötig. Ich sollte aber etwas essen, wenn ich vom Circolo zurück bin, wird es zu spät dafür sein. Zu guter Letzt schneide ich mir vom dunklen Brot den Kanten ab und schmiere *Stracchino* drauf. Ich schneide die Gurke in Scheiben. Und dabei habe ich mich früher für eine Genießerin gehalten, ich ergötzte mich an gegrillten Garnelen, kaufte Schaumgebäck von Ghigo, das beste von ganz Turin, und ich freute mich auf jeden Ausflug nach Genua wegen des frischen Pesto und der gefüllten *Pansotti*. Und heute? Nichts schmeckt mir, nichts reizt mich. Ich esse nur, um das Loch in meinem Bauch zu füllen.

Vor ein paar Tagen genehmigten Marie und ich uns im Bio-Imbiss Exki einen Salat mit Couscous und sie erzählte mir, wie sie vor fünf Jahren mit einem Studienstipendium nach Italien gekommen und dann hier geblieben war, wie sie Karim kennenlernte, ihr Sohn Christoph zur Welt kam und Karim sie dann beide verließ und nach Frankreich ging, weil er hier keine Arbeit fand, sie habe keinerlei Nachricht von ihm, nur diesen Sohn habe er ihr als Erinnerung dagelassen, und dann sagte sie mir, dass sie kürzlich in der Straßenbahn irgendein Verrückter angeschrien habe oder ein Rassist oder vielleicht auch ein verrückter Rassist, sie hätte auf seine Tasche gestarrt, das sei nicht in Ordnung, warum sie auf seine Tasche starre, er verbitte sich das, seine Tasche hätte sie nicht zu interessieren und was darin sei, auch nicht, so habe er sie angeschrien, sehr aggressiv sei er gewesen, die anderen Leute hätten natürlich nur erschrocken zugeschaut und niemand habe ihr beigestanden, sie seien eher noch ein Stück weggerückt und hätten getan, als gehe es sie nichts an, absolut niemand habe eingegriffen, kurzum, dort war niemand wie du, ergänzte sie, und das tat mir gut. Zum Glück war nichts Schlimmeres passiert, der Verrückte-Rassist stieg an der nächsten Haltestelle aus, doch sie habe am Abend zu Hause geweint. Ich hörte ihr gebannt zu und dachte, genau da ist der Unterschied zu Gabriela und Silvana und ihrem pubertären Gehabe, das hier ist eine wirkliche Frau, die schon manche Hürde genommen hat, von der man lernen kann, und ich konnte mich nicht beherrschen, ich musste ihr das sagen, ich sagte zu ihr, du bist eine starke und bewundernswerte Frau, ich sagte, du bist mir sehr sympathisch und ich freue mich, dich kennengelernt zu haben, und ich würde mich nie, wirklich niemals, zu diesen Italienern gesellen, wegen denen du es hier so schwer hast. Ich hatte aber nicht den Eindruck, dass Marie sich über meine Worte freute, sie sah mich weiter traurig an, resigniert. Das machte mich stutzig. Ich sagte lieber nichts mehr.

Ich überlege ein weiteres Mal, ob ich sie durch meine Worte irgendwie verletzt haben könnte. Schließlich entstammt sie einer anderen Kultur, über die ich nichts wusste. Doch auch dieses Mal fällt mir beim Analysieren der Situation nichts Schlimmes auf. Ich finde, es ist richtig, den Menschen frei heraus zu sagen, welche Gefühle sie in einem hervorrufen, ich finde es gut, wenn man aussprechen kann – du gefällst mir, du bist mir sympathisch, ich mag dich. Ich konnte das anfangs auch nicht, ich genierte mich, doch inzwischen bekomme ich es hin. Es ist nicht üblich, sich solche Dinge zu sagen, und das ist schade. Diese Befangenheit rührt einzig und allein daher, dass niemand gewohnt ist, es zu tun.

Beim Essen schaue ich im Kalender meines Handys nach, was mich diese Woche erwartet. Morgen Laufen, Mittwochnachmittag bin ich mit Giselle zur Ausstellung im GAM verabredet, Donnerstag habe ich Mutter versprochen, endlich bei ihr vorbeizuschauen, Freitag Kaffeetrinken mit einer Kollegin aus der Schule, übers Wochenende geht es wahrscheinlich nach Langhe, irgendein Ökobauernhof. Ich kann mich nicht beschweren, mein Programm ist immer voll, ich habe ein paar gute Freundinnen, es gibt Menschen, auf die ich mich stützen kann. Ich bin in einer völlig anderen Situation als Gloria. Es stimmt zwar, dass die Initiative meist von mir ausgeht, doch das ist ja auch normal, meine Freundinnen, wie ich um die vierzig, haben meist Familie, Arbeit, Pflichten, da bleibt keine Zeit, um zu recherchieren, welche Ausstellungen, Filme, Veranstaltungen in Turin und Umgebung gerade laufen, und was noch los ist, *Sagra del tartufo*, Artissima und dergleichen. Für so etwas habe ich mehr Zeit. Und wenn sich niemand findet, wenn sich an dem betreffenden Tag niemand freimachen kann, gehe ich auch allein ins Kino. In letzter Zeit habe ich mir angewöhnt, Kinderfilme zu schauen. Nicht solchen Bockmist wie *Alvin und die Chipmunks*, wirklich nicht, sondern Familienfilme wie *Ice age* – unglaublich witzig, ich habe alle Teile mehrmals angeschaut – oder wie Burtons *Alice im Wunderland* – diese Kamera, diese Bilder! Genau wie bei *Kung Fu Panda* – auf die Actionszenen hätte ich zwar verzichten können, doch die Botschaft hat mir gefallen. Generell scheinen mir Filme für Kinder oft qualitativ besser zu sein als die für Erwachsene. Sie haben eine Aussage. Schade nur, dass Kinder das nie begreifen. Und nur an genau diese Actionszenen denken. Und dann kommt genau so etwas heraus, und es kommt zu mir in die Klasse und sitzt da und versteht nichts und interessiert sich für nichts.

Ich war nie so. Und bin es auch heute nicht. Seit ich mich von diesem Hohlkopf getrennt habe, der unter Kunst nur herumsausende blaue UFOs in 3D versteht, genieße ich mein Leben, so gut ich nur kann. Ich muss diese Jahre nachholen, die ich abends vor dem Fernseher verplempert und im Höchstfall mal über Luciana Littizzetto in *Che tempo che fa* geschmunzelt habe. Und mir einredete, das sei das wahrhafte eheliche Idyll.

Ich habe zum Beispiel kürzlich eine Ausstellung von moderner Kunst aus China besucht. Einige Bilder verschlugen mir den Atem. Eine große Leinwand wie ein beschlagener Badezimmerspiegel, in dem nur durch ein frei gewischtes Mini-Guckloch eine Frau zu sehen ist, wie sie, in ein Handtuch gehüllt, der Dusche entsteigt. Ein anderes Bild zeigt eine Szene durch die Frontscheibe eines Wagens, eine nächtliche Rasenfläche, eigentlich eher ein paar Grasbüschel, die von Scheinwerfern beleuchtet werden und hinten im alles verschluckenden Dunkel abtauchen. Einfach schön. Es war dort erlaubt, zu fotografieren. Ich habe alles aufgenommen. Noch lieber hätte ich mir den Ausstellungskatalog gekauft, in dem diese Motive präsentiert werden, doch um mir von jeder Ausstellung ein Buch kaufen zu können, müsste ich etwas mehr verdienen.

Ich könnte ja das Bild mit der Handtuch-Frau als Profilfoto hochladen. Obwohl, lieber nicht, Mutter würde nichts begreifen und anfangen, mich mit Nachrichten zu bombardieren, wieso ich so ein frivoles, schamloses Foto aus dem Bad ins Internet stelle, sie würde sicher denken, ich sei das. Mutter muss man alles erklären. Mutter muss über alles informiert sein. Jedenfalls wenn es nach ihr geht. Sie würde mich gern ständig kontrollieren, als wäre ich fünfzehn, doch ich habe sie längst durchschaut. Ich erzähle ihr nicht mehr, was ich mache, nur noch das Allernötigste. Es tut mir leid, aber ab einem gewissen Alter muss man sich abgrenzen und nicht ständig nach der Zustimmung der Eltern gieren. Also der der Mutter.

Was Vater betrifft, kommt es mir vor, als sei er gar nicht da. Als sei er jetzt genauso wenig da wie in meiner Kindheit. Er ist wie die Farbe Grau. Er verschmilzt mit der Umgebung. Keinerlei Profil. Ich habe nie erlebt, dass er sich für etwas begeistert oder über etwas empört hätte. Er ist einfach da, doch eigentlich bräuchte er das auch nicht zu sein. Nichts würde sich ändern. Ich habe Vater abgespeichert, wie er im Sessel sitzt und *Tuttosport* liest. Wenn er diesen Fußball wenigstens leben würde, wie ein Fan. Er müsste sich ja nicht gleich wie ein englischer Hooligan benehmen, aber wenigstens ein bisschen. Doch er – nichts. Schaut die Nachrichten, kommentiert sie Mutter gegenüber mit zwei, drei

Worten, wenn sie gerade im Zimmer ist. Wenn nicht, dann nicht. Er geht auch nicht mit den anderen Männern in die Sportbar, um die Spiele zu sehen. Er guckt sie zu Hause. Und wenn Mutter zur selben Zeit etwas anderes ansehen will, protestiert er nicht. Eher geht er ins Bett. Ich habe ihn nicht ein einziges Mal Tooor! schreien hören. Habe ich ihn überhaupt jemals schreien hören? Hat er sich jemals über etwas aufgeregt? Mich oder die Schwester ausgeschimpft oder mit Mutter gestritten? Mit anderen Worten – es ist, als sei er nicht da.

Das heißt, Moment, einmal schon. Einmal hat er sich aufgeregt. Das war vorletzte Weihnachten und wohl auch das letzte Weihnachtsfest, das wir alle gemeinsam im elterlichen Haus verbrachten. Vater war früher mal Beamter, er arbeitete in der Stadtverwaltung. In Rente ging er mit achtundvierzig, wie das damals in der Verwaltung so üblich war, doch er hatte da so eine Art, besser gesagt eine Unart, man könnte sie auch als Tick bezeichnen: Er erzählt in größerer Runde gelegentlich, dass er müde sei, dass er sich genug abgerackert habe, dass man ihn in Ruhe lassen soll. Ich kann nicht glauben, dass er das ernst meint. Er sagt es aber so. Er könnte auch irgendetwas anderes sagen. Mit seiner unaufgeregten Stimme. Aber er sagt das. Und an jenem Heiligabend hat das meine Schwester auf die Palme gebracht. Meine Schwester ist jetzt einundfünfzig, und als er in ihrem Alter war, bezog er schon drei Jahre lang Rente. Doch meine Schwester ist das genaue Gegenteil, sie arbeitet als Ärztin im Krankenhaus Molinette und ich muss sagen, sie rackert wirklich wie ein Ackergaul. Das ist nicht so ein Larifari-Job wie meiner in der Schule, bei dem ich abends noch Kultur machen kann und nachmittags mit Freundinnen Kaffee trinke. Meine Schwester hat normalen Schichtdienst, dazu eine Familie, zwei Kinder. Und Vater kam wieder damit an, dass er genug geackert hätte und alle ihn jetzt in Ruhe lassen sollen. Und meine Schwester daraufhin ironisch, gewiss, keine Frage. Und er, was willst du damit sagen. Und meine Schwester, ich bitte dich, nichts, geh deine Zeitungen lesen, ohne dein wachsames Auge wird der FC Turin bestimmt verlieren. Und so weiter in dieser Tonart, bis Vater explodierte, er stand auf, schlug auf den Tisch und schrie, was erlaubst du dir, du Rotznase. Meine Schwester stand auch auf, schlug nicht auf den Tisch und sagte, es reicht, was erlaubst du dir, ich bin nicht mehr fünf, und dann in Richtung von Kindern und Mann, wir gehen. Und damit war die Tradition unseres gemeinsamen Weihnachtsfestes beendet.

Doch sonst war Vater, soweit ich mich erinnere, ein stilles Wasser, das keinerlei Wellen schlug, aus dem keine Emotionen aufstiegen. Eigentlich beneide ich meine Schwester, dass es ihr gelang, ihn so zu reizen, aus seiner Lethargie zu reißen. Mir ist das nie geglückt. Der höchste Ausdruck väterlicher Tatkraft bestand darin, dass er hin und wieder den Rasen mähte. Manchmal denke ich, er langweilt sich irgendwann zu Tode. So wird sein Tod sein. Genau wie sein Leben. Vater bleibt sich treu bis zum letzten Atemzug.

Ich habe aufgegessen, räume den Tisch ab und packe den Rest *Stracchina* in den Kühlschrank. Ich ziehe mich um, und ja, ich passe auf, wenn ich das Shirt über den Kopf ziehe, normalerweise kugle ich mir bei dieser Bewegung die rechte Schulter aus, sie springt einfach aus der Pfanne, Subluxation der Schulter wird das in der Fachsprache genannt, es tut höllisch weh, ich kriege sie wieder eingerenkt, doch es dauert manchmal etwas, manchmal muss ich mit meinem Körper ringen, und ich weiß inzwischen auch, dass die Schulter umso länger wehtut, je länger ich gebraucht habe, sie wieder reinzukriegen. Darum vermeide ich ruckartige Bewegungen, und wenn ich mich nach etwas bückte, das unter die Couch gefallen ist, dann weiß ich, dass ich die linke Hand nehmen muss, wenn ich die flüssige Seife vom Wandbrett im Bad nehme, wieder mit der linken, wenn ich Staub wische – besser mit links, ich schule im Prinzip als Erwachsene auf Linkshänderin um, Hanteltraining kommt in meinem Fall auch nicht mehr in Frage, was soll's, mit zunehmendem Alter muss der Mensch alles Mögliche aufgeben. Plötzlich sehe ich meine Mutter vor mir, wer weiß, was sie schon aufgeben musste, bei ihrem Alter, am schwersten wird es ihr fallen, sich damit abzufinden, dass ihre Tochter sich ihr zu entziehen versucht.

Doch Mutter ist da ganz anders. Wie das so ist. Sie gleicht das aus. Mutter breitet sich aus wie die Schimmelflecken ums Fenster. Sie umschlingt alles, was in ihre Nähe kommt. Sie durchbricht, sie unterdrückt. Sie ist immer um einen herum. Wenn ich bei ihr bin, scheint es mir, als wäre sie doppelt so groß wie ich, als wäre ich nur eines ihrer äußeren Organe, dem es nicht gelang, sich von ihr abzutrennen. Doch wie sollte sich ein Organ selbst abtrennen? Ein abgestorbenes, verkrüppeltes, in seiner Funktion gestörtes. Eines, das sie hinter sich herschleift. Das sich nicht mehr bemüht, ihr entgegenzukommen. Das sich dagegen aufbäumt, zu leisten, was sie von ihm fordert. Und dem es möglicherweise auch nicht gelingen wird. Und das andererseits auch nie gelernt hat, selbstständig zu sein.

Wie könnte ich in ihrer Gegenwart Freude empfinden, wenn ich mich so fühle?

Wenn ich allein bin, nur auf mich angewiesen, fühle ich mich wie eine normale erwachsene Frau. Und ich bin es auch. Ein vollwertiges Mitglied der Gesellschaft. Mag sein, kein hochgeschätztes, aber dennoch ein Mitglied. Sobald ich mit ihr zusammen bin, bin ich dagegen nichts, nur so ein misslungenes, taubes Windei, das für sie in jeder Hinsicht eine Enttäuschung ist.

Natürlich, ich liebe sie mehr als alles auf der Welt. Doch ich kann nicht in ihrer Nähe sein. Ich schaffe es nicht, ich selbst zu sein, wenn ich mit ihr zusammen bin. Ich kann nur dieses misslungene Ei sein, dieses abgestorbene Organ, das von ihr abhängig ist. Deshalb ist das so schlimm. Noch schlimmer ist, dass sie das nicht weiß und es ihr sehr wehtun würde, wenn ich ihr gegenüber so etwas andeuten würde. Sie meint es gut, ich weiß ja, dass sie mir helfen will. Sie ruft mich ständig an, schreibt mir WhatsApp-Nachrichten, kommentiert Facebook-Posts und Statusmeldungen. Mit einem Wort, sie ist viel präsenter in meinem Leben, als gut ist. Obwohl wir uns wirklich nur selten sehen. Sie würde mich öfter treffen wollen, doch ich weigere mich. Und ich verfluche die modernen Medien, die ihr ermöglichen, in mein Leben einzudringen. Ungefragt. Zu jeder Zeit. Wovon sie ausgiebig Gebrauch macht. Besonders seit letztem Jahr, seit ich mich von dem Hohlkopf getrennt habe. Und es bringt überhaupt nichts, ihr zu erklären, dass es mir gut geht, dass ich zufrieden bin, dass sie sich keine Sorgen machen muss, wenn ich mich ein paar Tage nicht melde. Sie ist der Überzeugung, dass ich unglücklich bin, einsam, dass ich leide. Bei meiner Schwester erlaubt sie sich nicht, sie mit Nachrichten zu bombardieren, sie anzurufen, Antworten einzufordern. Meine Schwester hat eine Familie und vor allem, sie versteht es, Grenzen zu ziehen. Von hier bis hier. Ich dagegen übe mich gerade erst darin, Grenzzäune zu errichten – bisher erfolglos.

Hier ist ja auch mein geliebter Faltenrock und die Bluse, doch bevor ich den Pullover drüberziehe, gehe ich ins Bad und versuche recht ungelenk, Schmerzsalbe zur lokalen Anwendung auf meinen Rücken zu schmieren, ich weiß, dass es nichts bringen wird, doch ich habe wenigstens das Gefühl, etwas unternommen zu haben. Dann Pulli, Stiefel, Mantel und Schal, im Flur den Schlüssel aus dem Schloss ziehen und draußen bin ich. Die Musik der Studenten ist irgendwie lauter, ja richtig, die *Szene* wächst sich aus, die *Szene* hat auch schon diesen abgelegenen Teil von Chieri erobert, die *Szene* macht vor nichts Halt, und die Lautstärke nimmt im Laufe des Abends noch weiter zu, bis sie durch die Wände meines Schlafzimmers dringt, doch dieses Mal ist es mir egal, ich will ja raus. Ich laufe die Treppe hinunter ins Erdgeschoss, der Elektriker hat immer noch den Fernseher an, was sonst, durch die Gardine sehe ich Maurizio Crozza mit Perücke – es sieht aus, als imitiere er Renzi, richtig, schon bleckt er die falschen Hasenzähne, hm, mir kommen diese humoristischen Programme, diese Politsatiren, schon immer vor wie Unterhaltung für stumpfsinnige Leute, die abends irgendwie die Zeit totschlagen müssen, dann schlafen gehen und morgens wieder zur Arbeit. Wie meine Schwester.

Es anders zu machen, so wie ich, käme bei meiner Schwester wahrscheinlich auch gar nicht in Frage. Zugegeben, stumpfsinnig klingt recht arrogant, ich versuche mich zu korrigieren: normal? bodenständig? ausgewogen? Vielleicht ja erwachsen. Das würde ihr gefallen. Meine Schwester ist zwölf Jahre älter als ich, ich hätte ihr zu ihrem Vierzigsten beinah mit den Worten gratuliert: Mach dir nichts draus, mir kommst du, seit ich denken kann, schrecklich alt vor, doch ich habe mich natürlich beherrscht. Unsere Beziehung mag etwas angespannt sein, ich will sie aber nicht kränken, obwohl sie mich laufend kränkt. Doch Tatsache ist: Meine Schwester wurde vor elf Jahren vierzig. Und jetzt nähere ich mich unaufhaltsam diesem Alter, ganz zu schweigen von meiner Schwester. Jetzt. Ich kann wirklich sagen, dass es zwischen uns keinerlei Bindung mehr gibt. Doch ich würde ins Schwitzen kommen, müsste ich erklären, wie die Bindung zwischen uns war, als wir noch eine hatten. Als ich in die Schule kam, war meine Schwester achtzehn und hatte ihren ersten Freund. Als ich in die Oberstufe kam, bekam meine Schwester ihren Sohn, als ich an der Uni angenommen wurde, stand bei ihr die Scheidung im Raum, zu der es letztlich aber nicht kam, doch ich weiß noch, wie sie mich damals vor Frust, dass ihr Mann sie die ganze Zeit betrog, anschrie, was ich schon vom Leben wisse.

Eigentlich ist das der Refrain, der uns begleitet, seit ich denken kann. Was ich denn vom Leben überhaupt wisse. Von diesem echten, dem wahren. Von der Arbeit im Krankenhaus, von der Familie, aber Achtung, gemeint ist eine richtige Familie mit Kindern, nicht so eine provisorische eheliche Beziehung wie die mit dem Hohlkopf, das ist der liebste Spruch meiner Schwester: Ohne Kinder ist es gar keine Familie. Ich wisse gar nicht, was wirkliche Probleme sind, denn ich hatte noch nie welche, nicht wahr. Mit anderen Worten, meine Schwester wollte meinem Leben nie das Attribut »wahrhaft« zugestehen. Das wahrhafte lebte sie, ich nur das »sogenannte«. Als ich einmal von der engen Bindung unter Schwestern las, konnte ich mir nichts darunter vorstellen. Sich der Schwester anvertrauen? Sich mit ihr beraten? Schwestern, die sich unter der Bettdecke etwas zuflüstern?

Vor dem Haustor bleibe ich stehen, ich muss überlegen, wo ich den Wagen geparkt habe. *Mannaggia*, ich weiß es wieder, es ist ganz schön weit weg, in der Nähe der Post. Meine Schwester meint, ich sei ein Hypochonder, ich bestreite das auch nicht, ich bin ein Hypochonder und ich sehe ein, dass es nicht ganz normal ist, sich nach jeder Fahrt mit dem Bus die Hände mit einem Desinfektionstuch abzuwischen, ich weiß, dass man in Skifahrerhocke auf einem öffentlichen WC wohl keine Syphilis kriegen kann und dass Leute, die Herpes haben, nur Herpes haben und nicht Lepra und man sie nicht fürchten muss wie die Pest, ich sehe ein, dass ich in dieser Hinsicht etwas übersensibel bin. Doch verdiene ich deshalb eine dermaßen offene Missbilligung? Verdiene ich, dass mich meine Schwester, wenn ich sie in einem schwachen Moment anrufe – schließlich ist sie Ärztin, an wen soll ich mich sonst wenden, wenn ich gesundheitliche Probleme oder Angstzustände habe? –, niedermacht, ich soll irgendein Homöopathikum für die Nerven nehmen und sie nicht mit meinen Pseudoproblemen belästigen? Ich hätte ja keine Ahnung – und schon sind wir wieder beim Thema –, was es heißt, für eine Familie und Kinder zu sorgen, du machst dir ja keine Vorstellung, liebe Olivia, was solche heranwachsenden Kinder alles anstellen, wo sie sich nachts herumtreiben, mit was für fragwürdigen Gestalten und in welchem Zustand sie morgens nach Hause kommen, und diese Sorge, ob sie nur Alkohol getrunken haben, wenn sie sich im Zimmer auf dem Bett herumwälzen, oder ob da auch irgendwelche Drogen im Spiel waren, und du rufst hier an, um mich zu fragen, wie hoch die Wahrscheinlichkeit ist, dass du Herpes kriegst, wenn der Mann im Café Herpes hatte, der dir einen Cappuccino gemacht hat?! Ich weiß das doch alles, verdammt noch mal.

Es stimmt schon, das Herpes-Thema hat etwas Komisches, obwohl, wenn mich die Angst überkommt, ist mir keinesfalls zum Lachen, im Gegenteil, ich wasche dann wie eine Irre alle Lebensmittel, die die Herpes-Verkäuferin beim Scannen angefasst hat, mit heißem Wasser ab, doch ich habe auch reale gesundheitliche Probleme. Mir ist, als würde mein Körper mich immer öfter im Stich lassen, als würde ich zerfallen. Die Gelenke, vor allem die Gelenke, lassen nach, als Stütze, sie halten die Gliedmaßen nicht so, wie sie sollten. Ich meine damit vor allem die schon erwähnte Subluxation der Schulter. Zum ersten Mal sprang sie mir heraus, als ich vor Jahren auf dem Spielplatz am Klettergerüst hing, die Kinder meiner Schwester waren da noch klein. Ich wollte ihnen zeigen, wie man hangelt. Irgendwo in der Mitte passierte es. Ich jaulte fürchterlich auf und ließ los. Ich fiel zu Boden und wusste nicht, was los war, und ich wusste nicht, wie ich das wieder hinkriegen sollte, es tat nur höllisch weh und ich spürte, dass meine Schulter irgendwo war, wo sie nicht hingehört. Die Kinder meiner Schwester starrten mich an. Inzwischen lebe ich fast zwanzig Jahre mit einer ausgekugelten Schulter. Ich habe es mit Reha versucht, aber es hat nichts gebracht. Von einer Operation wurde mir abgeraten. Die bringe meist nicht den gewünschten Erfolg. Ich weiß, welche Bewegungen ich nicht machen darf, manchmal vergeht auch ein halbes Jahr, ohne dass sie rausspringt, ich bin darin schon ein Profi. Ich weiß, dass ich auch nicht mehr laufen sollte, die Beine funktionieren im Moment zwar noch, aber ich habe mitunter das Gefühl, dass ich auch im Knie eine Subluxation kriege, oder in der Hüfte, wie soll ich es beschreiben … es knackt manchmal beim Laufen so seltsam in meinen Beinen, als würde gleich mein ganzer Oberschenkel ausscheren, sich von seinem Platz losreißen. Wenn ich nicht aufpasse. Doch wie soll ich beim Laufen aufpassen? Ich laufe trotzdem weiter, mit Hingabe, wie eine Verrückte. Manchmal stelle ich mir vor, wie ich vollends zerfalle, innen drin, wie die Gelenke endgültig nachgeben, den Dienst einstellen und ich nur noch aus einem Haufen Knochen bestehe, die frei durch den Körper schwimmen und immer stärker von innen gegen die Haut stoßen, bis sie sie durchbohren.

Ich verscheuche diese Vorstellung. Also, wozu hat man eigentlich Geschwister?

Ich weiß, dass gewöhnlich zwei Kinder in die Welt gesetzt werden, damit das eine nicht allein bleibt, damit sie sich im Leben eine Stütze sind. Wenn die Eltern nicht mehr sind. Doch wie viele solcher festen geschwisterlichen Bande habe ich im wirklichen Leben gesehen? Wo Geschwister füreinander eingestanden wären? Zwei, drei? Sicher, in der Kindheit mag es toll sein, jemand Gleichaltrigen zu haben, mit dem man spielen kann, direkt in der Wohnung, im eigenen Zimmer. Doch später? Wenn Geschwister heranwachsen, geht jedes seiner Wege, gründet eine eigene Familie und vergisst seine Herkunftsfamilie, macht zwei Kinder, damit sie nicht allein sind, obwohl sie dabei allein sind, unbelehrbar, sie treffen ihre Brüder und Schwestern nur auf Hochzeiten, Taufen, Leichenfeiern und bei Erbschaftssachen, zum Beispiel vor Gericht.

Als ich mich ins Auto setze und den Motor starte, sehe ich plötzlich Lucrezia vor mir, dieses breite Lächeln, mit dem ich sie auf einem Foto festgehalten habe, als wir einmal mit dem Fotoapparat herumalberten. Lucrezia war für mich wie eine Schwester, oder zumindest so, wie ich mir eine Schwester vorstellte, wie ich sie mir erträumte. Lucrezia! Lucrezia!, rief ich über den Hof, von unserem Balkon aus, Lucrezia, kommst du zu mir spielen? Lucrezia, ich habe neue Plastiktiere! Komm sie dir anschauen! Lucrezia, kannst du heute wieder nicht?

Warum habe ich das Gefühl, dass bei allen Freundschaften immer ich am Ende den Kürzeren zog? Dass alle meine Beziehungen unausgewogen waren und immer meine Freundinnen das Sagen hatten? Im Prinzip weiß ich ja warum. Ich verstand erst viel später Mutters Feindseligkeit Lucrezia gegenüber. Lucrezia kam immer zu uns, nie war es umgekehrt, sie kam zu uns und wir stellten kreischend und tobend die Wohnung auf den Kopf, dann wurde Lucrezia zum Abendbrot nach Hause gerufen und Mutter und ich mussten aufräumen. Doch oft konnte Lucrezia nicht kommen, entweder sie hatten Besuch oder etwas anderes stand an. Es passierte auch, dass wir verabredet waren, sie aber nicht kam, ich stand dann auf dem Balkon und rief in Richtung ihrer geschlossenen Fenster – Lucrezia! Lucrezia!, und ich brachte es fertig, eine halbe Stunde so zu stehen und zu schreien, bis irgendein Nachbar auf den Balkon kam und mich anblaffte, ich solle endlich die Klappe halten. Mutter kommentierte das nicht. Ich glaube, sie litt. Und sie ließ es Lucrezia danach immer spüren. Sie zwang sie, gemeinsam mit mir das Spielzeug aufzuräumen – es interessiert mich nicht, dass du nach Hause musst, oder sie brachte es fertig, einen Monat lang so zu tun, als hätten wir immer etwas vor, weshalb Lucrezia nicht kommen könne, es geht heute nicht, du musst lernen, und morgen schon gar nicht, wir gehen doch Stiefel kaufen. Am Wochenende? Du machst wohl Witze, vormittags bist du doch beim Schwimmen. Sie war sarkastisch, wenn sie mit ihr redete, manchmal rügte sie sie auch offen, bis Lucrezia selbst darauf bestand, lieber im Hof zu spielen. Warum sind wir nie zu ihr gegangen? Damals verstand ich das nicht, jetzt meine ich den Grund zu kennen. Lucrezia hatte zwei jüngere Brüder, ihre Mutter muss heilfroh gewesen sein, wenn sie sich für ein paar Stunden nach draußen verzog. Und es hätte sie sicher genervt, wäre ihr ein weiteres Kind zwischen den Beinen herumgeturnt.

Und als wir dann umzogen – wie habe ich da gelitten, dass ich Lucrezia verlor. Wie viele Abende habe ich mich in den Schlaf geweint. Mutter beruhigte mich, ich könne mich doch weiter mit Lucrezia treffen, wir wären doch nicht ans Ende der Welt gezogen, nicht einmal in eine andere Stadt, nur ein paar Straßen weiter, dennoch muss ihr klar gewesen sein, wie das enden würde. Lucrezia verschwand mit dem Umzug aus meinem Leben. Doch – es schien, als kehre sie immer wieder zurück. Sie nahm nur die Gestalt anderer Kinder an. Silvana, Gabriela, Yone, Nadia … Immer legte ich das gleiche Verhaltensmuster an den Tag – mir lag schrecklich viel an ihnen, ihnen an mir viel weniger. Mutter unterstellte mir das seit meiner Kindheit, es schmerzte sie, ich kann mich nicht erinnern, dass sie auch nur einer meiner Freundinnen freundlich gesonnen gewesen wäre. Ständig machte sie sie vor mir runter. Keine war gut genug. Die eine hatte dicke Schenkel und ein hysterisches piepsiges Lachen, die andere Segelohren, die sie erfolglos unter offenen Haaren zu verstecken versuchte, die nächste war pockennarbig und begriffsstutzig. Ganz zu schweigen von jener, die es sich gleich in der ersten Sekunde mit ihr verscherzt hatte, indem sie beim ersten Treffen zu meiner Mutter Ciao Tante sagte. Nicht eine, die von Mutter verschont blieb, sie ließ kein gutes Haar an ihnen. Bei Lucrezia warnte sie mich ständig, sie würde mir mein Spielzeug wegnehmen und es kaputtmachen, sie sei heimtückisch und böse, doch von mir prallte das alles ab, ich liebte Lucrezia so, wie sie war. Mutter fuhr daraufhin größere Geschütze auf, eine heuchlerische Katholikin sei sie, wenn sie dir bei ihrem Besuch kein Spielzeug klaut, dann versteckt sie dein Lieblingsplüschtier in der Abstellkammer. Ich wollte mir das nicht anhören, ich nahm ihr diese Vorwürfe übel, ich wollte nicht, dass sie sich so aufspielte und so bissige Bemerkungen machte, sie machte es auch später noch, wenn mich eine Freundin entgegen unserer Abmachung nicht anrief oder ich niemanden fand, der mit mir ins Kino ging. Ich fand es auch unerträglich, dass sie mir gegenüber ständig betonte, ich solle mich in diesen Beziehungen nicht so engagieren, die anderen nicht so oft kontaktieren, nicht ständig ihre Gunst, ihre Aufmerksamkeit einfordern, ich solle mein Leben leben und mich nicht an andere klammern, als existierte ich nur durch ihre Gunst.

Wie irrwitzig, dass gerade sie mir das sagte. Dabei war sie die zudringlichste Person in meinem Leben. Freundinnen konnte ich nach einer gewissen Zeit abschütteln, doch Mutter? Wird es mir irgendwann gelingen, mich von Mutter zu lösen? Ich denke, dass ihr Tod mir eines Tages ein riesiges Loch in den Leib reißen wird, der Schmerz wird wie ein Geschoss in mich dringen, die

Gedärme werden hervorquellen und ich werde bis ans Ende meiner Tage in größter Angst und Leere mit dieser nicht heilenden Wunde leben müssen.

Inzwischen sind auch die Straßen leer, zum Glück ist gestreut, bei Pine biege ich wieder in den Wald ein, jetzt noch durch den Tunnel, es herrscht dichter Nebel, es fehlt nur noch, dass es zu schneien anfängt, als ich den Hügel hinauffahre, kann ich schon nichts mehr sehen, die hell erleuchtete Basilika auf der rechten Seite ist wie immer von Bäumen verdeckt, ich weiß aber, dass sie irgendwo dort ist, das mit den Freundinnen war natürlich nur der Anfang, Mutter ließ sich auch immer über meine Männer aus. Über den Hohlkopf zwar selten, der war ihr nicht so im Weg, er war ja mein fester Partner, er war ja der Mann, den sie mir ausgesucht hatte, dafür kommentierte sie – wieder und wieder – vergangene Beziehungen, spontane Gefühlswallungen, in die ich mich Hals über Kopf gestürzt hatte. Wo sie gespürt hatte, dass mir jemand gefiel, derjenige meine Gefühle aber nicht erwiderte. In der Jugend. Ich nehme an, es störte sie der Gedanke, jemand könnte sich erlauben, mich, ihre Tochter, zurückzuweisen. Jetzt, nach dem Hohlkopf, nach diesen siebzehn Jahren, hat die Situation sich ins Gegenteil verkehrt. Mutter findet es albern, dass ich, ein, wie sie sagt, altes Mädchen, mir einbilde, jemand könne mich wollen. Und am meisten amüsiert sie sich über meinen Nachbarn, den Elektriker.

Er heißt Pino, genau wie dieser Musiker Pino Daniele, und er stammt ebenfalls aus Neapel. Ein junger Witwer, um die vierzig, beginnende Geheimratsecken, eine große Warze links an der Nase. Als ich vor einem Jahr in die neue Wohnung zog, war ich sehr froh, so einen hilfsbereiten und geschickten Nachbarn zu haben. Ich komme mit vielen Männerarbeiten allein zurecht, doch nicht mit allen. Pino erwies sich als sehr hilfreich. Ein Elektriker. Ein Freizeit-Installateur. Ständig sagte er zu mir, Olivia, was auch immer du brauchst, meld dich nur, klopf ruhig an mein Fenster, ich komme, ich helfe gern. Und als ich ihn nach der Reparatur des Lichtschalters, nach dem Montieren des Abflussrohres, fragte, Pino, was bin ich dir nun schuldig?, lachte er nur, nichts, gib mir ein Küsschen auf die Wange, *va*. Und ich gab ihm dieses Küsschen, wenn auch nicht bedenkenlos, doch eigentlich fand ich es nett, eben echt neapolitanisch, und ich dachte im Stillen, das ist Natürlichkeit, Herzlichkeit, Offenheit, so etwas findet man im Piemont nicht so schnell. Doch dann versuchte er mich einmal im Hof unseres Hauses zu umarmen, er war da schon etwas angeheitert, mit Blumen in der Hand, wohl, um sie ans Grab seiner Frau zu bringen, er umschlang mich und ich vergaß vor Schreck, mich zu wehren, er flüsterte, bist du heut Abend allein, Olivia? Er war wirklich angetrunken, sein abstoßender alkoholisierter Atem stach mir in die Nase. Ich erschrak fürchterlich, was, wenn er mir wehtat? Ich riss mich angewidert los und verbrachte den ganzen Abend im dunklen Zimmer. Vor lauter Angst. Darauf gefasst, dass er jeden Moment meine Tür aufstieß und mir Gewalt antat. Doch er klopfte nicht, er kam auch nicht die Treppe hoch zu meiner Tür, wahrscheinlich schlief er vor laufendem Fernseher seinen Rausch aus. Wir kamen nie auf diesen Vorfall zurück, doch seither ist mir klar, dass ich bei kleineren Reparaturen nicht auf ihn zählen kann. Das ungute Gefühl bleibt, ich erstarre, sobald wir uns auf der Treppe oder im Hof begegnen, obwohl er sich bemüht, immer freundlich zu sein. Mistkerl, elender.

Doch wenn es nur um ihn ginge! Mutter macht sich lustig, ich sei paranoid, meint sie, sie macht sich lustig darüber, dass ich die übliche nachbarschaftliche Konversation ernst nahm, als wäre man hinter mir her. Aber eine Frau merkt das doch, den Unterschied, ob ein Nachbar einem nur aus Anstand zulächelt und *buonasera* wünscht oder einem mit einer Alkoholfahne heiser ins Ohr raunt, ob man am Abend allein zu Hause sei. Doch braucht es überhaupt so exaltierte Beispiele? Es muss gar nicht so etwas Extremes passieren. Eine Frau weiß, wann ein Mann sie begehrlich anschaut, wann er »Interesse hätte«, und wann sie Luft für ihn ist. Und ich habe den Eindruck, dass sich die Männer, seit ich alleinstehend bin, seit der Scheidung vom Hohlkopf, immer mehr bei mir herausnehmen, allen voran die älteren, jene, die ich nie in Erwägung ziehen würde, als wären sie überzeugt, dass ich mich dankbar mit jedem begnügen müsse, weil mir etwas Grundlegendes fehlt, etwas, was sie zur Verfügung stellen könnten, den Schwanz zwischen den Beinen nämlich, den jedes alte Mädchen heiß begehrt, um unverbindlich Spaß miteinander zu haben, denn einer Frau in meinem Alter muss doch klar sein, dass niemand mit mir eine feste Beziehung eingehen würde, für so etwas sind die jüngeren Jahrgänge da, eine Frau in meinem Alter muss froh sein, dass ein Mann – welcher auch immer – sie befriedigt, das Loch stopft, das Gefühl der Leere betäubt, so ohne Familie, ohne Kinder, ohne Sinn im Leben.

Wie der Kiosk-Verkäufer, der jedes Mal wiederholt, einen schönen guten Tag, werte Frau – das Wort Frau mit einem tiefen Blick betonend. Oder dieser andere Nachbar, ein Rentner – oh, die alten Männer ekeln mich am meisten an, die wirklich alten, die über siebzig –, ich sagte mir anfangs, das kann er nicht ernst meinen, ich muss das geträumt haben, als er mir am Tor in den Weg trat und meinte: Hach, schöne Frau, wohin des Wegs, wieder in die Schule? Diese Kinder wissen ja gar nicht, was für ein Glück sie haben, von so einer schönen, charmanten Lehrerin unterrichtet zu werden. Mir wurde richtig schlecht. Bis zu jenem Tag war mir nicht einmal ansatzweise in den Sinn gekommen, dass ein Rentner auf eine Frau schauen könnte wie … auf eine Frau! Was erlaubte er sich? Soll er Karten spielen, sich mit Zeitungen im Sessel zurücklehnen, in Alleen mit herbstlich gefärbten Bäumen spazieren gehen und sich Windeln kaufen, die ihm bei jeder Bewegung komfortable Sicherheit bieten, anstatt sich als Mann aufzuspielen und einer fünfunddreißig Jahre jüngeren Frau Komplimente zu machen. Und zuallererst – soll er seine abgearbeitete Ehefrau loben, für die schmackhaften Mittag- und Abendessen, dafür, dass sie nach ihm das Klo putzt, das er angepisst hat, und sich hier nicht bei mir beklagen, dass seine Frau nicht mal rausgehen will, was für ein Trauerkloß, er sei ja wohl noch nicht so alt, um sich einzugraben, ha-ha, er habe Lust auf ganz andere Sachen, hi-hi und zwinker. Uuaaah, dieser quietschfidele Rentner steht mir bis zum Hals.

Doch wenn ich Mutter die ein oder andere dieser Episoden erzähle, amüsiert sie sich nur, sie sagt, genau, meine kleine Olivia, pass nur auf dich auf, in dieser erbarmungslosen Männerwelt will dich jeder vergewaltigen. Als sei diese Vorstellung die komischste von der Welt. Als könne niemand in Wirklichkeit Interesse an mir haben. Ich bin nicht gut, ich tauge nicht einmal für eine Vergewaltigung. Und Mutter macht weiter, fragt mich lachend: Mich grüßte neulich auf dem Markt der Verkäufer vom Backwarenstand, was meinst du, ob er mit mir ein Verhältnis anfangen will? Wenn sie mich nicht ganz so schlimm demütigen will, hält sie den Ball etwas flacher und sagt, aber ich bitte dich, du weißt doch, dass Männer es bei jeder probieren, das hat doch überhaupt nichts mit dir zu tun, eher mit ihnen, nimm das nicht so persönlich. Beachte es einfach nicht.

Einerseits weiß ich, dass sie nicht ganz unrecht hat, ich habe schon mehrmals mit Freundinnen darüber gesprochen, und sie haben ähnliche Erfahrungen mit fremden Männern oder Nachbarn gemacht, doch andererseits – es gelingt mir nicht, es nicht persönlich zu nehmen. Es geht ihnen in diesem Moment doch um mich, darum, mich zu kriegen, genau mich, Olivia. Sie sind an mir interessiert, in meine Richtung senden sie lüsterne Signale. Doch dann erschrecke ich manchmal und überlege, was, wenn ich schon völlig die Fähigkeit verloren habe, normal zu denken, und mein Urteilsvermögen dahin ist, was, wenn ich in irgendeiner trügerischen Blase lebe, mir einrede, alle Männer würden mich am liebsten abschleppen, obwohl sie sich bei dieser Vorstellung in Wirklichkeit kaputtlachen und all das nur eine Art Humor ist, Ironie, was, wenn ich mir das alles nur einbilde, falsch interpretiere?

Sozusagen wie Gloria.

Ich parke hinter der Kirche Gran Madre, ich habe mich damit abgefunden, dass ich dem arabischen Parkplatz-Wächter, der mir den Platz zuweist, mindestens einen Euro zu geben habe, damit ich mein Auto ohne Kratzer vorfinde, wenn ich vom Circolo komme. Ich gehe um die erleuchtete Kirche herum, die Piazza Vittorio Veneto liegt jetzt vor mir, was für ein herrlicher Blick, mir verschlägt es jedes Mal den Atem, wie schön dieser Platz ist. Schade nur, dass sie den Weihnachtsschmuck schon abgehängt haben. Den Corso Casale überquere ich bei Rot, die *Serata* wird in einer Viertelstunde beginnen, es ist noch genug Zeit, das Rübergehen bei Rot ist einfach eine schlechte Angewohnheit, die vermutlich von den Schülern auf mich abgefärbt hat. Ich überlege kurz, am Ende der Brücke halte ich an und warte, bis es grün wird.

Neben mir steht eine Frau mit einem Hund, so ein witziger mit plattgedrücktem Riecher, ich kenne die Namen dieser Hunderassen nicht, französische oder englische Bulldoggen, Möpse, Pekinesen, Bichons, ich weiß nie, um welche Rasse es sich genau handelt. Keine Ahnung, wie es zu dieser plötzlichen Anwandlung kommt, ich beuge mich hinunter und streichele ihn, obwohl ich so etwas sonst nicht tue. Der Hund schaut mich an und wedelt etwas phlegmatisch mit dem Schwanz. Erst da dreht sich die Frau zu mir um, ich lächele und merke, dass sie recht alt ist. Von hinten hätte ich sie jünger geschätzt, wahrscheinlich, weil sie schlank ist. Sie erwidert das Lächeln. Das ist nicht mein Hund. Ich höre einen eigenartigen Beiton heraus, etwas Fremdes, als Sprachenspezialistin müsste ich die Herkunft erkennen, doch ich komme nicht darauf. Er ist nur ein paar Tage bei mir. Sein Frauchen ist irgendwo in Brüssel auf Dienstreise. Übermorgen kommt sie zurück. Ich nicke, aha. Die Frau sagt, er heiße Max. Endlich wird es grün, doch es ist mir peinlich, zu beschleunigen und sie hinter mir zu lassen, da sie gerade mit mir redet. Wir überqueren nebeneinander die Straße, die Frau redet weiter. Ich hatte aber mal einen Hund, also eine Hündin. Sie hieß Judith. Ein Mischling. Ich hab sie mir aus dem Tierheim geholt, ich hab mir die Hunde immer aus dem Tierheim geholt. Du kannst ja nichts dafür, dass du aus einem Geschäft stammst, stimmt's, Mäxchen, sagt sie in kosendem Ton und beugt sich hinab, um den Hund zu streicheln. Dann richtet sie sich wieder auf. Ich hab sie mehr geliebt als alle anderen Wesen auf dieser Welt. Ich weiß nicht, was ich darauf erwidern soll, ich frage etwas linkisch: Und was ist mit Judith passiert?

Wir überqueren bereits die Piazza Vittorio, die Frau schweigt einen Moment, dann schaut sie mich an, zuckt die Schultern, ich sehe, wie ihre Unterlippe zittert, als sie weiterspricht: gestorben. An Krebs. Sie war schon sechzehn. Und dann schreit sie kurz auf und mir fällt es ein, eine Polin, bestimmt ist sie Polin, eine Slawin in jedem Fall, und sie sagt in ihrer weichen Art: Sie hat meinen Krebs erspürt und starb selbst daran. Ich sehe, wie die Frau zu weinen anfängt, und werde unruhig. Mit gebrochener Stimme, zwischen Schluchzern, erklärt sie es mir: Sie schnupperte an mir, ständig, sie schnupperte mit der Nase an meiner linken Brust herum, bis mir das verdächtig vorkam, ich ging zur Kontrolle und sie fanden bei mir Krebs. Sie hat ihn bei mir gefunden, verstehst du? Sie hat mich gerettet. Ich sie aber nicht. Sie schweigt einen Moment, dann weint sie weiter.

Noch unruhiger grübele ich, wohin die Frau mit dem Hund gehen könnte, ob sie den Spaziergang in diese Richtung fortsetzen wird oder ob sie nur hier langgeht, um mit mir reden zu können. Mir tut das leid, ich bemühe mich um einen mitfühlenden Ton, doch gleichzeitig sehne ich mich danach, wegzukommen. Sie nicht zu hören. Doch die Frau gibt mich nicht frei. Seit ihrem Tod fühle ich mich entsetzlich allein. Ich hatte nur sie, weder einen Mann – nicht der Rede wert, und auch keine Kinder –, Schluchzer, nur meine Judith. Und weißt du, was dieser Scheißkerl von Tierarzt mir vorschlug?! Sie schreit es, vielleicht ist sie ja angetrunken, schießt es mir durch den Kopf. Er schlug mir vor, sie umbringen zu lassen! Also er sagte *dahingehen lassen* dazu, ich nenne die Dinge aber beim Namen. Begreifst du? Er wollte, dass ich Judith umbringe! Das sind Schweine, Scheißkerle, die

Tierärzte, sie verlangen fünfzig Euro dafür, deshalb wollen sie das machen. Für fünfzig Euro wollen sie ein lebendiges Wesen umbringen. Mit welchem Recht?! Ich hätte das niemals zugelassen, niemals. Ich werfe zaghaft ein – litt sie denn nicht, also, ich meine, wo sie dieses Krebsgeschwür hatte …? Die Polin, ich bin mir jetzt sicher, obwohl es keine weiche Aussprache ist, sondern eine Art Lispeln, die Polin schüttelt den Kopf, aber so, als hätte sie mich nicht gehört, wir gehen weiter. Plötzlich fasst sie mich an der Schulter, sie starb in meinen Armen, wir schauten uns in die Augen, als sie ging. Seither bin ich allein. Ich habe niemanden.

Ich grübele fieberhaft, wie ich aus dieser Situation herauskommen könnte. Es wird mir immer unangenehmer. Die Frau weint, ich sage leise: Könnten Sie sich nicht einen anderen Hund holen? Wenn sie Ihnen so fehlt. Und da lacht sie und sagt unter Tränen: Siehst du mich? Schau mich an. Siehst du, wie alt ich bin? Komm sag, wie alt bin ich? Was schätzt du? Du würdest es bestimmt nicht erraten, ich bin neunundsiebzig, ich kann mir doch keinen Hund mehr holen. Wer soll sich darum kümmern, wenn ich sterbe? Und ich weiß, dass es nicht mehr lange dauert.

Trotz der Kälte fange ich an zu schwitzen, vor allem unter den Achseln, wie komme ich hier weg? Was soll ich ihr sagen? Ich presse etwas hervor wie, das können Sie nicht sagen, man kann nicht wissen, sicherlich kommen noch viele … Die Frau sieht mich traurig an, fast, als hätte ich sie enttäuscht. Ich hätte mit ihr sterben sollen, jeden Tag stehe ich auf und sage mir, was machst du hier noch? Du hättest gemeinsam mit Judith gehen sollen. Hast du einen Hund? Ich schüttele den Kopf. Dann kannst du das nicht verstehen. Du kannst das nicht verstehen, wenn du so eine Bindung nicht erlebt hast, wie Judith und ich sie hatten. Sie war eine ganz besondere Hündin. Ich hatte in meinem Leben viele Hunde, Judith gab es aber nur ein Mal. Hm, murmele ich schüchtern.

Hier beginnt schon die Via Po, vor der Konditorei Ghigo bleibt die Frau unvermittelt stehen. Ich halte auch an, völlig verstört.

Was wird sie jetzt sagen? Doch dann merke ich plötzlich, dass sie kippt. Während sie auf mich sinkt, gehe ich fast zu Boden. Ich kämpfe um mein Gleichgewicht, werde panisch, das hat mir noch gefehlt, ich versuche, sie zu stützen, und rufe, was haben Sie? oh Gott was ist Ihnen? soll ich einen Krankenwagen rufen? oh Gott, was mach ich bloß? Sie stützt sich einen Moment lang auf mich, wirkt aber weiterhin willenlos und ohne Kraft, endlich gelingt es mir, sie wieder einigermaßen auf die Beine zu stellen. Sie fährt sich mit der Hand durchs Haar, taumelt kurz, fällt aber nicht mehr um. Sie murmelt nur, entschuldige, ich werd dich nicht länger belästigen. Sie berührt mich noch einmal sanft an der Schulter, dann zieht sie den Hund weiter, komm, Max, wir gehen nach Hause. Und sie geht über den Zebrastreifen auf die andere Straßenseite. Ich schaue ihr eine ganze Weile nach, dann eile ich weiter.

Unten am Tor in der Via Bogino gebe ich den Code ein, ich steige die monumentale Treppe zum Eingang empor und schiebe die Glastür zum Circolo auf, hinter dem Empfangstresen sitzt ein junges Mädchen, sie reicht mir eine Broschüre mit dem Programm, auf dem Einband ist Pasolini abgebildet, auf dem Tresen sehe ich einen großen Bildband mit demselben Foto. *Bestemmia*. Das Mädchen teilt mir mit, dass die Vorstellung in wenigen Minuten beginne, falls ich noch kurz auf einen Kaffee an die Bar wolle, mir das Buch anschauen oder was auch immer, sie lächelt. Ich erwidere das Lächeln, bedanke mich, ich betrachte Pasolinis bebrilltes Gesicht auf dem Einband, ich schlage das Buch vorsichtig auf, blättere darin, Dokumente, Fotos, Privates, Filmszenen, Skizzen, Bögen, Hefte, mit Schreibmaschine oder per Hand geschriebene Notizen, auf einer Seite PPP im Wintermantel, durch ein Fenster aufgenommen, ernster Blick, und darunter die Worte: *Ach, sich ins Innerste einschmiegen und denken! Sich sagen, ja, jetzt denke ich – welch Reichtum.*

Als der Saal geöffnet wird, setze ich mich in die letzte Reihe in die Nähe des Ganges. Der Platz rechts von mir bleibt frei, ich lege meine Handtasche darauf. Auf dem Stuhl links von mir lässt sich im letzten Moment ein dunkler Bursche mit dichtem lockigem Bart nieder. Auf dem Podium ein Klavier, der Pianist. Eine große Leinwand. Das Licht erlischt, während die ersten Töne erklingen, steigt ein junges Mädchen auf die Bühne und beginnt mit dramatischer Stimme aus dem Buch vorzulesen, den Anfang kriege ich mit, geboren am 5. März 1922, Kindheit im Friaul, der Bruder Guido, die unentwegt umziehende Familie, der Vater im Gefängnis, seine Beziehung zur Mutter, die Sommer in Casarsa, erste Gedichte mit sieben, doch ich verliere immer öfter den Faden, folge nicht mehr, schon wieder laufen die Gedanken in eine ganz andere Richtung, ich horche nur noch ab und zu bei einzelnen Begriffen auf – Katholizismus, Marxist, Kleinbürger, Konsum, Schmutz, *Idroscalo, Ragazzi di vita* –, doch ich dränge sie sofort wieder aus meinem Kopf hinaus.

Also gut, warum sollte ich es bestreiten, ich habe schon immer auf Hygiene geachtet, ich mag Sauberkeit, was ist schon dabei, und vor dem Liebemachen habe ich den Hohlkopf immer duschen geschickt, das Bidet reichte einfach nicht, er war zum Glück nicht sehr behaart, dennoch störte mich der Schweißgeruch, der sich an einigen Stellen hartnäckig hielt und gegen den praktisch nichts half, unter den Achseln, in den Lenden, den Sommer über schlief ich seltener mit ihm, denn ich litt, wenn er dabei schwitzte, ich selbst schwitze nur beim Laufen, es wirkte auf mich vulgär, dass er dabei so wurde … na so schmierig-feucht, doch irgendwann reichte mir das Duschen vor dem Sex nicht mehr, nicht einmal im Winter, bei neunzehn Grad Zimmertemperatur, ich hatte das Gefühl, dass von ihm zu viel an mir kleben blieb, und so schrubbte ich mich nach dem Liebemachen immer ausgiebiger unter der Dusche, er wird es gemerkt haben, er muss es gemerkt haben, dass ich mich nach ihm eine Stunde desinfizierte, ja, so nannte ich es mit der Zeit – ganzheitliche Desinfektion, manchmal fand ich das schrecklich, manchmal legitim, wie dem auch sei, ich kam nicht dagegen an, gegen den Duschkopf, der zwanzig Minuten die Scheide spülte, weil ich fürchtete, dass ich die Scheide nicht richtig sauber kriege, man kommt nicht so tief hinein, ich machte mir Bäder mit *Lavanda vaginale*, ich hatte Seifen mit dem richtigen pH, antimykotische Tuben mit Applikatoren, es reichte mir trotzdem nicht, und wenn ich eine Stunde später aus dem Bad kam, saß der Hohlkopf vor dem Fernseher und sagte nichts, er kommentierte es in keiner Weise, doch er muss gewusst haben, wo der Hase im Pfeffer lag, besonders wenn ich dann anfing, mir sei da etwas an ihm aufgefallen, zum Beispiel, dass ihm ein Pickel im Gesicht gewachsen sei, an der Nase, die Pickel an der Nase sind die schlimmsten, sie kommen recht oft vor, doch das stimmt nicht ganz, die schlimmsten sind die Pickel am Mund, denn man kann nie sicher sein, ob es sich dabei vielleicht um Herpes handelt, ich habe mehrmals vor dem Sex zu ihm gesagt, was hast du da an der Oberlippe, kriegst du etwa Herpes? Lass es uns besser auf ein andermal verschieben, wozu etwas riskieren, also dieser rote Fleck da, schau doch mal in den Spiegel, du wirst sehen, dass ich mir das nicht einbilde, weißt du, ich werde dich heute lieber nicht küssen, ähm, entschuldige, aber hast du dir im Bad auch gründlich die Hände gewaschen? denn wenn du mich streicheln willst und da unten anfassen, also …

Mein Blick bleibt an der Leinwand hängen, auf der die ganze Zeit Seiten aus *Bestemmia* gezeigt werden, Fragmente aus Gedichten, Szenen aus Filmen, die ich genauso wenig gesehen habe wie jene zwanzig Minuten *Saló*. Nun ja, gut möglich, dass ich da etwas übertrieben habe. Er hatte es nicht leicht mit mir und manchmal verstehe ich, dass er gegangen ist. Zu diesem Flittchen, das sich sicher nicht desinfiziert und sein Sperma auf Wunsch runterschluckt und ihn sich in den Hintern stecken lässt. Im Grunde bin ich hier schon am passenden Ort, auf diesem Pasolini-Abend, was für Leute können das schon sein, die Pasolini verehren, das sind doch Schwafeleien, Poesie, Kunst, hohe oder niedere, wie kann sich jemand der Kunst gewidmet haben, der Stricher aufsuchte und im Park mit ihnen Geschlechtsverkehr hatte, der einen Haufen Schweinereien filmte, ich sehe das doch, in diesen Szenen, die sie laufen lassen, alle nackt, in jedem Film irgendeine Perversion, und nicht nur eine, da jagt eine Perversion die andere, und wie beseelt hier alle tun, wie sie in andächtiger Ehrfurcht zuhören, Achtung, Intellektuelle, die *Crème de la Crème* des Volkes, wer weiß, was sie zu Hause machen, wenn niemand zuschaut, wenn die Wohnungstür geschlossen ist, was für Schweinereien, die einen beschmieren sich mit Kot, einige konsumieren ihn, andere bepissen sich wollüstig, die Nächsten schieben dreißig Zentimeter lange Dildos in sich hinein oder andere Sachen, Gurken, Zucchini, möglicherweise gar eine lange Aubergine, die schwulen Männer riskieren reißende Gedärme, nur um *Fist fucking* machen zu können, Männer tragen Strapse und gehen auf Stöckelschuhen, oh, ich werde sanft zu dir sein, ein Schwanz, der sich unter dem Strapsengürtel emporreckt, behaarte Beine in Netzstrumpfhosen, Frauen scheuen sich nicht, Männer mit ihrem Menstruationsblut zu beschmieren. Und Männer nicht, es zu trinken. Und Partner tauschen, Orgien veranstalten, und bumsen mit Behinderten und bumsen mit Opas und bumsen mit Fettleibigen und zwei Schwänze auf einmal reinrammeln, einen in den Hintern, und dabei zwei weitere lutschen, und sich auspeitschen und sich würgen mit Halsbändern und … genug, genug, ich ertrage das nicht mehr.

Ich hebe den Blick und plötzlich schaut mir Pasolini direkt in die Augen, *Was für ein Schrei mein Schrei ist kann man nicht sagen:* aus seinem ernsten asketischen, hohlwangigen Gesicht, *Schrecklich ist er – so daß er mein Gesicht entstellt und fast zur Fratze eines Tieres macht –*, der nackte Pasolini, durch ein Fenster fotografiert, *aber auch auf andre Weise wieder freudig, so daß er fast zum Kind mich wieder macht,* Pasolini mit erschlafftem, aber großem Glied, *Ein Schrei um irgend jemandes Aufmerksamkeit zu heischen oder seine Hilfe;* Pasolini in einem nüchternen Zimmer mit Feldsteinwänden, *vielleicht auch, um ihn zu verfluchen,* Pasolini, der auf dem Bett sitzt und in ein Buch schaut, *Ein*

Schrei, der an diesem unbewohnten Ort verkünden soll, gelöst in seiner Nacktheit, in der einen Hand ein Buch, mit der anderen sich abstützend, *daß ich bin oder daß ich nicht nur bin, sondern auch weiß,* er liegt nun auf dem Bett, *Ein Schrei, bei dem man aus der Tiefe des Bangens auch einen feigen Hauch von Hoffnung hört,* wieder schaut er mich an, *oder ein Schrei von Gewißheit, völlig absurd bei einem, in dessen Innerm ungetrübt Verzweiflung widerhallt,* er steht vom Bett auf, *Doch eins ist sicher:* er kommt auf mich zu, *Was mein Schrei auch bedeuten mag, er soll jedes mögliche Ende überdauern.* Dunkelheit.

Als ich zu mir komme, ist im Saal bereits das Licht angegangen und alle gehen langsam hinüber in den Salon, der Bursche mit dem Lockenbart ist schon weg, ich haste hinaus, schiebe mich durch die Menge, erlauben Sie, pardon, durch die Glastür, die monumentale Treppe hinunter, ein Stück die Via Bogino entlang und bin endlich auf der vertrauten Via Po, hier und da am Boden ein Obdachloser, ich nehme sie kaum wahr, habe immer nur Pasolinis ausgemergeltes Gesicht vor Augen und im Kopf ein Toben, immer läuft dieser Film im Kopf weiter, und weiter wie ein Schmierentheater, und Defilippi, und Gloria, und dieser Hohlkopf, der mir das Leben versaut hat, und wenn es nicht das ist, denkt er sich etwas noch Scheußlicheres aus, etwas noch Unappetitlicheres, weggescheucht gehört das, fort damit, etwas Schönes muss her, schnell, was auch immer mir als Erstes einfällt, *man sieht nur mit dem Herzen gut, das Wesentliche ist für die Augen unsichtbar, wenn du mich zähmst, werden wir einander brauchen, zeichne mir ein Schaf,* verdammt, warum klingt das jetzt so schrecklich dumm?

Als ich die Via Montebello kreuze, schaue ich automatisch nach links zur Mole hinüber, hell erleuchtet wie das gesamte Studentenviertel Vanchiglia, wer weiß, wie die *Szene* da tobt, was da gerade abgeht, in diesen Bars, auf den Toiletten dieser Bars, all diese jungen Leute, die Hipster, zu denen ich definitiv nicht mehr gehöre, ach was, zu denen ich nie gehört habe, aber gehöre ich etwa ins Circolo, zu diesen Literaten und Pasolini-Anhängern? Ich gehöre vielleicht nur noch in die Schule, zu solchen Scheißern wie jenen heut im Bus, um dann auf der Via Po zu enden, einen Mops durch den Staub zerrend und weinend, dass ich schon zu alt bin, mir einen eigenen Hund anzuschaffen, denn dieser Hund, ach je, würde nach meinem Tod allein bleiben, na, das sind erst Probleme.

Ich bin am Fluss angekommen, ich bleibe mitten auf der Brücke stehen und schaue hinunter, ich schaue in die Tiefe, doch von was für einer Tiefe rede ich da, der Po ist im Moment flach wie ein Bergbach, den ganzen Herbst über gab es keinen Regen, das würde ihnen gefallen, was, das würde ihnen gefallen, wenn ich mich jetzt kopfüber hinunterstürzen würde, wenn ich diese dämliche Rübe, die mir keine Ruhe gibt, auf diese Steine dort unten schmettern würde, auf diese Abfälle, auf die angeschwemmten Baumstämme, die Flaschen, die Büchsen, die diese Kretins vom Murazzi Nacht für Nacht dort runterschmeißen, wenn mein Kopf aufplatzen würde wie … eine reife Melone, schiebe ich im Geiste ein Bild hinterher, das ich in einem Seminar vor Gymnasiasten verwende. Und dann, keine Ahnung warum, ich habe keine Ahnung, was mich reitet, lasse ich Spucke in den Fluss hinunterfallen, dicke Spucke, nun ja, was heißt dick, ich spucke einfach aus, wie eine Zigeunerin, ich spucke einfach drauf, auf diese Schreckensvisionen, dass ich mal so enden werde, ob hier unten oder wie diese einsame Polin, oder noch besser, wie Gloria, selbstverständlich von Defilippi erwürgt und in den Teich geworfen, genau, da ist drauf gespuckt, und überhaupt, Pasolini bekam, was er verdiente, dieser warme Bruder, der schwule Bock, man kann über Exupéry die Nase rümpfen, wie man will, er hat jedenfalls ein positives Vermächtnis hinterlassen, er hat der Welt wenigstens *Gutes* geschenkt, was man von den meisten anderen nicht behaupten kann, schon gar nicht von Pasolini. Und ich? Was habe ich der Welt geschenkt? So einiges: zu denken, und damit Reichtum, wie es heißt, ich reiße meinen Blick vom Fluss los und schaue zur Gran Madre hinüber, und plötzlich fangen meine Beine an zu laufen, als wollten sie vor mir davonlaufen, nicht einmal die Beine ertragen meinen Kopf mehr, ich laufe und biege am Ende der Brücke nicht in Richtung des geparkten Wagens ab, sondern links auf den Corso Casale, ich steigere dabei das Tempo, dann weiter durch den Park, die Beine tragen mich, ja, die Beine wussten eher als ich, dass ich laufen will, und der Lauf beflügelt mich wie jedes Mal, ich realisiere, dass ich zwei funktionierende Beine habe, mit denen ich mich von einem Punkt A zu einem irgendwo gelegenen Punkt B bewegen kann, doch darum geht es jetzt nicht, ich spüre den Beton, auf den meine Füßen treffen, über mir rauschen dunkle Platanen, von wegen rauschen, doch wen interessiert das, ich habe meinen Rhythmus gefunden und atme leicht in die Nacht hinaus, ja, so reinige ich mich vollkommen, ich werde diese dummen Gedanken aus dem Kopf heraustreiben, den ganzen Schmutz und all das Widerliche, das sich dort angesammelt hat, wenn ich lange genug laufe, wenn ich schwitze, werden alle Toxine aus meinem Körper geschwemmt, die schon so lange unter meiner Haut lauern.

LARA

Ich schlängel mich über den stinkenden Corso San Maurizio zwischen den hupenden Autos hindurch und weiß, dass ich meinem Jüngsten kein gutes Beispiel bin, ich weiß, dass sie ihm im Kindergarten beibringen, du darfst bei Rot nicht rübergehen, du musst erst nach links schauen, dann nach rechts, doch ich halte ihn einfach an der Hand fest, werfe mich in den Strom und bete, dass uns niemand umfährt, dass in keinem der Wagen ein Arsch sitzt, sondern nur anständige aufmerksame Fahrer, die nicht wegen fahrlässiger Tötung ins Gefängnis wollen und rechtzeitig bremsen, ich weiß, dass sich das nicht gehört, dass das Leben mehr zählt als eine fünfminütige Verspätung, nur sind es jetzt nicht mehr nur fünf Minuten, es ist schon fast eine Viertelstunde, und Matteo wird im Hort wieder der Letzte sein, der von Mama abgeholt wird, schmollend und traurig wird er im Klassenzimmer sitzen und die Erzieherin wird ein Gesicht ziehen und bedeutungsvoll zur Wanduhr schauen und Matteo wird den ganzen Heimweg verbissen schweigen und auf die Frage, wie war es in der Schule?, nur den Blick abwenden.

Und dabei darf ich mich gerade heute nicht verspäten, ich habe doch am Abend noch ein Programm, ich schmunzele, ich bin mit Luca vor der Grundschule D'Assisi angekommen, heute ist im Circolo doch Pasolini, Pasolini darf ich nicht verpassen, ich habe das schon vor einer Woche geplant, mein Mann wird am Abend von seiner Dienstreise zurückkommen, und ich habe ihn telefonisch daran erinnert, ich habe darauf bestanden, aber Montag kommst du pünktlich nach Hause, nicht dass du dich wieder im letzten Moment auf ein Arbeitstreffen oder Essen einlässt, du weißt doch, dass ich am Montag mit Chiara zu Pasolini will, und der Mann hat schon fast allergisch reagiert, ist ja gut, geh ruhig zu deinen versnobten Schweinereien, als wäre es das, worum es mir geht, und ich musste mich zusammenreißen, nicht zu explodieren und ihn daran zu erinnern, wie er mir vor zwölf Jahren den letzten Nerv raubte mit seinem Kulturhunger und den zu erweiternden Horizonten, wie er mich eifrig ins Cinema Massimo zu den Veranstaltungen des Filmklubs schleifte und anschließend bis zum Gehtnichtmehr darüber diskutierte, aber als das Schäfchen dann im Trockenen war, genauso war es doch, hat er es sich im Sessel vor dem Fernseher bequem gemacht und von dort aus zwölf Jahre lang meine Bemühungen auf dem Gebiet der Kunst kommentiert. Genau wie meine Fähigkeiten als Köchin. Und die nicht ausgebügelten Falten. Und meine Katzen, die stinken, überall Haare verstreuen und sich die Krallen an den Vorhängen schärfen. Und diesen Hund, den ich da angeschleppt habe, Jacky. Stinkt auch. Und bellt. Und ich könnte noch weitermachen.

Dass er mir mal bei irgendetwas helfen könnte, ist ihm schon lange nicht mehr eingefallen, und ich habe aufgehört, ihn um irgendetwas zu bitten. Ich habe aufgehört, mit ihm zu rechnen. Ich habe aufgehört, mich verheiratet zu fühlen. Sondern, wie es mal ein Freund von mir ausdrückte, als Mitglied einer Wohngemeinschaft. Er ist mein Mitbewohner. Wir klären das Organisatorische miteinander. Das heißt, organisieren muss meist ich. Damit ich alles erledige, schaffe, veranlasse, koche, mich kümmere.

Er arbeitet. Leise sein, Achtung, der Mann arbeitet. Er verdient das Geld. Ernährt uns. Deshalb hat man die Klappe zu halten und zu rackern. Deshalb darf ich nicht groß aufmucken. Oder mich über ihn beschweren – was willst du, er arbeitet doch. Was willst du denn noch? Was willst du vom Mann denn mehr verlangen? Das ist der Kernpunkt, das ist das Grundlegende, das ist das Einzige. Sagte Mutter zu mir, als sie noch lebte. Andererseits kann ich mich noch genau erinnern, wie sie einmal in meiner Küche saß und mir zusah, als ich ein Hemd bügelte. Sie rauchte und sagte – ich würde mich eher scheiden lassen, als so ein grässliches Hemd zu bügeln. Das hat sie zu mir gesagt. Sie selbst hatte sich allerdings nicht scheiden lassen müssen, ihr Mann war beizeiten gestorben.

Sie fehlt mir, sie fehlt mir sehr, seit sie vor sieben Jahren gestorben ist. Mutter war aus der Slowakei, sie ist hier in Italien nie heimisch geworden, obwohl sie mehr als fünfunddreißig Jahre hier lebte. Sie hat hier keinen Freundeskreis gefunden, wie sie ihn zu Hause in Bratislava hatte. Sie hat sich hier nie entspannt, fünfunddreißig Jahre lang lebte sie hier verkrampft, in Anspannung. Wenn sie zu ihrer Schwester nach Bratislava zu Besuch fuhr, fühlte sie sich immer erleichtert, als könne sie endlich aus dem feindlichen Territorium flüchten, aus dem Minenfeld. Und endlich glücklich aufatmen, endlich bin ich zu Hause! Bei den Meinen. In den letzten Jahren hatte auch ihr Italienisch nachgelassen. Ich musste sie ständig verbessern – Mama, verwechsele nicht ständig del und dal, Mama, konzentriere dich auf das, was du sagst. Du weißt das doch. Sei nicht faul. Sie verteidigte sich – was willst du von mir, du bist die Italienerin. Ich habe nie eine italienische Schule besucht.

Ich denke oft darüber nach, was sie sagen würde, könnte sie mich jetzt sehen. Was sie von dem halten würde, was ich tue, was ich sage, welchen Blödsinn ich verzapfe, wie sie das sehen würde. Ich sehe es dann richtig vor mir, wie sie mich von oben beobachtet, alles sieht, und wie immer nichts gutheißt, nicht wahr, Mami, alles, was ich tue, ist dumm, oder wie sie sich an den Kopf greift, du Marktweib, jetzt piept's bei dir wohl endgültig, oder wie sie einfach nur an ihrer Zigarette zieht und ironisch die Augenbraue hebt. Ich würde nicht wollen, dass sie hier ist und mir rät, wie ich mein Leben leben soll, das ganz bestimmt nicht, wir waren nie einer Meinung, sie war nie mit mir zufrieden, eigentlich mit nichts, was mir am Herzen lag, ich würde einfach nur wollen, dass Mutter hier ist, damit ich mich nicht so allein fühle, der Welt so ausgeliefert. Seit sie tot ist, bewege ich mich in einem Vakuum, trotz Matteo und Luca, trotz der vielen Freunde und Freundinnen, trotz meiner Bekannten hier, trotz der Tante und der Familie in Bratislava. Ohne Mutter bin ich hier allein, so als hätte ich – und das klingt vielleicht etwas dumm – niemanden mehr über mir. Dabei habe ich im Gegensatz zu ihr das Glück, hier zu Hause zu sein. Ich kann mir mein Leben nirgends anders vorstellen, nur hier, in Turin, um genau zu sein im Viertel Vanchiglia.

Auf dem Rückweg beeile ich mich schon nicht mehr so, wir überqueren zu dritt den Corso San Maurizio, gehen die Via Napione hinunter und nehmen die Abkürzung am Gesundheitszentrum vorbei bis zu unserer Sackgasse, der Via Riccardo Sineo, die vom Po nur einen Steinwurf entfernt ist, Matteo, könntest du etwas schneller machen, Luca, warte, also hör mal, wie kommst du denn darauf, dass wir in den Laden gehen, vergiss die Leone-Bonbons, Abmarsch zu unserem Haus, und dann geht es bis in den dritten Stock hoch, über die Treppe, einen Fahrstuhl gibt es hier nicht, er ist aber schon in der Planungsphase, seit wir hier einzogen sind, bei jeder Mieterversammlung, ist der Fahrstuhl in der Planungsphase Thema Nummer eins, also wie sieht es mit dem Fahrstuhl aus, wo hakt es denn? Bald, ganz bald wird die Arbeit beginnen, ganz bald ist auch schon alt. Ich habe aber gar nichts gegen das Treppensteigen, ich beneide Chiara, die sogar in ihrer Wohnung eine Treppe hat, sie sagt, sie halte durch das Rauf- und Runterrennen ihre Kondition, sie rühmt sich, sie habe einen super durchtrainierten Hintern, den auch ihr Freund schätze, manchmal suche sie regelrecht nach einem Vorwand, um die Treppe drei Mal hintereinander hochzulaufen, doch meine Söhne sind das genaue Gegenteil, kaum zu glauben, wie sie sich hochschleppen, ein Bein nach dem anderen hinaufziehen, von einer Stufe zur nächsten, zum Glück wohnen wir nicht im fünften, da müssten wir früh los, denn erstaunlicherweise geht es bei ihnen runter noch langsamer. Ich hole den Schlüssel heraus, wir fallen in den Flur ein, und unser gesamter Zoo, der hinter der Tür lauerte, als hätten wir uns vor Ewigkeiten zum letzten Mal gesehen, stürzt sich auf uns, allen voran der Hund, Promenadenmischling Jackino, den ich wer weiß warum angeschleppt habe, wie der Mann zu sagen pflegt, doch auch die Katzen sind aufgeregt, und Tiger maunzt vorwurfsvoll.

Gut, ist ja gut, jeder kommt dran, immer der Reihe nach, irgendwie muss ich sehen, dass ich alles schaffe, bis der Mann kommt, bis zu Pasolini, als Erstes muss ich den Kindern den Fernseher einschalten, das ist die Grundlage, darauf bauen wir auf. Die Jacken aus, Mützen, Schals, Handschuhe, und die Schuhe an ihren Platz stellen, jetzt beide mit Schwung ins Bad die Hände waschen, Luca! gründlich! und mit Seife, dieses Abspülen zählt nicht, und schon suche ich im Wohnzimmer die Fernbedienung und drücke 46, Cartoonito, perfekt, es läuft gerade *Blaze und die Monstermaschinen*, wir sind gerettet, beide werden ohne zu mucksen diesen dümmlichen kleinen Autos zuschauen, von denen ein jedes das schnellste sein will, und ich kann in Ruhe mit dem Hund Gassi gehen. Ich schütte ihm und den Katzen das Abendfutter in die Schälchen, schnappe mir die Leine, Matteo, ich mache mit Jackino die Hunderunde, pass auf Luca auf, damit er nichts anstellt, ja? Du bist für ihn verantwortlich, dass dir das klar ist. Matteo, hypnotisiert von den Bildern, nickt kaum merklich, mir ist natürlich klar, dass Matteo mitnichten zur Verantwortung gezogen werden würde, wenn meinen Kindern wegen dieses dummen Hundes etwas zustieße, nun ja, es gibt sicher Schlimmeres auf dieser Welt, als ein vierjähriges Kind in der Obhut eines Siebenjährigen zu lassen, allein in der Wohnung, obwohl die anderen Mütter, die ich treffe, so etwas bestimmt nie tun würden, sie sind praktisch alle perfekt, jedenfalls nach dem zu urteilen, was sie erzählen. Vor allem jene, die nie bei ihren Kindern sein müssen, die Privilegierten, die Vollzeit arbeiten und eine Babysitterin haben.

Ich weiß noch, wie ich einmal ein Mädchen aus dem Kindergarten, in das Matteo verliebt war, zu uns nach Hause einlud. Ihre Eltern kamen mit, sie hatten ein Geschenk dabei, ich habe mich geschämt, dass ich nichts für sie hatte, mir wäre so etwas gar nicht in den Sinn gekommen, die Kinder spielten, ich unterhielt mich mit den Eltern, und im Gespräch stellte sich heraus, dass ihre Sofia nur zehn Minuten pro Tag fernschaut, mehr erlaubten sie ihr nicht, das heißt, sie verboten der Babysitterin, ihr den Fernseher einzuschalten, sie habe nicht zu faulenzen, dafür würden sie sie nicht bezahlen, sie solle schön die Fähigkeiten und Begabungen ihres Kindes fördern, sie habe mit ihm zu spielen, Dinge kreativ zu gestalten, zu malen, den Drachen fliegen zu lassen oder sie zu Förderkursen zu bringen, die Mutter kommt um neun Uhr abends von der Arbeit, der Vater um zehn, so Kinder zu haben ist toll, das muss man ihnen lassen, die Kleine abends ins Bett zu bringen, ihr eine Geschichte vorzulesen und sie morgens um sieben wieder der Babysitterin zu übergeben, damit diese sie in den Kindergarten bringt. Nun ja, das Leben besteht aus Kompromissen, meine Kinder schauen viel fern, weil ich ständig mit ihnen alleine bin, weil fast immer einer von ihnen krank ist, sie wenigstens ein Weilchen vor dem Fernseher zu parken und mal tief durchzuatmen, ist die einzige Möglichkeit, die ich habe, um bei ihnen nicht durchzudrehen, um nicht vor Frust anzufangen, sie mit dem Nudelholz durch die Wohnung zu jagen.

Klar, als sie noch klein waren und die Betreuung aus Windelwechseln, Stillen und Umziehen bestand, hatte ich die verschiedensten Vorsätze, zum Beispiel schien mir die Idee, ihnen später mal die Teletubbies einzuschalten, völlig absurd. Ich hatte bei meiner Cousine in Bratislava gesehen, dass sie das ihren Kindern ständig einschaltete, ich fand das furchtbar, irgendwelche starrköpfigen bunten Monster, die mit Hasen über einen grünen Hügel rennen und winken – hallo Kinder, hallooo! Und dann tuli-tuli! Wir umarmen uns alle! Meine Kinder sollen so etwas gucken? So etwas Perverses? Niemals! Ich erlaube das nicht! Ich lasse das nicht zu! Und wie hat es geendet? Natürlich? Nach stundenlangem Vrum-vrum mit den Autos und Tschisssch-tschisssssch mit den Eisenbahnen bettelte ich Matteo völlig fertig an, Matušik, mein Schatz, wollen wir jetzt nicht ein bisschen Teletubbies schauen? Und ich griff mir das quietschende Plüschgespenst und fuchtelte ihm damit vor der Nase herum, schau doch, der Tinkie-Winkie ruft dich in sein Märchenland, komm, komm mit, und ich zog eine DVD aus dem Regal – ich hatte die komplette Serie – und die Teletubbies verzückten ihn und auch mich. Bei Luca machte ich solche Umstände erst gar nicht, er flog von Anfang an drauf, und als ich ihn einmal im Sportwagen am Flussufer entlangschob und auf das Wasser zeigte, schau mal, das ist der Fluss Pád, auf Italienisch Po, winkte Luca begeistert mit dem Händchen und rief: Po! Dipsy! Lála!

Während ich mit Jacky über die Uferpromenade gehe, wälzt mein Kopf unablässig ein Wort um – der Schein, der Schein, der gewahrt wird, was bedeutet das, was ist damit gemeint, wahrten mein Mann und ich etwa den Schein? Nach außen den Schein einer Familie? Ist es wichtig, vor den Kindern den Schein zu wahren? Hilft ihnen das beim Heranwachsen, lässt sie das zu ausgeglichenen jungen Männern werden, die die Familie nicht bei der ersten Krise einreißen? Werden sie sich später daran erinnern, aha, Mutter und Vater hatten es auch nicht leicht, sie sind aber trotz allem zusammengeblieben. Haben unsere Söhne bereits gemerkt, dass wir schon lange nicht mehr zusammen waren? Dass wir nicht zusammenlebten, sondern nebeneinander her? Mir kommt es vor, als würden sie die Beziehungen innerhalb der Familie überhaupt nicht wahrnehmen. Sie haben sich noch nie gewundert, dass wir uns keinen Kuss beim Nach-Hause-Kommen geben, beim Verabschieden, dass wir uns überhaupt nicht berühren. Wird es ihnen irgendwann einmal aufstoßen oder werden wir, wenn sie in dem Alter sind, in dem man auf solche Feinheiten sensibel reagiert, die Letzten sein, über die sie gerne nachdenken wollen? Sind wir ihnen ein schlechtes Beispiel? Sollte ich mir einen Ruck geben und es angehen? Ist eine Heuchlerin ein gutes Beispiel? Oder wäre ich ihnen ein besseres, wenn ich die Ehe endlich auflösen und mit ihnen irgendwo anders hingehen würde? Nur mir selbst treu und der Wahrheit? Doch warum sind dann alle Kinder geschiedener Eltern so am Arsch, warum ist es dann so ein großes Trauma für sie? Warum kämpfen sie mit ganzer Kraft darum, dass ihre ureigene, so mühselig gegründete Familie nicht zerbricht? Oh Gott, Hauptsache, es kommt nicht auch bei Matteo und Luca so weit, dass Untreue der Weltuntergang ist und ein Neuanfang nicht in Frage kommt. Meine Mutter lebte mit mir allein, ich fand das aber nie dramatisch. Und seit mein Mann und ich uns entfremdet haben, bekommt das Wort Scheidung eine eindeutig positive Note, es klingt inzwischen beinahe wie die Verheißung besserer Tage. Mich reizt diese Vorstellung. Ich bin aber noch nicht in diese Richtung aufgebrochen. Und vielleicht werde ich es auch nie.

Doch betrachten wir noch einmal dieses Wort Entfremdung. Ein beliebtes Wort, ein *chou-chou*, wie es bei den Franzosen heißt, ich habe auf der Schule meinen Italienisch-Lehrer bezaubert, als ich ihm von der Entfremdung erzählte, ach, die Entfremdung, Kafka, Vorbote von Konzentrationslagern und einer entvölkerten Welt, ich war bei diesen Themen recht versiert, bei diesen Themen lebte ich mich aus, ich quakte in der Pubertät endlos über Kafka und die Entfremdung und ahnte dabei nicht im Geringsten, was dieses Wort in Wirklichkeit bedeutet. Vielleicht ja gerade deshalb. Und nun ist es da – ich bin entfremdet. Mein Mann und ich sind schon seit Jahren entfremdet. Manchmal erzähle ich Chiara am Telefon davon: Der Lebensinhalt meines Mannes ist es, mich zu schikanieren, am liebsten setzt er sich in den Sessel vor dem Fernseher und kommentiert von dort aus: mich, alles, was ich tue, wie ich lebe, worum ich mich bemühe. Der Haushalt – alles vergebliche Mühen, so geht's ja nicht mal bei den Zigeunern zu, so ein Dreck, er knirscht unter meinen Füßen, eine von den Katzen hat auf den Teppich gepisst, die andere hat die Couch zerkratzt. Und dieses Chaos, diese Klamotten, die überall rumliegen, die ständigen Mahnungen, wir haben den Strom nicht bezahlt, wir haben das Gas nicht bezahlt, und wo Herrgott noch Mal soll ich jetzt diese alten unbezahlten Rechnungen finden. In diesem Chaos. Nicht dass sie uns den Strom abdrehen. Ganz zu schweigen von dem, was du da machst, deiner Arbeit, wenn du das unbedingt so nennen willst.

Ja, will ich, denn ich arbeite auch. Ich übersetze die Untertitel von Filmen. Aus dem Englischen und dem Spanischen. Und sie zahlen mir immer weniger dafür. Eigentlich ist es mehr ein Steckenpferd, ich arbeite inzwischen fast umsonst. Manchmal lacht er mich aus, gib's zu, du machst das nur, damit jemand auf dich aufmerksam wird und du beim Film eine Rolle kriegst, damit du berühmt wirst. Auf so eine Idee kann nur ein Arsch kommen. Ich sitze beim Untertiteln zu Hause, ich mache das alles übers Internet, ich gehe damit zu keinem Regisseur, ich treffe mich mit keinen Filmemachern, zumal es ja um ausländische Filme geht. Ein Kretin eben.

Als ich einmal beim Turiner Filmfestival aushalf, habe ich sogar die Klappe bei einem Film geschlagen, das ist aber schon ewig her, es gehört noch zu meiner Jugend. Ich liebe Filme. Dieser Arsch kann mir nicht verzeihen, dass ich Filme liebe, denn er selbst konnte sich nie für etwas begeistern. Ich habe die Filme, er hat nichts. Wenn er fernschaut, schaltet er ständig um, er hält es nicht aus, länger bei einer Sache zu bleiben. Er kann sich nicht konzentrieren. Wenn er sich zufällig mal ein Buch nimmt, dauert es keine fünf Minuten und ich sehe, wie sein Kopf absackt. Und das Buch fällt zu Boden. Ich wüsste nicht, dass er in diesen zwölf Jahren ein Buch ausgelesen hätte. Er hat keine Interessen, er hat keine Freunde, er hat nichts. Nur die Arbeit und mich. Bei der

Arbeit reißt er sich zusammen, bei mir öffnet er das Ventil. Und dann noch das, was ihn ganz grundlegend an mir stört – meine Art des Daseins auf dieser Welt.

Er sagt zu mir, dass ich nicht normal bin. Er sagt, Lara, du bist nicht normal, Lara, merkst du nicht, wie du dich aufführst, was du machst, wie du auf andere Menschen wirkst? Lara, hör auf, Lara, renn hier nicht um mich rum, du kriegst zu Hause doch sowieso nichts zustande, man braucht sich nur anzugucken, wie wir hier leben, Lara, lass dich nicht ständig von deinen sogenannten Freunden und Freundinnen ausnutzen, Lara, merkst du es nicht, begreif doch endlich, dass das unnötig ist und du von niemandem etwas zurückbekommst, Lara, du bist so naiv, Lara, soll ich jetzt lachen? Lara, hörst du endlich auf, durch die Wohnung zu hetzen – Wie soll ich aufhören, durch die Wohnung zu hetzen, wenn du hier nie einen Finger rührst, mir nicht hilfst! – Lara, sei leise, halt mal an, Lara, warum scheißt du nicht auf all die Leute, Lara, was redest du da wieder, Lara, das hat weder Hand noch Fuß, Lara, bist du schon wieder in die Schule gerannt, um dich über Matteos Lehrerin zu beschweren? Lara, willst du, dass man ihn von der Schule wirft? Lara, du lässt dir nie etwas sagen, Lara, du bist wie ein Motorrad, bei dem die Räder in der Luft hängen, immer in Betrieb, der Motor läuft und läuft, röhrt, du selbst kommst aber nie vom Fleck, Lara, hör auf zu tun, als hättest du Arbeit, ich verdiene das Geld, Lara, lass dich nicht länger ausnutzen, Lara, widme dich zur Abwechslung mal unseren Jungs, Lara, fang endlich an, etwas Nützliches zu tun, Lara, von welchen Terminen redest du, Lara, du wirst bei diesen Untertiteln bald draufzahlen müssen, Lara.

Lara, Lara, Lara, ich kann es nicht ertragen, wieso nennt er mich vor jedem Satz beim Namen. Ein Glück bloß, dass das nicht so oft vorkommt, ein Glück, dass er in Cuneo arbeitet und hier nur ab und zu reinschaut, nur das rettet unser Zusammenleben. Die nahezu ständige Abwesenheit des anderen. Wäre er immer hier, hätte ich längst alles hingeschmissen.

Die Treppe hoch geht's im Laufschritt, ich schiebe zaghaft die Wohnungstür auf, doch keine Sorge, sie sitzen da wie zwei Brote, ein Glück, ich mache dem Hund das Halsband ab, Matteo, und was gab's in der Schule? hast du keine Hausaufgaben? Doch Matteo hört nichts, denn Blaze überquert gerade irgendeinen Zebrastreifen, er gewinnt schon wieder, der Hund ringelt sich in seine Kuhle, die Katzen kommen an, streichen mir um die Beine, meine Lieben, ich weiß wirklich nicht, was ihr von mir wollt, zu fressen habt ihr doch schon gekriegt, ich gehe vom Wohnzimmer in die Küche, im Grunde ist das hier ein *Open Space*, das Wohnzimmer ist von der Küche nur durch eine flache Mauer und andersfarbige Bodenfliesen getrennt, und von der Küche aus weiter ins Bad, um die Wäsche aus der Maschine zu nehmen, die ich vor dem Verlassen der Wohnung gestartet hatte, ich hänge Hemden auf, Hosen, Strümpfe, Oberhemden, und ich weiß, dass der Mann recht hat, ich bin nicht normal, ich war nie normal, Mutter hat das auch ständig wiederholt und behauptet, sie habe vorher noch nie so ein Kind wie mich getroffen. Ich nahm das hin wie einen Stempel, ein Brandmal, eine schicksalhafte Zeichnung, doch ich nahm das nur von Mama hin, sie durfte das zu mir sagen, doch mein Mann hätte sich das nicht erlauben dürfen.

Ich dachte, es bedeutet, dass ich früher oder später verrückt würde, in der Pubertät stellte ich mir vor, wie dieses Verrücktwerden aussehen könnte, wie es sich äußern würde, und natürlich fußten diese Vorstellungen auf den Filmen und Büchern, die ich zu jener Zeit in Massen konsumierte. Werde ich anfangen, Stimmen zu hören, und werden sich Hände aus den Wänden recken wie bei Polański, vielleicht kriege ich Wahnvorstellungen wie bei Altman, oder ich werde so verführerisch wie diese blonden Schauspielerinnen und Männermorde werden mein tägliches Brot, gewiss wird es zu einer ausgeprägten Schizophrenie kommen oder, etwas bescheidener, weniger spektakulär, zu einer schweren Depression mit dem Kopf im Backofen wie Sylvia Plath, und wenn ich das überlebe, werden sie mir danach natürlich

Elektroschocks verabreichen und eine Lobotomie vornehmen wie bei Jack Nicholson, den Rest meiner Tage verbringe ich dann in irgendeiner vergessenen Klinik, im Rollstuhl, doch ich ging in meinen Fantasien nie so weit, dass ich jemandem auf absurd komische Weise mit Perücke und Messer hinterherjagen würde wie Norman Bates, erst viel später, erst als Erwachsene, fand ich ein Buch, das wirklich zu mir passte, das zutraf, jedenfalls vom Titel her, *Ich tanze so schnell ich kann*.

Und schneller, immer noch schneller, ich bewege mich so schnell, dass ich nicht anhalten kann, alles ist in Aktion, der Körper, der Geist, die Gedanken strömen und ich weiß mir keinen Rat, ich kann sie nicht abschalten, ich bin keine Verrückte, ich habe mich damit abgefunden, dass ich nie ein Fall für Medikamente sein werde, von Schizophrenie ist schon lange keine Rede mehr, die bricht mit ungefähr zwanzig aus, und auch eine Depression hätte ihr Problem mit mir, ich kann mir nicht vorstellen, dass mich jemand auf einem Bett abladen runterdrücken anbinden könnte, also an das Bett, obwohl ich mir das manchmal wünschen würde, ich würde mir wünschen, einfach so dazuliegen und gestoppt zu werden, an nichts zu denken, ins Dunkel in die Wahrheit ins eigene Innere abzutauchen wie unter die Oberfläche eines Sees, so habe ich das Gefühl, dass ich nur auf meiner Oberfläche herumhusche, ich streife darüber, als wäre sie gefroren, sie will und will nicht einbrechen, ich spüre, dass ich es nicht schaffe, bis zu mir selbst vorzudringen, ich bin zu faserig, diese Unfähigkeit, sich zu zentrieren, auf etwas zu konzentrieren, auf mich, es an einer Stelle auszuhalten, einen Gedanken auszuhalten, ihn zu analysieren, zu erfassen, ich habe das Gefühl, dass ich ständig zu viele Dinge gleichzeitig regle, die mich vergiften, mich belasten, mein Leben ist zu voll, manch einer würde sagen, zu hektisch, doch das ist es nicht, ich bin einfach eine Frau mit Haushalt und zwei Kindern und ich habe den Kopf voller Blödsinn, mir ist das ja bewusst, und dennoch lassen mich all diese Gedanken nicht zur Ruhe kommen, sie lassen sich nicht greifen, ich kann zu keinem Schluss kommen, kann mich zu nichts Grundlegendem entschließen, und so versuche ich wenigstens, mich auf Details zu konzentrieren, auf das, was erkennbar ist, vor allem auf das, was mein Körper so von sich gibt, was er braucht und nicht braucht, denn den Körper, den kann ich wenigstens sehen, spüren, denn vom Körper kann ich wenigstens sagen, dass ich weiß, was das ist.

Ich gehe nicht so weit, dass ich mit meinem Körper rede, als Kind hatte ich eine Freundin, die voller Begeisterung mit den Bindfäden redete, aus denen sie Freundschaftsbänder knüpfte, sobald sie etwas Zeit hatte, an der Haltestelle, in der Schule, legte sie die mit einer Sicherheitsnadel fixierte, angefangene Arbeit über ihre Knie und begann zu knüpfen und dabei mit den Fäden zu reden, komm her, du pinkes Teil, aha, du bist ja auch hier, du schwarzer Faden, dich hatte ich schon fast vergessen und dabei brauche ich dich gerade jetzt, hey, versteck dich nicht, grüner, hier musst du durch, ich sah ihr gespannt zu, sonst war sie ein so stilles, schüchternes Mädchen, doch beim Zusammenknüpfen der Fäden wurde sie richtig locker, nun ja, bei mir ist so etwas aber noch nie vorgekommen, ich rede nicht mit meinen Händen, Lungen oder Knöcheln, ich beobachte sie nur aufmerksam, verfolge sie wachsam, bemühe mich, in jeden einzelnen Teil meines Körpers hineinzuspüren, zu ergründen, worauf er reagiert, was ihm gefällt, was ihm wehtut, ob der Schmerz intensiv ist und wann er aufhört, ja gewiss, auch der Schmerz ist da ganz eigen, er hört von einem Moment zum anderen auf, mich zu belasten, oder, um genau zu sein, ich bin, was meinen Körper angeht, nicht mehr so empfindlich, seit ich das erste Kind bekam, mich interessiert eher, wie er mit dem, was ihm geschieht, fertigwird, mit den Wunden, den Abschürfungen, dem Blut, das fließt, wie lange es dauert, bis der Körper es stoppt, wann sich Schorf bildet, wann der Schorf abfällt, und diese frische, dunklere Haut, die dann an der Stelle bleibt, ich fahre mit den Fingern darüber, ich teste sie, Haut fasziniert mich, ihre Fähigkeit zur Selbstheilung, dieses größte Organ, mit dem sich so viel wahrnehmen und erleben lässt, ich habe manchmal den Eindruck, dass meine Haut noch sensibler ist als die anderer, sie nimmt mehr wahr, und obwohl sie empfindlicher ist, kann ich nicht abstreiten, dass ich mich beim Kochen und Bügeln oft verbrenne, es bleiben Narben und viele kann ich datieren, ich achte darauf, dass der Körper mir gehorcht, ich pflege ihn, kümmere mich um ihn, doch die Jahre vergehen und ich sehe, dass er seine Spannkraft und Beweglichkeit verliert, alles Mögliche ist schon aufgetreten, alle möglichen Probleme und Ausfälle, mal verwindet der Körper sie, ein andermal bleiben sie und ich muss damit zu leben lernen, doch es schränkt mich nicht ein, ich beschreite gern neue Wege, stelle mich den Herausforderungen, und so kann ich mich nicht genug darüber wundern, dass er mir schon neununddreißig Jahre lang so dient und mich nur selten im Stich lässt.

Mutter sagte immer zu mir: Du warst schon als Kind nicht normal, so vom Körper besessen, du hast mich zur Verzweiflung gebracht, während die anderen Kinder sich für Prinzessinnen und Puppen und Autos interessierten, hast du mir mit vier Jahren die Brust geknetet und gefragt, wo die Milch rausgeflossen ist und warum sie nicht mehr fließt, und was hast du jetzt da drin, in den Brüsten, was versteckst du denn da, wenn keine Milch mehr drin ist, um jeden Preis wolltest du das rauskriegen, sie waren doch so groß, etwas musste ich doch da drin haben, du warst einfach die pure Logik, und dann hast du mich fasziniert gefragt, ob meine Milch gut war, süß, ob sie dir geschmeckt hat, ob du mal versuchen könntest, zu trinken, und ob du auch mal so große Brüste haben würdest, ob sie dir auch wachsen und dann beim Gehen schaukeln würden, du hast mich mit deinen Fragen ständig in Verlegenheit gebracht. Bis zu deinem Kindergarten war es recht weit, wir nahmen die Straßenbahn, und du hast die Fahrt über immer kleine Lieder über die Brüste gesungen, über den Po – du hattest sogar so etwas wie einen Po-Tanz –, über die Muschi, das Pupsen, über Kacke oder Schlüpfer, ich kann mich noch genau an das Lied »Mama hat einen Schlüpfer, oooh-oooh, was für ein

Glüüüühück« erinnern, und immer wieder von vorn, ich konnte dich nicht bremsen, Kacke hat dich übrigens bis zur Pubertät interessiert, du brauchtest nur von weitem einen Haufen auf dem Gehweg zu erspähen, schon hast du gestrahlt, ja Kackilein, sei gegrüßt, ach was für eine schöne Kacke! Manchmal bist du um den Haufen herumgesprungen und hast getanzt, manchmal hast du die Kacke begrüßt, du hast die Scheiße auf dem Bürgersteig gegrüßt, doch unsere Nachbarn so gut wie nie, wenn wir jemanden aus der Nachbarschaft trafen und der zu dir sagte, grüß dich, Lara, hast du nicht zurückgegrüßt, sondern mich nur groß angeguckt, wer ist das?, selbst wenn wir ihn zum vierten Mal trafen. Als du vier warst, hast du dich im Freibad mit einem Gleichaltrigen aus dem Kindergarten über Brustwarzen amüsiert, also über eure, und er sagte zu dir, dass du kein solches Säckchen hättest, er schon, zu Hause hast du mich dann gefragt, warum, du bist mir immer auf die Toilette nachgelaufen, und wenn ich die Tage hatte, war es unheimlich schwer, das Blut vor dir zu verbergen, als du die Binde erspähtest, hast du mich ausgelacht, haha, eine Erwachsene und hat noch Windeln um! Als du zwölf warst, musste ich dir wirklich nicht mehr erklären, was es mit dieser Monatsblutung auf sich hat, du wusstest längst alles, dich interessierten alle Körperflüssigkeiten, Ausscheidungen, die Kacke wolltest du jedes Mal vor dem Runterspülen anschauen und ihr zuwinken, mich hast du ausgelacht, dass meine Hand jetzt stinken würde, nachdem ich dir den Po abgewischt habe, denn du selbst wolltest ihn nicht richtig sauberwischen, das ist pfui, nicht wahr, du hast dir in der Nase herumgebohrt und dir vor allen Leuten die Popel herausgeholt, beim Essen hast du oft den durchgekauten Bissen zurück auf den Teller gespuckt, um ihn durchzumantschen, völlig normal für dich, du hast Schweiß abgeleckt, und nicht nur deinen eigenen, auch meinen! Und eine kleine Kupplerin warst du auch noch. In der Straßenbahn hast du mir im Sommer den Rock hochgehoben, das T-Shirt, du wolltest mich um jeden Preis enthüllen, mich den anderen Leuten vorführen, vor allem meinen Bauchnabel, du warst überzeugt, dass der Bauchnabel das geheimste Körperteil ist, und du wolltest mich bloßstellen, wie eine Irre hast du gelacht und gerufen, Mama, Mama, zeig dem Onkel den Bauchnabel, stimmt's, du willst dem Onkel den Bauchnabel zeigen, schäm dich doch nicht, solche Sachen, ich habe dir mehrmals gedroht, dass ich ohne dich aus der Straßenbahn steige oder dass wir zusammen aussteigen und den Rest zu Fuß gehen, jedes Mal hast du mich blamiert, das kannst du glauben, so ein Kind wie dich hatte ich noch nie erlebt, ich staune nur, dass es mit dir noch ganz gut ausgegangen ist, du hast Familie, einen Mann, Kinder, du funktionierst im Leben relativ normal, doch mir hast du mächtig zu schaffen gemacht, das kannst du mir glauben.

An diese und ähnliche Worte muss ich denken, meine Mutter, die das so oft aufwärmte, die betonte, dass doch eigentlich erstaunlich viel aus mir geworden sei, wenn man bedenke, was für ein verrücktes Ding ich gewesen sei, ach Mama, wenn du sehen könntest, wie ich mich jetzt aufführe, wenn du wüsstest, wie ich mein Leben verhunze, seit deinem Tod, nun ja, besser nicht, besser, du weißt das nicht, obwohl ich mein ganzes verkorkstes Leben dafür geben würde, wenigstens noch einmal zu hören, wie du mir vorwirfst, nicht normal zu sein.

Den Fernseher habe ich schon ausgeschaltet, die Jungen spielen jetzt mit den Autos, das heißt, laut Plan haben sie jetzt genug ferngesehen und sollen sich allein beschäftigen, auf dass sie ihre Kreativität entwickeln, nicht wahr, doch wie es aussieht, geben sie wirklich nur vor dem Bildschirm Ruhe, Matteo winselt und Luca haut ihm mit dem Auto auf den Kopf, nein, ich greife nicht ein, ich habe mich schon genug eingemischt in ihre … ähmm, nennen wir es Spiele, es reicht, sie müssen allein fertigwerden, sie werden ja später auch nicht immer die Mutter hinter sich haben. Wenn Matteo schwächer ist und sich nicht behaupten kann, muss der Junge sich eben daran gewöhnen, später, im Leben, wird ihm das auch so gehen. Ich will das aber nicht sehen, ich muss ja auch Abendbrot machen, ich drehe mich zur Küchenzeile um und hole Töpfe, Lebensmittel und das Schneidebrett fürs Gemüse raus, Gemüse muss sein, ich schalte das Radio ein, manchmal quält es mich, dass ich es nie geschafft habe, Mutter zu sagen, wie nah sie mir war, und es hilft auch nicht, wenn ich mir einrede, dass sie es ohnehin wusste. Da Mutter sich in Italien unglücklich und einsam fühlte, waren wir uns wohl besonders nah, eigentlich hatte sie hier nur mich, Vater war an einem chronischen Lungenleiden verstorben, als ich sechs war, er war praktisch erstickt, ich kann mich nicht mehr richtig an ihn erinnern, Mutter konnte mit mir danach nicht mehr in die Slowakei zurück, damals herrschte ja noch der Kommunismus, und so blieben wir hier, und die meiste Zeit über gab es niemanden, der zum Abendessen bei uns vorbeigekommen wäre, niemanden, mit dem wir am Wochenende im Park Valentino eine Decke zum Picknick ausgebreitet hätten. Also haben wir uns diese Decke ab und zu allein ausgebreitet, ich glaube, Mutter nahm mir später, als ich schon größer war, etwas übel, dass ich eine Menge Freunde von der Schule hatte, vom Film, als wünschte sie sich insgeheim, dass ich hier genauso einsam und unglücklich bleiben sollte wie sie, dass ich mich nicht integrieren könnte und damit beweisen würde, dass wir vom gleichen Schlag sind, und manchmal hatte ich sogar den Eindruck, als wolle sie mir die eine oder andere Freundin ausspannen. Es mag völlig absurd klingen, doch sie zog sie in Gespräche, wollte alles von ihnen wissen, fragte mich nach ihnen aus, interessierte sich rege für sie, später rief sie meine Freundinnen auch an, ging mit ihnen Kaffee trinken, und da sie ähnlich chaotisch veranlagt war wie ich, brachte sie manchmal alles durcheinander, verwechselte sie und beschwor peinliche Situationen herauf, kurzum, sie benahm sich so, dass ich mich am Ende für sie schämte.

Ach ja, diese Scham, eine treue Begleiterin meiner Jugend, wie jeder andere schämte auch ich mich, als ich verliebt war, zum Beispiel in der Grundschule in den Trainer unseres Schwimmkurses, der mich an den Beckenrand stellte und den anderen Kindern an mir demonstrierte, wie man die Armbewegung beim Kraulen machen muss, doch ich hatte mich auch schon davor geschämt, im Kindergarten, ich kann mich noch gut daran erinnern. Die anderen Kinder warfen sich ihrer Mutter mit dem Schrei Mama! an den Hals, wenn sie sie abholen kam, ich nickte ihr nur flüchtig zu, beschwor sie, mir vor den Erzieherinnen bloß kein Küsschen zu geben, auf keinen Fall, sie dürfe mich nicht so blamieren, und als wir dann die Straße entlanggingen, durfte sie mich nicht an der Hand halten, auch nicht, nachdem wir die Straße überquert hatten, auch das war etwas zum Schämen, ich glaube, Mutter war über diese meine übertriebenen Eigenheiten recht unglücklich, doch vielleicht war ich gar nicht so exzentrisch, ich bin schließlich zur Hälfte Slowakin und meine Familie in Bratislava benimmt sich mit Sicherheit auch nicht so offenherzig und zudringlich wie die fernere Verwandtschaft aus Mittelitalien.

Und heute? Manchmal habe ich das Gefühl, dass ein wenig von der einstigen Scham mir nicht schaden würde, es gibt wohl nichts mehr, wofür ich mich schämen würde, und schon gar nicht für meinen Körper, am Strand brauche ich keine Umkleidekabine, meist nicht einmal ein Handtuch, ich schäme mich nicht vor meinen Freundinnen, aber auch nicht vor Fremden, ich zeige meine Brüste, als wären es meine Arme oder die Nase, ich handhabe das seit dem Stillen so, das war die große Wende, vielleicht waren es aber auch die Minuten vor der Entbindung, diese surreale Szene, als zehn fremde Leute gespannt auf meine Möse starrten und meine Möse dabei das letzte war, was sie in diesem Moment interessierte, das war der entscheidende Moment, jene Banalisierung meiner Organe, meines Körpers, dort im Krankenhaus, nein, ich bin nicht traumatisiert, mich hat das nicht getroffen, im Gegenteil, es hat mir geholfen, es ist ja nur ein Körper, aus dem sich ein anderer Körper herauszwängt, der Körper ist nicht heilig, mit dem Körper kann man beliebig verfahren, jeder kann ihn berühren und deformieren, öffnen, peinigen, malträtieren, tun mit ihm, was ihm beliebt. Warum also nicht auch ich.

Die Zucchini in der Pfanne beginnt zu spritzen, Mist, ich habe wieder einen Liter Öl reingegossen, es spritzt über die ganze Küchenzeile, ich rühre mit dem Holzlöffel um, schalte nebenbei das Wasser mit den Nudeln herunter, gieße es aber noch nicht ab, ich lasse sie noch ziehen, bis ich das andere fertig habe, ich koste die Sauce Bolognese, autsch, *cazzo*, ich hätte erst pusten sollen, schon wieder hab ich mir den Mund verbrannt, wie immer, ich verbrenne mich jedes Mal beim Kochen, beim Bügeln, bei allen Hausarbeiten, ich bin dafür nicht geschaffen, das Untertiteln geht mir viel leichter von der Hand als die Versorgung der Familie und dieses Kochen, und unbelehrbar bin ich auch noch, da kann es mir schon tausend Mal passiert sein, ich werde diesen heißen Löffel immer wieder ablecken wie eine Idiotin. Was soll's, ich habe schon weitaus schlimmere Schmerzen überlebt.

Doch die Faszination meiner Kindheit und Jugend, die Faszination für den Körper, dieses untersuchende Ertasten seiner Grenzen und Möglichkeiten, das ist bei mir noch genauso groß wie damals, möglicherweise hat es sich durch die Erfahrungen, die ich seitdem gemacht habe, sogar noch weiter verstärkt. Denn praktisch hat alles mit dem Schmerz begonnen.

Mit meinem ersten Freund war es sehr schwer, ich denke nur ungern daran zurück, mein erster Freund hat mit meinem Körper mehrere Monate lang gerungen, doch mein Körper gab nicht nach, er weitete sich nicht, er lehnte es ab, ihn aufzunehmen. Letzten Endes brachte er mich nur um meine Jungfräulichkeit, ohne dass ich hätte sagen können, wann genau das passiert war, wie es dazu kam, denn es fehlte dieses Wichtigste, es fehlte dieses Blut, das auf dem Laken zurückzubleiben hatte, als Beweis, verstehen kann ich das bis heute nicht, ich weiß nur noch, dass er drückte und drückte, sich bemühte, einzudringen, dass er hartnäckig blieb und ich mich vor Schmerz wand und weinte, ach je, wie ein Marktweib, was gab's da groß zu heulen, doch ich weinte und verkrampfte mich dabei noch mehr und fragte, jetzt bist du aber da, stimmt's, du bist jetzt richtig drin, ja? und er – genauso panisch –, ich weiß nicht, ob das richtig ist oder ob's noch weiter rein geht, was soll ich machen, versuch mal, noch etwas auszuhalten, hatte ich etwa so eine Entjungferung verdient, hatte ich sie verdient? Blut haben wir nach unseren mörderischen Strapazen kein einziges Mal gefunden, mein Freund hat mir wohl nicht geglaubt, dass ich noch Jungfrau war, dass ich vor ihm niemanden hatte, doch so war es, ich war fünfzehn und sah zum ersten Mal einen Schwanz, mein Freund machte sich Sorgen, meiner ist so klein, irgendwann habe ich ihn mal gemessen, siebzehn Zentimeter, die jungen Mädchen in den Inseraten suchten nach zwanzig und mehr, doch bei mir hätten es nicht mal siebzehn sein dürfen, maximal fünfzehn, so circa, doch ich habe ihm gegenüber nichts gesagt, er kam mir einfach mächtig groß vor, nahezu riesig schien er mir, schaurig und vor allem dick, ich war mir sicher, dass genau dieser Umfang bei uns ein befriedigendes Sexualleben verhinderte, doch ich sagte, er sei groß und schön und vollkommen, ich gab ihm Küsse, ich blies ihm einen, damit mein Freund sich nicht quälte, quälte ich mich, ich dachte, dass es mir immer so wehtun würde, dass ich nie normalen Verkehr mit jemandem haben könnte, ich wollte aber nichts erdulden, ich wollte das genießen, den G-Punkt suchen, so wie in diesen Zeitschriften, mit fünfzehn konnte ich mir nicht vorstellen, dass auch der Schmerz etwas für sich hat, dass er ein besonderer Sinneseindruck ist, und zwar ein sehr intensiver.

Ja, es gibt die Zeit vor den Entbindungen und die danach, vieles hat sich geändert, seit die Dreieinhalb-Kilo-Pummelchen meine Geburtswege passiert haben, und wenn ich an meine märtyrerhaften Anfänge denke, erinnere ich mich auch wieder an die Zeit, als ich das alles noch richtig spürte, als ich eng war, doch sag das mal einer Fünfzehnjährigen. Ich hatte meinen damaligen Freund nach langer Quälerei verlassen, ich ersetzte ihn durch einen anderen und mit ihm ging es gleich besser, dennoch glaube ich nicht, dass es nur daran lag, dass er einen dünneren Schwanz hatte, es war, als hätte etwas in meinem Körper seine Einwilligung gegeben, er gab nach, war mit einem Mal bereit, den neuen Mann in sich aufzunehmen – wie später noch weitere – und mir gefiel es. Heute bin ich mir allerdings nicht sicher, ob mir ein solcher Mann physisch noch zusagen würde, nach diesen beiden Geburten, ob ich ihn beim Sex überhaupt noch spüren würde? Ich habe tatsächlich den Eindruck, als wäre ich geweitet, als könnte ich dort auch Größeres einführen. Und die Auswirkungen der Geburten auf das alltägliche Leben waren auch nicht ohne, nach der zweiten Entbindung sah ich mich mit einer monatelangen Inkontinenz konfrontiert, ich machte vor Verzweiflung jede freie Minute Kegelübungen, ging zur Beckenboden-Reha, ich dachte ununterbrochen an dieses grässliche Problem, ob es sich wieder legen würde, ich trug Damenbinden und fühlte mich jenseits von allem, abgeschrieben, gesellschaftlich wie sexuell, doch es normalisierte sich wieder, im Großen und Ganzen, ich packte die Damenbinden wieder weg, es passiert mir aber noch heute manchmal beim Niesen oder Husten, dass ich auslaufe, wer weiß, was nach einer eventuellen dritten Entbindung passieren würde, vielleicht würde ich unten gar nicht mehr richtig schließen und bräuchte eine plastische Operation.

Den Gedanken an eine dritte Entbindung weise ich aber rigoros von mir, ich bemühe mich, all das mit Humor zu nehmen, und am komischsten finde ich den Fall einer Bekannten, die eine Gynäkologen-Phobie hat, eine G y n ä k o l o g e n-Phobie! Das ist doch absurd, ich könnte ohne mit der Wimper zu zucken jeden Tag zum Gynäkologen gehen, was meinen Körper angeht, bin ich überhaupt nicht mehr sensibel, zu viele Menschen sind schon durch ihn hindurchgegangen, Männer, Kinder, da ist nichts mehr von dem Mädchen mit dem sorgsam gehüteten Geheimnis, das am Rand des Schwimmbeckens steht und dem Schwimmtrainer verschämt gestattet, an ihm das Kraulen zu demonstrieren, ich könnte mir vorstellen, einem Mann zu erlauben, mit meinem Körper nahezu alles zu machen.

Vielleicht finde ich es ja deshalb so spannend, was Männer mit anderen Frauen so anstellen, möglich, dass das bei mir von dieser ersten unglücklichen Beziehung herrührt, je weniger es uns gelang, miteinander zu schlafen, desto mehr Pornos schauten wir, mein Freund mochte die sanfteren, die für Frauen, zwei Freundinnen, die plötzlich zueinander finden, etwas in dieser Art, wo sich hin und wieder irgendein Mann dazugesellt, im Idealfall der muskulöse Bademeister, der sein Glück nicht fassen kann, der Traum aller Männer, zwei Frauen auf einmal, warum waren zwei Männer auf einmal dann nicht der Traum aller Frauen? Oder drei, vier, ein ganzer Haufen, ich schaue schon lange keine Frauen-Pornos mehr, eher unterschiedliche extreme Pornos, SM, Gang-bangs, Orgien, Double penetration und Rough sex, ich schaue mit einer Mischung aus Ekel und Faszination zu, aber ich schaue zu. Hin und wieder. Ich habe keine großen Ansprüche, es genügt, wenn eine Frau wirkt, als sei sie einverstanden, inszenierte Vergewaltigungen ertrage ich nicht, und *interracial* darf es auch nicht zugehen, beim Porno bin ich Rassistin, beim Porno bin ich für Apartheid, die Schwarzen mit den Schwarzen und die Weißen mit den Weißen, Hauptsache, keine Mischungen, wenn ich bitten darf. Ich sehe den Frauen zu, wenn die Männer ihnen den Kopf runterdrücken, wenn sie ihn ganz in ihren Mund schieben, so dass sie fast ersticken, sie ersticken, doch sie bringen das fertig, ich grübele, ob sie sich etwas aus dem Hals entfernen lassen haben, wie sie das physisch hinkriegen, es muss da etwas geben, einen Trick, wie bei Marilyn Manson, der sich zwei Rippen herausnehmen ließ, um das mit der Autofellatio hinzukriegen, doch wer weiß, wie das bei ihm war, vielleicht handelt es sich ja nur um ein Gerücht, das er selbst gestreut hatte, um die Verkaufszahlen der CDs zu steigern, aber diese Frauen, die lassen da sicherlich etwas machen.

Nach der ersten Entbindung erfuhr ich auf Internetportalen für Mütter, wie verdammenswert das Schauen von Pornos war, also vor allem bei Ehemännern, die nicht begreifen, dass eine

Frau im Wochenbett, genauer gesagt, von der Geburt des Kindes bis auf unbestimmte Zeit, völlig andere Sorgen hat als die zum Platzen prallen Eier des Ehegatten. Sie muss wickeln und stillen und überlegen, welchen Pullover sie draußen überzieht, und ob sie beim Zufüttern mit Möhrenbrei beginnen sollte oder besser mit Kartoffeln. Auf keinen Fall mit Äpfeln oder Bananen, denn dann würde das Kind sich an den süßen Geschmack gewöhnen und kein Gemüse mehr wollen. Nun gut. Lassen wir das. Mir tun diese Frauen auch leid, ich kann auch nicht alles anschauen, ich glaube nicht, dass sie so etwas aus freien Stücken machen würden, sie müssen zumindest unter Drogen gesetzt worden sein, um den Schmerz nicht zu spüren, um die Erniedrigung nicht zu spüren, kurz gesagt, um nichts zu spüren. Und wenn eine es freiwillig macht, würde ich sie am liebsten zum Psychiater schicken, denn es musste da irgendetwas geben, irgendeinen Vaterkomplex, irgendwelche Syndrome, ein Trauma, eine ungeklärte Beziehung zu sich und dem eigenen Körper, bestimmt fände sich da etwas. Und wenn schon, ließe sich nicht bei jedem irgendetwas finden?! Jedenfalls danke ich Gott und dem Himmel, dass ich zwei Jungen geboren habe, zwei Männer, ich würde bei einer Tochter vor Angst sterben, dass jemand sie missbraucht, dass sie zulässt, dass irgendein Schweinehund ihr etwas Schlimmes antut, ich mag mir gar nicht ausmalen, wie sich die Mütter der Pornodarstellerinnen fühlen, die Mütter von Huren, es wäre für mich leichter zu ertragen, wenn meine Söhne misshandeln würden, Pornos drehen oder leichtfertig ihre Partnerinnen wechseln, es würde bei ihnen als Zeichen seelischer Gesundheit und Vitalität gelten, sie wären große Paschas, doch als ich sie an den Tisch rufe, weil das Abendessen fertig ist, und ich mir Matteo mit seinen tief in den Höhlen liegenden Augen anschaue, mit der etwas verträumten Miene, als ich mir Luca anschaue, der vor ungeduldiger Vorfreude auf das leckere Essen schon zu zittern anfängt, schließe ich aus, dass sie jemals irgendeiner Frau etwas zuleide tun würden, so lieb, wie sie sind.

Beim Älteren, Matteo, habe ich immer das Wort Hascherl im Kopf, du mein armes Hascherl, kränklich, hypersensibel, wie er ist, und ich würde ihn am liebsten in die Arme nehmen und streicheln und ununterbrochen auf ihn achtgeben, ihn bei mir haben, ihn beschützen, er ist doch so ein Guter, er strengt sich doch so an, wenn ihm auch ständig alles, was er anpackt, misslingt, er findet in der Schule keine Freunde, unter diesen Radaubrüdern, er versteht sich besser mit den Mädchen, weshalb ihn natürlich alle hänseln, dabei kommt er mir gar nicht mädchenhaft vor, er hat sehr schöne Gesichtszüge, ist schlank und hat einen harmonischen Körper, er wirkt zwar athletisch, ist aber tapsig und unbeweglich wie ein Klotz, er bereitet sich gewissenhaft auf die Schule vor und in seiner Freizeit malt er irgendwas, irgendwelche Landkarten und Sagenwelten, manchmal kommt er zu mir, um mir zu erzählen, wer dort wohnt und was sich wo befindet, ich nicke zustimmend und murmele, tatsächlich? wie interessant. Dabei höre ich ihm meist überhaupt nicht zu, ich laufe durch die Küche, koche oder bügele und denke an meinen Kram, ein Wunder, dass er es bis jetzt noch nie gemerkt hat.

Er ist mein Sohn, mein geliebter Erstgeborener, doch er ist auch der Sohn meines Mannes, und mir scheint, er kommt ganz nach seinem Vater, zumindest hat er von ihm diese Hypersensibilität, die mir völlig fremd ist, die mich so unsäglich aufregt. In letzter Zeit weint er lautlos, er unterdrückt die Tränen, er schnieft und sagt, es ist nichts, lass mich, er zieht sich ins Kinderzimmer zurück, denn er hat verstanden, dass ich auf seine hysterischen Reaktionen allergisch bin, wenn er grundlos weint, wenn er sich vorher in die Hose macht, denn er weiß, dass ich genauso hysterisch auf ihn einschreie, wenn ich den Eindruck habe, dass es keinerlei Grund gibt, so einen Zirkus zu veranstalten. Ich sage zu ihm: Du bist ein Junge, ein Mann, dann benimm dich auch wie ein Mann, doch er weint noch mehr, denn er sieht, dass seine Mutter enttäuscht von ihm ist, und danach tut es mir leid und ich schwöre, dass ich so etwas nie wieder zu ihm sagen werde, obwohl ich natürlich weiß, dass ich es irgendwann doch wieder zu ihm sagen werde.

Eigentlich ist es jetzt schlimmer, denn er beklagt sich nicht mehr, er schließt sich mit beleidigter Miene im Zimmer ein und schafft es, den ganzen Tag den Beleidigten zu spielen, weil ich ihn nicht verstehe, weil ich streng zu ihm bin. Muss ich allen Ernstes akzeptieren, dass mein Sohn vor Angst aufschreit, wenn eine Schmeißfliege durchs offene Fenster in sein Zimmer kommt? Wann immer etwas um ihn herumfliegt, zuckt Matteo zusammen, springt auf, schon das kleinste fliegende Insekt erschreckt ihn, jede Essigfliege, von Libellen und Bremsen ganz zu schweigen. Und vor der Dunkelheit, vor der Dunkelheit fürchtet er sich am meisten, als neulich der Strom ausfiel, fing er vor Angst so laut zu schreien an, dass ich gleich losrannte, um die Taschenlampe zu suchen, doch ich folgte seiner Stimme und fand zuerst ihn und verpasste ihm eine Ohrfeige, damit er aufhörte, seinen kleinen Bruder vollzuschreien und zu erschrecken. Allerdings lachte Luca, der kleine Teufel, über Matteo. Blut kann er auch nicht sehen, nicht sein eigenes, aber auch nicht meins, wenn ich mich verbrenne oder schneide, kann er nicht hinsehen, und als sie ihm mal im Krankenhaus für einen Test Blut abnehmen wollten, musste ich durch den ganzen Warteraum hinter ihm herjagen – natürlich hatte ich ihm nicht gesagt, wo wir hingehen, er wäre im Leben nicht freiwillig in dieses Krankenhaus mitgekommen. Mein Sohn ist schlichtweg ein Angsthase oder Hosenscheißer, ein Hascherl eben, kein harter Bursche, doch wer hätte ihn abhärten sollen, wo sein Vater noch schlimmer ist.

Am Strand wächst sich das zu einer absoluten Farce aus, während mein Mann sich Sandalen anzieht, um damit ins Wasser zu gehen, Sandalen, die nicht wegschwimmen, denn er hat empfindliche Fußsohlen und will sich nicht an den Steinen verletzen, brüllt sein Sohn, weil ihm Sand zwischen die Zehen gekommen ist. Während Matteo jede Nacht weint, weil er aus dem gitterlosen Bett fällt, beschwert sich sein Vater, dass diese Hotelmatratze nicht einmal ansatzweise so hart ist wie jene, an die er zu Hause gewöhnt ist, wie soll er auf so einer Matratze schlafen, und dann dieses unbequeme Kissen, ganz ehrlich, so empfindsam ist nicht einmal die Prinzessin auf der Erbse. Doch eins muss ich meinem Mann lassen, er nimmt diese Landkarten von Matteo ernst, er hört seinem Sohn zu und stellt konkrete Fragen, zum Beispiel wo die Pferde untergebracht sind und wie der Drachen diesen Zaun überwindet, wirklich, es ist manchmal schön zu beobachten, wenn sie sich im Wohnzimmer unterhalten, Vater und Sohn.

Zusammenfassend lässt sich sagen, dass Matteos erste Jahre für mich die Hölle waren, ständig fiel er hin und es dauerte jedes Mal ewig, bis man herausbekam, ob er sich wirklich wehgetan hatte oder ob aus einer Mücke ein Elefant gemacht wurde. Er schrie jedes Mal, als würde er bei lebendigem Leib skalpiert, und er fiel jedes Mal aufs Gesicht, streckte nie die Hände aus, um sich abzufangen, keinerlei Selbsterhaltungstrieb, und kam auch sonst ständig angerannt, ihm tue etwas weh, er wollte beruhigt und bedauert werden, er wollte in meinen Armen sein, aber ihm fehlte tatsächlich oft etwas, in den drei Kindergarten-Jahren sind wir von einer Mittelohrentzündung nahtlos zur nächsten übergegangen, von Scharlach zu Windpocken, von Grippe zu Bronchitis, vom atopischen Ekzem zur Bindehautentzündung.

Ich räume die Teller mit den restlichen Nudeln ab, serviere Gemüse und Fleisch, gieße Saft nach und zähle im Kopf auf: Matteo will nicht ans Meer, denn im Meer sind Haie und Quallen, im Meer kann man ertrinken, Matteo fürchtet sich davor, mit dem Kopf unterzutauchen, denn er kann unter Wasser nicht atmen und danach brennen ihm die Augen, Matteo fürchtet sich davor, aufs Klettergerüst zu steigen, denn die anderen Kinder rempeln ihn, Matteo fürchtet sich, bei hochgezogenen Jalousien zu schlafen, denn ein Riese könnte ihn aufessen, und bei heruntergelassenen fürchtet er sich, weil es dunkel ist und er nichts sehen kann, Matteo fürchtet sich vor dem Radfahren, denn er könnte hinfallen, Matteo kann mit sechs Jahren noch nicht richtig schaukeln, denn wenn er kräftig schaukelt, könnte er herunterfallen, Matteo fürchtet sich vor dem Eislaufen, denn … er könnte stürzen, Matteo strengt sich schrecklich an, Matteo will schrecklich gern, ich sehe es ihm an, er will mir eine Freude machen, doch es endet immer mit Enttäuschung und Gezeter meinerseits, was er für ein Tollpatsch ist, dass er ein Junge sein soll, verdammt noch mal, er müsse sich endlich trauen, wie will er sich in dieser grausamen, ungastlichen Welt denn durchboxen, wenn er sich ständig an meinen Rockzipfel klammert.

Oh, mein Gott, was bin ich in seinen Augen bloß für eine Mutter, wenn er immer nur gierig auf meine Zustimmung wartet, wenn er sich allein zu nichts entschließen kann, wenn ihm jegliche Initiative und Courage fehlt, dann bin ich Mutter-Vater, Mutter-General, es fällt mir schwer, mir einzugestehen, dass ich es war, die dieses Pflänzchen so herangezogen hat, dass ich ständig herumbrülle und nicht die nötige Geduld habe, dass ich kein Verständnis zeige und Sachen sage, die ich dann bereue, die sich ihm möglicherweise für immer einbrennen und vielleicht schon eingebrannt haben, dieses anhaltende schlechte Gewissen, dass ich das nicht hinkriege. Ich weiß es, ich weiß es schon lange, und es scheint tatsächlich so zu sein, Matteo fürchtet sich am allermeisten vor meiner Unzufriedenheit, davor, dass ich enttäuscht von ihm bin, Matteo fürchtet sich vor nichts auf der Welt so sehr wie vor mir.

Der Jüngere, Luca, ist eine Rakete mit Feuer im Hintern, ich habe das Gefühl, dass ich ihm, seit er auf die Welt kam, die ganze Zeit hinterherjage, durch die Wohnung, über den Hof, über die Spielplätze, ich habe das Gefühl, dass ich schon eine super Kondition habe, obwohl laufen nie zu meinen Lieblingsbeschäftigungen gehört hat, Luca ist meine Sonne, Luca ist immer gut drauf und kess wie eine Wanze, er ist immer fröhlich, lebendig, ja, lebendig und wendig, Luca hat etwas an sich, weshalb ihn ältere Frauen auf der Straße ständig anlachen, Luca hat etwas, weshalb ihm jeder sofort seinen Unfug, seine Dreistigkeit verzeiht, mit einem Wort, jeder gewinnt Luca auf der Stelle lieb. Das gipfelt darin, dass die Leute seit jeher zu mir sagen, was für ein schöner Junge er doch sei, so niedlich, und obwohl Matteo objektiv betrachtet viel schöner ist und feinere Gesichtszüge hat, ist mir das bei ihm noch nie passiert. Luca hat es einfach drauf, mit seinem offenen Gesicht, seinen sehnsuchtsvollen Augen, die alles anstrahlen, die ganze Welt, die er unbedingt ausprobieren will.

Das Einzige, worüber ich mich bei ihm oft ärgere, ist seine Faulheit, aber Achtung, er ist keinesfalls mit Matteo vergleichbar, der unbeholfen und träge ist und sich vor jeder Sache in die Hose macht, Luca ist unsäglich faul, wenn er etwas tun soll, was ihn nicht interessiert, was ihm keinen Spaß macht. Luca braucht fünf Minuten, um sich Strümpfe anzuziehen, und manchmal lässt er sie dann auch noch von den Füßen baumeln, ohne sie hochzuziehen, ich ertappe ihn dabei, wie er auf dem Bett sitzt und Löcher in die Luft starrt, oder er kratzt sich die Oberschenkel, statt sich anzuziehen, er ist nicht ansatzweise so eifrig, gründlich und verantwortungsbewusst wie sein älterer Bruder, doch ich kann ihm nicht böse sein, das Spielzeug räumt er nach dem Spielen grundsätzlich nicht weg, da kann ich noch so sehr drohen, dass ich ihm nichts mehr kaufe, dass ich es wegwerfe, Luca flüchtet vor mir ins Schlafzimmer, Luca schiebt sich unters Bett, Luca versteckt sich in seinem Zimmer im Zelt und rennt am Ende auf den Balkon hinaus. Manchmal mache ich mir Sorgen, wie wir das mit der Schule hinkriegen sollen, das wird die Hölle, er kann wirklich nicht stillsitzen, doch dann rede ich mir ein, dass er bis dahin vielleicht vernünftiger wird, vielleicht wird er ja doch noch etwas ruhiger.

Klar, es kommt auch vor, dass ich Luca anschreie, dass ich drohe, ich werde ihn auf die Sonderschule schicken, wenn er sich die Socken nicht anzieht, ein vierjähriges Kind muss sich Socken anziehen können, das müsste flutschen, aber bei ihm weiß ich, dass das nichts bringt, dass er sich nichts daraus macht, dass das kein anhaltendes Trauma bei ihm auslösen wird, am Ende lachen wir dann beide darüber, zumal er genau weiß, dass ich mir das

Elend nicht lange anschauen kann und ihm diese Socken irgendwann selbst überziehe, also warum sollte er sich anstrengen. Er ist ausgekocht, wie meine Freundin Chiara sagt, oh verdammt, Chiara, Pasolini heute Abend, die Jungs könnten ein bisschen schneller essen, warum stochern sie so in ihren Tellern herum, sie sind meine improvisierte sternlose Kochkunst doch längst gewöhnt, ach ja, das wird Luca von mir haben, dieses Testen und Improvisieren, er testet ständig, auf welche Weise sich die Hose noch ausziehen lässt, ohne die Hände zu verwenden, wie er sie abstrampeln könnte.

Luca ist erfinderisch und beherzt, er hat etwas von meiner chaotischen Art abbekommen, er stürzt sich in jede Gefahr, was für mein Empfinden nicht immer gut ist, manchmal wirkt es, als hätte er keinerlei Selbsterhaltungstrieb, als er zwei war, kletterte er in Bratislava auf ein hohes Klettergerüst und ich musste die älteren Jungen auf dem Spielplatz bitten, mir zu helfen, ihn herunterzuholen, ein Glück, dass es hier im Viertel kein solches Klettergerüst gibt und auch nicht anderswo in Turin. Auf dem Spielplatz kann er alles rauslassen, das Schaukeln beherrscht er längst, er kommt mit jedem ins Gespräch, er hat einen Hang zu Raufereien und will unter keinen Umständen, dass ich ihm bei irgendetwas helfe, ich allein, heißt es immer, genau wie es in den Ratgebern steht, alles will er selbst machen, also bis auf diese Strümpfe, und wenn ich versuche, ihm bei etwas zu helfen, haut er mir auch mal auf den Kopf. So ist er drauf.

Ich dachte, das würde Matteo helfen, er würde an Lucas Seite mutiger werden, doch genau das Gegenteil ist der Fall, Matteo sitzt jetzt neben mir auf der Bank, er gibt sich manierlich, wie ein großer Junge, den solche Sachen nicht mehr interessieren, dabei ist er erst sechs. Und Luca macht weiter seins, er schlendert zur anderen Bank hinüber und fängt an, jemandes Wurstbrote zu essen, ich laufe hin und entschuldige mich, während ich dem kleinen Frechdachs im Stillen applaudiere, so muss es sein, ich weiß noch, wie der Große sich grämte, als ich ihn aufforderte, mit den anderen Kindern zu wippen anstatt mit mir, wie ich im Sandkasten zu ihm sagte – halte deine Schaufel fest! er ist nämlich fähig, sie fallen zu lassen und einem Kleinkind zu überlassen, das auf allen Vieren zu ihm gekrabbelt kommt. Und dann zu weinen. Diese Spielplätze haben mir bis zu Lucas Geburt einfach den letzten Nerv geraubt, sobald ich beobachtete, dass jemand meinem Sohn unrecht tat, war ich hingerannt, bereit, mich zu prügeln, ihnen einen Denkzettel zu verpassen, diesen frechen Kindern mit vulgären Worten die Meinung zu sagen, dass sie es nicht wagen sollten, sich auf der Rutsche vor meinen Sohn zu drängeln. Und dann, wenn der Wicht zu den Eltern gerannt war und berichtet hatte, was die hässliche Tante da drüben zu ihm gesagt hat, bin ich vom Spielplatz verduftet. Jetzt, da das freche Kind meins ist, bin ich ganz entspannt, ich kann gelassen auf der Bank sitzen und das Gesicht in die Sonne halten.

Ich halte das Gesicht in die Sonne und denke nach, man kann nichts dagegen tun, die Gedanken spulen sich automatisch ab, lassen sich nicht stoppen, hin und wieder dränge ich den Großen, ebenfalls spielen zu gehen, doch dann leide ich, wenn er nach mir ruft, weil jemand ihm etwas getan hat, irgendein Unrecht, doch ich greife nicht mehr ein, ich muss ihm vertrauen, dass er das allein löst, auch wenn ich so gut wie jedes Mal feststelle, dass er sich an seinen vierjährigen Bruder wendet. Ich bemühe mich, nicht hinzusehen, wenn er allein über den Spielplatz geht, ohne den geringsten Versuch, mit jemandem ein Gespräch zu beginnen. Als er klein war, wollte er immer mit mir spielen, inzwischen lehne ich das ab, ich habe dir einen Bruder geschenkt, das kannst du jetzt wirklich nicht mehr von mir verlangen. Doch ich denke auch, dass der Fehler nicht nur bei ihm liegt, ich glaube, dass vieles bei ihm nachwirkt, meine Haltung, meine Fehler, sicherlich, aber in großem Maße auch die der Schwiegermutter.

Das ist auch nicht verwunderlich, sie hat ja schließlich auch meinen Mann erzogen, auch er ist ihr Werk, und als Matteo klein war, ging sie oft mit ihm spazieren, und sie rief die ganze Zeit, lauf nicht weg, nicht dass du schwitzt und dich erkältest, lauf nicht weg, du wirst hinfallen, klettere nicht auf den Baum, du fällst sonst runter und stößt dich, geh dort nicht hin, bleib stehen, sonst überfährt dich ein Auto, lehn dich dort nicht rüber, sonst wirst du vollgespritzt, renne nicht die Stufen runter, sonst stolperst du und schlägst dir das Knie auf, und so redete sie unablässig auf ihn ein und er fiel wirklich andauernd hin. Sogar als sie nicht mehr mit ihm spazieren ging, rief sie ununterbrochen bei mir an, um mich darauf hinzuweisen, dass ich draußen aufpassen soll, dass ich auf Matteo aufpassen soll, wenn er auf dem Spielplatz ist, wenn er in der Wohnung ist, wenn er in der Spielecke ist, wenn er sonstwo ist und auch wenn er schläft, und ich sagte, ist gut, ist gut, ich maß all dem damals keine weitere Bedeutung bei, ich hatte andere Probleme, mein Mann und ich hatten gerade angefangen, uns voneinander zu entfremden. Erst später fiel mir auf, dass dort auch der Hund begraben lag. Als Luca zur Welt kam, ging sie mit ihm nicht so oft raus, ich ließ nicht zu, dass sie auch auf ihn so verstörend einwirkte, außerdem wurde sie schwächer und heute verlässt sie auch allein nur noch äußerst selten das Haus. Sie sitzt drinnen vor dem Fernseher, poliert Porzellan und macht sich Sorgen. Um uns alle. Von mir aus.

Meine Mama wäre eine komplett andere Großmutter gewesen, ich bedaure, dass sie das nicht erlebt hat, dass sie Luca nicht mehr erlebt hat. Es macht keinen Sinn, mir hier Asche aufs Haupt zu streuen, Gründe und Rechtfertigungen dafür zu suchen, über genetische oder äußere Einflüsse nachzugrübeln, über unterschiedliche Temperamente und Charaktere, und dennoch muss ich eines bekennen, und das ist schwer, es ist womöglich das Schwerste, was ich mir je eingestehen musste: Obwohl ich meine Jungs gleich liebe, wirklich gleich, sind sie mir nicht gleich nah, es gibt Bevorzugungen, allen anderslautenden Beteuerungen zum Trotz.

Ich räume die Teller und das Besteck in die Spüle und während die Jungs die Aufgabe haben, das Spielzeug wegzuräumen, was natürlich nur Matteo macht, denke ich weiter nach, über das, was ich schwer definieren, kaum in Worte fassen kann, genau, über diesen Schmerz. Ich kann meine Jungs lieben, so viel ich will, und ich liebe sie auch, ich kann so gut verstehen oder nicht verstehen, wie es ihnen geht, mich in ihnen sehen oder nicht sehen, doch der Schmerz ist eine Erfahrung, die man nicht übertragen kann, eine Empfindung, die sich nicht übertragen lässt, ich kann sie vor vielem nicht schützen, sie haben in dieser Welt ja noch nicht dieselben Erfahrungen gemacht wie ich, genauso wie ich sie nicht vor dem Schmerz bewahren kann, ihn ihnen nicht abnehmen kann, um es für sie leichter zu machen, mir wird das besonders bei Matteo bewusst, der weiterhin ständig kränkelt, selbst wenn er nur schlecht Luft kriegt, nehme ich das umso deutlicher wahr, weil ich selbst eine freie Nase habe, wenn Luca sich das Knie aufschlägt, nehme ich wahr, dass meine Narbe am Knie aus Kindertagen längst verblasst ist, wenn einer der beiden vor Schmerz schreit, wie Matteo damals, als er die Mittelohrentzündung hatte und trotz Nurofen und Bentelan und Avamys stundenlang so schrecklich brüllte, dass ich beinah gestorben wäre, selbst da habe ich seinen Schmerz nicht gespürt, ich hätte es mir gewünscht, doch ich spürte ihn nicht, in mir war nichts, obwohl mein Kind litt, und das konnte ich nicht ertragen, das durfte nicht sein, ich hätte gern den ganzen Schmerz auf mich geladen, den die Jungs auf dieser Welt durchleben müssen, wie gesagt, ich bin Schmerz gewöhnt, ich nehme ihn oft nicht einmal mehr wahr, mich interessiert Schmerz, doch ich kann es nicht, ich gab ihnen einen selbstständigen Körper, sie zwängten sich aus mir heraus, und ich habe keinen Einfluss mehr darauf, sie sind nicht mehr mit mir verbunden, wir sind getrennte Organismen, ob mir das passt oder nicht, und es kann ihnen alles Mögliche zustoßen, alles Mögliche auf dieser Welt, und nicht genug, dass ich es nicht werde abwenden können, ich werde es physisch auch nicht spüren. Und damit zu leben fällt mir ebenfalls sehr schwer.

Nachdem ich die Küche einigermaßen auf Vordermann gebracht und Luca ausgeschimpft habe, weil er seinem Bruder wieder nicht geholfen hat, Matteo über den Kopf gestreichelt habe, mein guter Matúšik, danke, dass du das aufgeräumt hast, und während die Jungs sich bettfertig machen sollen, beschließe ich, noch schnell die Kisten der Katzen sauberzumachen, meiner beiden *aristogatti*, mein Mann wird immer wütend, wenn ich sie so nenne, er findet kein gutes Wort für sie, immer diese Haare, diese Haare, Lara, sogar morgens im Kaffee finde ich sie. Dabei haart nur Tiger, Lisa ist kurzhaarig, doch beide sind sie meine Katzen, schöne, aristokratische Geschöpfe, die sich graziös durch den Raum bewegen und uns hoheitsvoll mustern, doch mein Mann hat recht, so etwas kommt vor, letztens habe ich ein Huhn aus der Röhre geholt und auf der einen Kartoffel lag ein angeschmortes Haar, nein, ich bestreite ja nicht, dass Tiger manchmal beim Frühstück über den Tisch läuft und die Tassen inspiziert, ob Milch drin ist, etwas zu fressen oder wieder nur Kaffee, und einmal passierte es, dass er dort zu scharren anfing, dort auf dem Tisch, genau vor meinen Augen, neben einem Croissant, er hatte beschlossen, dass das etwas Widerliches sei, was zugedeckt gehört, ja, ich weiß es, aber das sind doch normale Sachen, wäre mein Mann nicht so empfindlich, wär das überhaupt kein Problem. Doch wie hätte bei dieser Mutter etwas anderes herauskommen können, wo der Arme nicht mal das Spielzeug in seinem Zimmer auf dem Boden verstreuen durfte, um damit zu spielen. Ordnung, Ordnung über alles, doch ich bedaure ihn nicht, er ist jetzt schließlich über fünfzig, er hätte das längst überwinden können, doch wenn ich ihn mir so anschaue, wie er mit der Fusselrolle durch die Wohnung rennt, um die Haare von der Couch zu sammeln, von den Sesseln, den Vorhängen, kommt er mir lächerlich, peinlich und pathetisch vor, was würde denn schon passieren, wenn er sich auf eine Couch mit Haaren setzt? Ich dagegen bin gesund aufgewachsen, im Chaos, und es hat mein ganzes Leben lang angehalten, ich sitze beim Essen nicht manierlich da, sondern auf meinen untergeschlagenen Beinen, ich brauche nicht dreihundert Papierservietten, um mir nach jedem Bissen den Mund abzutupfen, nur eines hat mir meine slowakische Mama eingebläut und daran halte ich mich auch: Sobald ich nach Hause komme, ziehe ich noch an der Tür die Schuhe aus, also mach hier nicht einen auf Mimose, während du mir mit deinen Tretern den Dreck in der Küche verteilst wie ein italienischer Bauerntölpel. Und ich schiebe schon beinah gewohnheitsgemäß hinterher: Hauptsache, euer Porzellan ist poliert.

In den ganzen zwölf Jahren hat er meinen Katzen nicht ein einziges Mal die Kisten saubergemacht, und er war nicht einmal mit ihnen beim Tierarzt, soll er sich ins Knie ficken, er lebt ja auch gar nicht mehr hier mit uns, was mischt er sich hier ständig ein, was erlaubt er sich, mich zu kritisieren, dass ich das Putzen nicht hinkriege, dass wir hier ständig einen Saustall haben, wie konnte er sich erlauben, mich anzubrüllen, als ich Jackino mitbrachte.

Ich konnte ihn nicht dort lassen, er wäre doch überfahren worden, ich habe meinem Mann erklärt, dass ich ihn einfach nicht an dieser Autobahn lassen konnte, als er dort herrenlos herumlief, nachdem ihn irgendein Wichser bei vierzig Grad ausgesetzt hatte, wohl um das Geld für die Hundepension zu sparen und Urlaub am Meer machen zu können, das tun die Leute, sie holen sich einen Hund unter den Weihnachtsbaum und dann setzen sie ihn im Sommer an der Autobahn aus, er war damals, vor vier Jahren, noch ein Welpe, und er ist heute noch ein scheuer, junger Hund, klar weiß ich, dass ein Hund das Letzte war, was wir gebrauchen konnten, und ich habe anfangs auch vieles versucht, ich habe Inserate aufgegeben, ob nicht jemand einen »schönen goldhaarigen Findling« nehmen würde, ich habe mich bei verschiedenen Organisationen gemeldet, die ein neues Heim für ausgesetzte Tiere finden, doch wir hatten kein Glück, also, wir hatten kein Glück, ist die offizielle Version, für meinen Mann, die inoffizielle ist, dass Jackino mir ans Herz gewachsen war und ich aufhörte, zu suchen, und als mein Mann verstand, dass der Hund bleiben würde, ging er mich scharf an, und ich antwortete, bitte schön, gern, dann such du eine neue Familie für ihn, aber eine Familie, kein Tierheim, ja? Ich habe nichts dagegen, ich war mir absolut sicher, dass er keinen Finger rühren würde, dass es ihm, selbst wenn er gewollt hätte, nie gelingen würde, und so blieb Jackino bei uns, zum großen Verdruss nicht nur meines Mannes, sondern auch der Katzen. Doch inzwischen, nachdem sie ihn ein paar Mal verprügelt haben, hat er aufgehört, an ihren Hintern zu schnuppern.

Ich gehe hinüber ins Kinderzimmer und sehe dabei auf die Uhr, in gut zwanzig Minuten müsste mein Mann hier sein, ich werde es noch schaffen, mir einen Kaffee zu machen, doch vorher schaue ich bei den Jungs rein, sie starren auf das Tablet, irgendein Spiel. Luca, du hast deinen Schlafanzug noch nicht aus dem Schrank geholt, ab marsch, wird das jetzt? Und wagt es ja nicht, hier ein Chaos zu hinterlassen, und geht euch waschen, dann gehe ich zurück in die Küche, und um ehrlich zu sein – da war außer meiner Tierliebe noch etwas anderes. Da war auch A. Ich hatte die Sache mit A. gerade beendet und musste die Leere mit irgendetwas ausfüllen, und wenn es ein ausgesetzter Hund war.

In jenem Sommer bin ich sehr oft auf der Autobahn Savona–Turin unterwegs gewesen, auch mit Matteo, der damals gerade drei war. Ich bin zu A. gefahren. Wir hatten uns Anfang des Sommers in Bordighere kennengelernt, er war der Besitzer des Hotels, in dem ich mit Matteo zwei Wochen wohnte, die Kinderärztin hatte uns sogar empfohlen, den ganzen Sommer am Meer zu verbringen, wegen seiner Mittelohrentzündung, Seeluft habe heilende Wirkung. Man hätte meinen können, ich würde ihre Empfehlung, Matteos Ferien am Meer zu verlängern, etwas zu ernst nehmen, jedenfalls fing ich etwas mit A. an, obwohl er schon fast fünfzig war, also noch älter als mein Mann, ich begann direkt vor den Augen meines kleinen Sohnes ein Verhältnis mit ihm, Restaurants, Spaziergänge an der Promenade, gemeinsame Badeausflüge ans Meer und am Ende noch ein Ausflug nach Nizza, und dazu die nächtlichen Runden zu seiner Wohnung, wenn Matteo schlief. Meinem Mann gegenüber hielt ich es anfangs geheim, doch ich war so vernarrt, so aufgewühlt, dass ich das nicht lange durchhielt, ich hatte das absurde Gefühl, das wäre die Beziehung meines Lebens, mir schien die Meeresluft aufs Hirn zu schlagen, obwohl A. nicht den Anschein machte, als wolle er sich wieder zurückziehen, er bot mir alles Mögliche an, am Ende auch eine Zukunft, eine Zukunft im Strandresort, was könnte frau sich mehr wünschen? Und ich lebte in dieser zweiten Woche bei ihm wirklich komfortabel, wie eine Königin, ich dachte, warum kann das nicht immer so sein, was hält mich ab, was hält mich eigentlich davon ab, nun, vielleicht liegt es daran, dass ich verheiratet bin und gemeinsam mit meinem Mann einen dreijährigen Sohn habe?, flüsterte mir die Stimme meiner toten Mutter zu, doch ich achtete nicht auf Mutter, und auch nicht auf den Vater meines Kindes und eigentlich auch nicht auf das Kind, ich hatte nur eines im Kopf – mit A. zu leben.

Als ich es meinem Mann gestand, öffnete sich vor uns das Tor zur Hölle, der Sommer wurde der heißeste meines Lebens, alles verbrannte praktisch zu Asche. Die zwei Wochen vergingen wie im Flug, wir kehrten nach Turin zurück, doch nichts war zu Ende, ich fuhr regelmäßig zu A., ich war so naiv am Anfang, ich ging tatsächlich davon aus, dass mein Mann das Kind solange nehmen würde, *cazzarola*, es war ja schließlich auch sein Kind, ich sagte mir, er muss sich doch auch kümmern, doch er kümmerte sich nie, weder davor noch danach, und schon gar nicht in einer derartigen Situation, und als ich begriff, dass mein Mann nicht vorhatte, mich beim Ehebruch zu unterstützen, nahm ich Matteo kurzerhand mit, schon beim Passieren der Turiner Stadtgrenze scheuchte ich die hysterischen Szenen, die er mir machte, aus meinem Kopf und schaltete Virgin Radio ein, in Bordighere hatten wir genau gegenüber von A.s Wohnung ein Appartement. Und wenn mein Sohn eingeschlafen war, ging ich zu ihm und vögelte dort ohne jede Hemmung, wen interessieren Schuldgefühle, viel schlimmer war, dass ich damals dem armen Matteo größtes Leid zufügte, ich löste bei ihm ein möglicherweise lebenslanges Trauma aus, denn mein Verstand reichte nicht aus, um ihn so gut es ging aus dieser Beziehung herauszuhalten.

Ich redete auf ihn ein, schon auf der Fahrt, in Bordighere ist es schön, stimmt's, es gefällt dir doch am Meer, du kannst baden und in unserem Hotel gibt es einen Pool, du kannst jeden Tag zum Mittag Spagetti mit Muscheln essen und abends Pizza mit Würstchen, das schmeckt dir doch, nicht wahr? Besser als das, was Mama immer kocht, lachte ich, gib zu, das ist besser als meine Tomatennudeln *ciliegino*, ich bin nicht beleidigt, und Onkel A. ist so gut zu dir, er kauft dir immer Geschenke, und der Mama auch, so was sind wir gar nicht gewöhnt, stimmt's?, neckte ich ihn, vom Papa kriegst du nicht so viele Geschenke, und Matteo auf dem Rücksitz saß einfach nur da und schwieg befremdet, was hatte ich auch von ihm erwartet, Zustimmung oder gar seinen Segen? Er war dabei, als ich mich mit meinem Mann stritt, er war dabei, als A. und ich auf der Promenade Händchen hielten, er hat vermutlich nichts von dem verstanden, was da passierte, wer dieser liebe, alte Mann war, warum er ihm Eis und Zuckerwatte kaufte und so galant zu Mama war, doch er muss gefühlt haben, dass Mama anders war als vorher, dass zwischen Mama und Papa etwas Schlimmes passierte, denn er fragte mich etwas verschüchtert, aber ich bleibe bei dir, stimmt's, Mami, wir bleiben zusammen, so bescheuert war ich, dass mein Sohn Angst bekam, dass ich auch ihn für diesen neuen Mann verlasse, ich habe nur gelacht, ich blöde Kuh, bei mir ist keine Warnleuchte angegangen, Matušik, was redest du da, ich bin doch deine Mama, wir werden immer zusammenbleiben, und dann habe ich das aus meinem Kopf gescheucht, mich nicht mehr damit beschäftigt, ich hatte ganz andere Interessen und Sorgen, ich ahnte nicht, welchen Schaden ich seiner kindlichen Psyche zufügte.

Ich war tatsächlich drauf und dran, meinen Mann zu verlassen, es wurde immer schwieriger, seinen Schmerz, seine mal hysterischen, mal zornigen Anfälle auszuhalten, ich wollte da raus, so schnell wie möglich, doch mein Mann gab sich hart, er fing an mir zu drohen, er werde dafür sorgen, dass man mir den Sohn wegnimmt, die Richterin werde ihm den Sohn zusprechen, denn die Mutter arbeite ja nicht, habe kein Einkommen, keine Wohnung, keinerlei Ersparnisse, wie soll sie sich da um ein Kind kümmern, unter welchen Bedingungen soll sie es denn großziehen, und da bekam ich einen Schreck, er hatte ja recht, ich hatte nichts, A. war reich, aber ich konnte doch nicht von ihm verlangen, dass er seine Immobilien auf mich überschrieb, A. wollte mich, doch er war nicht der Vater meines Kindes, er konnte mir nicht dabei helfen, die Situation mit dem Ehemann zu klären, und der drohte mir, mich vor Gericht zu zerren, und am nächsten Tag weinte er und beschwor mich, zur Vernunft zu kommen, er würde mich lieben. Ich holte mir einen Beratungstermin bei einer Bekannten, die sich im Familienrecht auskannte, und sie bestätigte mir, dass es in so einer Situation tatsächlich nicht sicher war, bei wem Matteo bleiben würde, möglicherweise werde auch entschieden, dass die Eltern das Kind abwechselnd betreuen würden, also wenn der Ehemann das wünsche, und an diesem Punkt, als hätte man mir eins übergezogen, war ich natürlich überzeugt, dass mein Kind meins war und niemand mir mein Kind wegnehmen könne, ich bin die Mutter – und dennoch war die Lage so, und mir wurde endlich klar, dass ich gerade auch über Matteo entschied oder sogar in allererster Linie über Matteo, und an diesem Nachmittag setzte ich mich ins Auto und fuhr die schon bekannte Autobahn Turin – Savona hinab, ich fuhr wahnsinnig schnell, vielleicht hatte ich unbewusst vor, mir das Leben zu nehmen, doch wollte ich etwa auch Matteo umbringen, der auf der Rückbank saß? Ich beendete das mit A., ich musste es ihm persönlich sagen, musste ihn ein letztes Mal sehen, und auf dem Rückweg, anstatt in die Leitplanke zu fahren, sah ich Jackino, den gelben Mischling, der verstoßen am Rand der Autobahn umherlief, ich überlegte nicht lange und hielt auf dem Pannenstreifen, lud ihn ein und fuhr nach Hause.

Den Mann, diesen Weichling, habe ich danach natürlich verachtet, nicht einmal eine Ohrfeige hat er mir gegeben, obwohl ich mit einem anderen geschlafen hatte, obwohl ich ihn ohne mit der Wimper zu zucken verlassen hätte und nur geblieben war, weil er mir den Sohn wegnehmen wollte, er tat jedoch, als sei nichts von all dem geschehen, er behauptete, dass er nie aufgehört habe, mich zu lieben und mich nur zur Vernunft hatte bringen wollen, er bat mich eindringlich, auch ins eheliche Bett zurückzukehren, und ich glaube, in jenem Moment verlor ich den letzten Rest Achtung vor ihm. Ich begann wieder mit ihm zu schlafen, obwohl es mich Überwindung kostete, vielleicht tat ich es auch nur, weil ich mich verpflichtet fühlte, da es von mir erwartet wurde, da ich geblieben war, um weiter mit ihm zu leben, und da A. nicht mehr zu meinem Leben gehören durfte, kam es auf meinen Körper ohnehin nicht mehr an, ich erlaubte meinem Mann, dass er ihn wieder ehelich langweilig beackerte. Viel stärker aber quälte mich die allmählich einsetzende Erkenntnis, was ich meinem kleinen Sohn angetan hatte, bei dem sich in jenen Wochen alle Ängste, Beklemmungen und Manien verschlimmerten, er hing ständig an meinem Rockzipfel, wo immer ich in der Wohnung war, und er hängte sich auch an mich, wenn ich rausgehen wollte, als glaubte er mir nicht, als glaubte er meinen Beteuerungen nicht, er hatte Angst, dass Mama plötzlich aus seinem Leben verschwinden würde. Ich war unglücklich, traurig, depressiv, vergesslich, ich bin sicher, dass das von meinem zerrütteten Gemütszustand kam, und so vergaß ich hin und wieder, die Pille zu nehmen, und dann stellte ich Ende des Herbstes fest, dass ich wieder schwanger war. Mich verdross das dermaßen, dass ich dem Mann den Sex abdrehte. Ich ahnte selbst nicht, dass es auf unbestimmte Zeit dabei bleiben würde. Luca kam Anfang des Sommers zur Welt und ähnelte auf wundersame Weise vollkommen A.

Oh Gott, ich widme meinen Kindern keinerlei Aufmerksamkeit, ich werfe es mir vor, kann es aber trotzdem nicht erzwingen, ich lade sie immer nur vor dem Fernseher ab, fordere sie auf, miteinander zu spielen, zerre sie bei Spaziergängen durch die Stadt, im besten Fall schaffe ich es noch, die Hausaufgaben zu kontrollieren, dabei ist mir klar, dass das nicht reicht, ich weiß, dass jetzt, da sie noch klein sind, alles möglich ist, ich könnte ihnen zum Beispiel Englisch beibringen, Spanisch, oder mit ihnen irgendwelche Kurse besuchen, künstlerisches Gestalten zum Beispiel, einfach etwas, um ihre Anlagen zu fördern, sie daran zu gewöhnen, ich könnte mehr mit ihnen reden, obwohl wir eigentlich recht viel miteinander reden und nahe sind wir uns auch, doch weil ich so bin, wie ich bin, gelingt es mir bis heute nicht, sie vor meinen persönlichen Befindlichkeiten zu bewahren, ich werde ganz sicher nie wieder so etwas Schlimmes zu ihnen sagen wie in jenem Sommer mit A. zu Matteo, doch ich sage oft etwas Unpassendes, ihrem Alter nicht Angemessenes, ich werfe mir vor, dass ich ihnen keinen festen Ankerplatz für diese Welt gegeben habe, dass ich ihnen kein Vertrauen in mich, ihre Mutter, vermitteln konnte, es gelang mir nicht, ausgeglichen und ruhig zu sein, ihnen ein Gefühl von Sicherheit zu vermitteln, ich schrie sie oft an, einmal habe ich sogar mit Hausschuhen nach Luca geworfen, sicher, sie waren aus Stoff, aber geworfen, und ich schrie ihm im Affekt hinterher, er solle verschwinden, sonst würde ich ihn schlagen. Ganz zu schweigen davon, dass ich Matteo einmal, als er noch klein war, dermaßen eine geknallt habe, dass es sich ihm auf die Ohren gelegt hat. Wenn ich gut drauf bin, bemühe ich mich ja, wirklich, dann spielen wir zum Beispiel zusammen Memory, sie gewinnen immer, denn ich kann mir absolut nicht merken, wo welches Bild lag, und ich sehe beiden an, wie glücklich und aufgeregt sie sind, dass die Mutter ihnen Zeit widmet, doch das sind Ausnahmen, die meiste Zeit über kümmere ich mich nur um den Haushalt, unseren Privatzoo, meine Arbeit und um ihre Kinderkrankheiten, und ich wälze im Kopf den ganzen Mist und die Erinnerungsfetzen hin und her, ich denke an das, was war, was ich verkackt habe und was mir gelang, was wie lief und nicht hätte sein müssen, wann dieser Moment war, ab dem ich einen miserablen Entschluss nach dem anderen fasste und sich mein Leben in einer Spirale nach unten bewegte, wie bei Reznors Absturz, und diese Spirale mich hinab zog, und es mir nicht gelang, mich wieder aus ihr zu befreien.

Im Schloss rasselt der Schlüssel, er ist also schon da, beide Jungs kommen aus dem Kinderzimmer gerannt und springen an ihm hoch, doch nicht vor Freude, es ist purer Eigennutz, und schon zieht mein Mann die zwei Überraschungseier aus der Tasche, ohne diese Bestechung würde das auch nicht klappen, von jeder Dienstreise muss er etwas mitbringen, eine Belohnung dafür, dass sie sie überstanden haben, ach, diese so schwere Zeit, in der der Vater nicht bei uns war, ich gehe zur Spüle und wasche die Kaffeetassen ab, mein Mann nickt mir von der Tür her zu und geht zum Bücherregal, wo die Post liegt, er will nachschauen, welche Rechnungen er wieder begleichen muss, und als er an mir vorbeikommt, lasse ich meinen Blick nach unten gleiten, obwohl ich es schon weiß, er hat die Schuhe wieder nicht ausgezogen, dabei habe ich hier heute früh drei Stunden gründlich geputzt, hat es Sinn, nach diesen zwölf Jahren noch dagegen anzugehen? Aber gewiss doch, ich zeige schweigend auf die Schuhe, er verdreht die Augen und geht zurück, um sie auszuziehen, richtig, du Kretin, du hast ja hier auch nicht ein einziges Mal den Boden gewischt, nicht mal, als ich voriges Jahr bei meiner Cousine in Bratislava war, als ich mir mit den Jungen drei Wochen Urlaub gönnte, hast hier lieber drei Wochen im Dreck gelebt, im Wäschekorb lag noch dieselbe Wäsche, aus den Katzenkisten quoll die Kacke, doch in deinen Augen war das offenbar völlig in Ordnung, du wirst sowieso immer behaupten, dass ich die Unordentliche bin. Was soll's, ganz ruhig, nicht daran denken, heute Abend gehe ich aus.

Der Mann, jetzt in Hausschuhen, steht mit den Briefen am Regal, während Matteo mit den Tränen kämpft, in seinem Überraschungsei befand sich eine Schlumpffigur, in Lucas dagegen irgendein Blödsinn, Luca riss ihm den Schlumpf aus der Hand, ich konnte die Szene gut beobachten, doch Matteo wusste sich nicht zu wehren, da herrscht mich mein Mann plötzlich an, Lara, ich bitte dich, wie kommt es, dass hier eine Benachrichtigung über eine nicht zugestellte Sendung liegt, warum wurde sie nicht zugestellt, warst du denn nicht zu Hause? Ich protestiere, aber sicher war ich zu Hause, doch dieser Paketbote scheißt da drauf, er klingelt gar nicht erst, er wirft einfach die Benachrichtigung in den Briefkasten oder, ergänze ich kurz darauf, er hat vielleicht geklingelt, als ich gerade Staub gesaugt habe und nichts hören konnte, ich drehe mich um, während er weiter wettert, weiter schimpft, schon wieder muss ich Zeit auf der Post verplempern, im Ernst, Lara, so viel ist es doch nicht, was ich von dir verlange, ich drehe mich um, denn ich kann ihn nicht länger ertragen, das ist etwas Neues in meinem Leben, seit etwa einem Monat bringe ich es nicht mehr fertig, ihn anzuschauen. Er hat in letzter Zeit abgenommen und wirkt dadurch irgendwie geschrumpft, die Gesichtsfalten haben sich tiefer eingegraben, er sieht wirklich schon alt aus, älter als A. vor fünf Jahren, sicher, das Alter geht auch an mir nicht spurlos vorüber, ich bin aber fünfzehn Jahre jünger als er, noch nicht mal vierzig, auch wenn mir bis dahin nur noch ein Jahr bleibt, und wenn ich ihn anschaue, muss ich daran denken, dass ich mit diesem Mann geschlafen habe, mit diesem Mann habe ich mein Leben verwoben, mit diesem Mann habe ich die Gene vermischt. Was soll's, weg mit den trüben Gedanken, ich sage zu ihm, du weißt sicher noch, dass ich heute diesen Pasolini-Abend habe? Er horcht auf, das ist heute? Ich hätte es mir denken können, ich habe dich hundertmal daran erinnert, aber du vergisst es, ich fuchtele mit dem Circolo-Flyer vor seinen Augen herum, heute um neun, und mein Mann, unruhig geworden, fragt, dann bringst du sie also auch nicht mehr ins Bett, nein, sage ich, ich muss gleich los, ich bitte dich, was ist denn dabei, Matteo kann sich alleine waschen und Luca wirst du schon schaffen, sei nicht sauer, ich freue mich schon eine Woche auf diesen Pasolini, einmal in hundert Jahren möchte ich weggehen und du tust gerade so, als würde ich mir jeden Abend auf dem Murazzi die Kante geben. Ist ja gut, beruhige dich, Lara, ich habe ja nichts gesagt, resigniert der Mann, und ich wende mich den Jungs zu, auf geht's, die Verpackungen von den Schokoeiern in den Mülleimer und dann husch, husch ins Bett, heut liest euch Papa die Geschichte vor. Und dann schließe ich mich im kleinen Bad ein, um mich fertig zu machen.

Vor dem Spiegel kommen Gedanken hoch, auf die ich gern verzichtet hätte, wieder gelingt es mir nicht, sie abzuwehren, früher, zu Beginn unserer Beziehung, lange vor A., hatte mir der Sex mit meinem Mann gefallen, ich kann mich aber nicht mehr erinnern, was genau mir daran gefiel, zum Glück, bloß keine physischen Details, ich glaube, es lag besonders daran, dass mein Mann mich aus der Verzweiflung der frühen Erwachsenenphase mit ihren unreifen Beziehungen gerissen hatte, denn das war es auch, das hatte Gewicht, er kam mir damals nicht alt vor, er wirkte erfahren auf mich, ein gestandener Mittvierziger, doch nach der ersten Entbindung ging all das den Bach runter, und heute ist da nichts mehr zwischen uns, dieses Thema ist tabu, wir rühren nie daran, wir reden nie darüber, manchmal frage ich mich, ob er vielleicht jemanden hat, bei der Arbeit sind so viele junge Kolleginnen um ihn herum, es würde mich nicht stören, überhaupt nicht, doch ich befasse mich damit nicht weiter, sein Leben, mein Leben, das sind bereits zwei unterschiedliche Welten. Ich schminke mir die Augen, trage Mascara auf, hoffentlich verläuft er nicht wieder, wenn ich durch die Stadt gehe und mir vor Kälte die Augen tränen, egal, wenn ich dort ankomme, werde ich es im Spiegel kontrollieren, ich verlasse das Badezimmer, die Jungs putzen sich gerade im großen Bad die Zähne, das heißt, Lucas Zähne putzt sein Vater, ich küsse beide, nicke dem Mann zu, dann sage ich noch, ich gehe mit Chiara hin, hattest du auch das vergessen? Doch vom Mann kommt nichts, nur ein Abnicken, geh schon, Lara.

Ich gehe durch das Tor hinaus auf die Via Riccardo Sineo, eine ruhige kleine Sackgasse, in die die *Szene* noch nicht eingefallen ist, sie beginnt aber schon hinter der Straßenecke, sie kommt unaufhaltsam näher, auch in der Via Napione wurden schon mehrere Lokale eröffnet, DiVino und irgendein hippes Café, es ist schrecklich kalt, es matscht unter den Füßen und ich denke an den Sommer – Meer Sonne Strand Wonne, nicht wahr, von wegen, ich denke an A. und daran, wie er mit mir umging, an der Grenze zur Misshandlung, oft hatte nur wenig gefehlt und meine physische Integrität wäre in sich zusammengefallen, genau an dieser Grenze, wo es kippt, wo der Schmerz kippt, in Richtung Qual oder Lust, ja, erst dort in Bordighere, erst mit ihm habe ich erfahren, wie gut das sein kann, wie es mir gefällt, mich einem Mann völlig auszuliefern, einem richtigen Mann, Sex als systematische Verletzung der physischen Integrität, vielleicht mochte ich Pasolini deshalb schon immer, ich erinnere mich noch gut daran, wie wir als Gymnasiasten zu *Saló und Die hundertzwanzig Tage von Sodom* ins Kino gingen, wir gingen nicht hin, wir besetzten das Kino praktisch, denn niemand aus unserer Gruppe hatte es beim ersten Mal geschafft, den Film zu Ende zu schauen, es ging darum, so lange wie möglich durchzuhalten, zu schauen und sich nicht vollzukotzen, und wenn es sein musste, den Blick auf die anderen Leute zu richten und zuzuschauen, wie sie nacheinander aufstehen und hinausdrängen, an die Luft, weg von diesen Abscheulichkeiten, ich muss sagen, dass ich den Wettbewerb meistens gewann, ich hielt am längsten durch, ich hatte schon als Kind einen starken Magen.

Ich bin am Corso San Maurizio angekommen, von hier aus, ganz richtig, von hier aus müsste ich rüber zur Piazza Vittorio Veneto gehen und dann weiter auf der Via Po bis zum Circolo, doch ich biege stattdessen auf den Corso San Maurizio ab, ich gehe an mehreren Grüppchen junger Leute vorbei, an erleuchteten Bars, an Schneeresten, die auf den Gehsteigen liegengeblieben sind, ich denke an die Winter meiner Kindheit, in Turin schneit es normalerweise ordentlich, doch seit fünfzehn Jahren kommt nichts mehr runter, für Schnee müsste man in die Alpen fahren, doch wo soll ich die Zeit dafür hernehmen, vor mir erstrahlt der Palazzo Nuovo, das Gebäude der Philosophischen Fakultät, an der ich studiert habe, und dahinter, genau dahinter, ragt schon die Mole empor, mir stockt beim Anblick ihrer nächtlichen Silhouette jedes Mal der Atem, und ich muss dabei immer an diesen dämlichen Film von Benigni denken, ich gehe weiter hinauf und lege dabei den Kopf in den Nacken, um sie besser sehen zu können, wunderschön beleuchtet, und dort, irgendwo dort hinten, beginnt in wenigen Minuten der Abend mit PPP, ich schmunzele, ich wäre gern dabei, wirklich, aber ich kann heute nicht, vergib mir, Pier Paolo, wir holen das nach, vielleicht ja im Filmclub Massimo, heut habe ich dich nur schamlos benutzt, hoffentlich muss ich dieses Spiel nicht mehr lange weiterspielen, dieses absurde Theater, was hat er bloß davon, wir leben doch ohnehin seit Jahren nicht mehr zusammen, eigentlich geht ihn das nichts an, dennoch, ich bemühe mich um korrektes Verhalten, ich wahre den bereits erwähnten Schein.

Der Lärm wird lauter und mir kommen immer mehr Leute entgegen, ich erreiche die pulsierende Via Tarino mit den Bars und der Musik, von der Mole ist nur noch die Spitze zu sehen, ich drehe ihr den Rücken zu und gehe am japanischen Restaurant vorbei und die Straße hinunter, gegenüber dem katholischen Institut Madre Cabrini bleibe ich am zweiten Haus stehen, ich trete in den Toreingang neben dem Lokal, drücke die Klingel, der Summer ertönt, es fällt kein Wort, die verabredete Zeit, mir wird einfach geöffnet, man weiß, dass ich es bin. Ich schaue mich vorsichtig um, ob ein Bekannter in der Nähe ist, der kritischste Moment, dann schlüpfe ich hinein, geschafft, erleichtert laufe ich die Treppe zum ersten Stock hoch, immer zwei Stufen nehmend, die Tür ist angelehnt, ich schiebe sie auf und gehe hinein.

Ich sehe ihn im Türrahmen stehen, zwischen Flur und Küche, wir lachen uns an, während ich Jacke und Mütze ablege, Handschuhe und Schal, dröhnt die *Szene* zu uns hoch, sie ist genau unter uns, ich begreife nicht, warum er diese Wohnung gemietet hat, wie er das aushält, er arbeitet als Barmann, und ihm scheint es nach den Jahren in lauten Kneipen nichts mehr auszumachen, mir kann es egal sein, ich lebe nicht mit ihm zusammen und werde es auch nie, ich ziehe meine Schuhe aus – das muss sein, er führt mich in die Küche, dann lacht er, nun, bist du bereit, dich massakrieren zu lassen? Komm, lass uns erst mal einen Drink nehmen. Er steht und lehnt sich dabei an den Kühlschrank, ich lehne mich nirgendwo an, zwischen uns ist der Küchentisch, ich trinke irgendein süßes Zeug, das er mir gereicht hat, er weiß, dass ich keinen Alkohol mehr trinke, ich schaue mich neugierig um, auf dem Regal ein Radio, ein Plakat von Basquiat, in der Spüle schmutziges Geschirr, wir treffen uns sonst immer bei einer Freundin von ihm, hier war ich erst ein Mal. Wohin hast du Cecilia verschickt? Besteht die Gefahr, dass sie hier angewalzt kommt? Sie ist zu ihrer Mutter gefahren, nach Bari, er zuckt die Schultern, vor einer halben Stunde habe ich mit ihr telefoniert, dann schaut er verschmitzt, nur wenn sie sich herbeamen würde. Ich stelle mir manchmal vor, dass er sich schon an der Wohnungstür auf mich stürzt, mir anfängt, die Kleider herunterzureißen und mich ins Bett trägt, so würde es sich auch gehören, so sieht man es in allen Filmen, für die ich die Untertitel schreibe, manchmal ärgert es mich, dass es bei uns schon so gemäßigt abläuft, doch was soll man nach anderthalb Jahren noch erwarten. Ich stelle das Glas ab, will zu ihm gehen, doch er kommt um den Tisch herum und führt mich ins Schlafzimmer, dort ist es besser, hast du alles dabei? Ich habe schon die Fensterläden geschlossen.

Wir stehen uns gegenüber, er hat die Nachttischlampe angelassen, das Foto seiner blonden lächelnden Freundin hat er nicht zur Wand gedreht, was mich freut, wir betrachten uns aus der Nähe, er raubt mir immer noch den Verstand, ich habe mich immer noch nicht daran gewöhnt, wie schön er ist, obwohl er mich zum Augenarzt schickt, wenn ich ihm das so sage, aber heute, ich nehme es mir fest vor, heute werde ich es ihm kein einziges Mal sagen, wir fangen an uns zu küssen, zu streicheln, zu reiben, so wird er wenigstens nicht überheblich, und überhaupt, wieso muss immer nur ich die Komplimente machen, ich halte kurz inne und setze eine ernste Miene auf, ich hebe sogar warnend den Zeigefinger, aber heute keine Dummheiten, verstanden? Du darfst dich nicht reinwagen ohne Gummi, ich bin auf dem Höhepunkt der fruchtbaren Tage, ich spüre genau, wie das Ei darauf lauert, sich in meine Gebärmutter einzunisten. Er hebt die Brauen, tritt einen Schritt zurück und ruft verschreckt: Bleib mir fern, Satan! Da muss ich lachen, ich beuge mich nach unten und umschließe mit dem Mund seinen Schwanz.

Als ich mich eine Stunde später auf der Straße wiederfinde, geht es mir gut, endlich ist der Druck gewichen, ich fühle mich befreit wie lange nicht mehr, ausgesöhnt mit der Welt, mit meinem Leben und dem Universum, ich kann selbst nicht sagen, wie das kommt, ich bin schon wieder auf dem Corso San Maurizio, und die *Szene* nimmt weiter Fahrt auf, findet ihren Rhythmus, erobert die Nacht, doch ich habe weder für die Kneipen und Bars einen Blick noch für die Mole, meine Beine tragen mich wie von selbst und ich genieße es, einen leeren Kopf zu haben, doch plötzlich ploppt dieser Gedanke auf, dass er heute möglicherweise deshalb in mir gekommen ist, um das Bettzeug nicht wechseln zu müssen, wenn Cecilia aus dem Süden zurückkommt, ein echt bescheuerter Gedanke, er streift meist gegen Ende das Kondom ab und spritzt mir auf die Brust, ins Gesicht, in den Mund, und jedes Mal geht dabei etwas auf das Bettzeug, ich fühle mich dann immer absolut sicher, dass mir nichts droht, dass die Regelkrämpfe mir erhalten bleiben, doch als ich heute spürte, wie er in mir kam, war ich glücklich, es war schön, ich konnte schon nicht mehr, und diese kribbelnden Schauer liefen mir dabei bis in die Fingerspitzen, er ist so kräftig, wenn er mich packt und vögelt, doch er hatte ja ein Kondom, warum will mein Kopf mir das mit so einem hinterfotzigen Gedanken vermiesen, ich schüttele ihn ab, es ist nur ein Gedanke, wie Hunderte anderer Gedanken, die mir Tag und Nacht durch den Kopf jagen, ohne dass ich etwas dagegen tun könnte. Und ich, die ich normalerweise einen extrem festen Schlaf habe, sehe mich schon mitten in der Nacht hochschrecken und die Augen aufreißen, was, wenn ich dennoch schwanger werde, im Moment habe ich mich noch unter Kontrolle, im Moment ist mir klar, dass das Blödsinn ist.

Doch dann merke ich plötzlich, dass etwas passiert, unten, ich spüre, dass etwas aus mir rausläuft, nur wenig, aber es läuft, ich erstarre, hatte er ein Kondom? Ja, verdammt, er hatte, wir haben doch noch damit rumgealbert, ich habe doch gesehen, wie er es überzog und am Ende abstreifte, ich versuche, mich an alle Details zu erinnern, um mich zu beruhigen, und was, wenn es zerrissen war, ich halte es nicht mehr aus, ich biege in die nächstgelegene Bar am Corso Maurizio ein und gehe, ohne einen Kaffee zu bestellen, durch bis zur Toilette, puh, mir fällt ein Stein vom Herzen, es ist Blut, nur wenig, dieser Mistkerl hat es wieder übertrieben, hat mich wieder überdehnt, aber ich habe mich ja auch nicht gewehrt, ich wollte es ja selbst, warum beschwere ich mich jetzt, das geht vorbei, es wird aufhören, es hört immer kurz danach auf, ich bin nicht mehr so besorgt wie beim ersten Mal, als es passierte, blöd nur, dass ich keine Slipeinlage dabeihabe, ich nehme etwas Klopapier, das Blut darf nicht durch die Hose sickern, bis ich zu Hause bin, bis ich ins Bad gehen und alles in Ordnung bringen kann, ich verlasse die Toilette und dann die volle Bar, niemand nimmt Notiz von mir, über den Corso Maurizio erreiche ich das Ufer des Po, doch ich biege nicht gleich in die Via Napione ein, sondern wechsle auf die andere Straßenseite hinüber, zum Murazzi, ich werfe einen Blick aufs Handy, viertel vor elf, es passt genau, mein Mann hat sich hoffentlich schon hingelegt, morgen steht er zeitig auf, es wird immer kälter, der Matsch beginnt zu frieren, doch mir ist das völlig egal, ich werde mir hier auf dieser vereisten Überführung erst morgen alle Knochen brechen, auf der Mauer sitzt im Moment – natürlich – kein Mensch, doch im Sommer wird es hier mit Sicherheit wieder brechend voll sein, im Sommer wälzt sich die *Szene* bis hierher, und sicher wird wieder jemand von dieser Mauer stürzen und sich den Kopf einschlagen, und nicht nur einer, die zugedröhnten Jungspunde fallen hier wie die faulen Birnen runter, an Freitagen, an Samstagen, und am Sonntagmorgen, wenn wir spazieren gehen, sehen wir immer die zerbrochenen Bierflaschen, die Kotze und die anderen Flecken, wir sehen Müllmänner, die fegen und aufsammeln, und ich überlege, wo genau dieser Junge zu Tode stürzte, von dem ich in *La Stampa* gelesen habe, es war nur wenige Meter von uns entfernt. Wer hätte das geahnt, so ein schöner Ort, rechts leuchtet auf dem Hügel die Superga-Basilika, links die Gran Madre und in Blau die Kirche Monte dei Cappuccini, auf der gegenüberliegenden Seite die Platanen und das Viertel Borgo Po, dieses bessere ruhige Stadtviertel, in dem ich irgendwann einmal leben möchte. Aber eigentlich doch nicht, ich fühle mich der rustikalen Vanchiglia zu verbunden, in der ich nun schon neun Jahre lebe, wo junge Leute von Mauern stürzen und man nachts wegen der *Szene* und der Rettungswagen nicht schlafen kann, die mit irgendeinem Herzinfarkt oder Selbstmörder zum Ospedale Gradenigo jagen. Ich lehne mich an die Mauer, die Blutung scheint aufgehört zu haben, nichts von Bedeutung, unser übliches Massaker, ich schaue in das dunkle Wasser, ich weiß, dass ich jetzt nach Hause gehen sollte und dass ich unterwegs noch Chiara anrufen muss, wie es bei PPP war, Chiara, die mich deckt, doch ich will noch ein wenig hierbleiben, jetzt, da ich meinen ganzen Körper spüre, der dröhnt schmerzt sich bemerkbar macht, da ich wahrnehme, dass ich lebe, und ich weiß, dass ich ihm das wieder erlauben werde, denn ich brauche es selbst, ich weiß, dass ich ihn anspornen und provozieren werde, damit er weitergeht, immer weiter, bis er mich einmal wirklich verletzt, vielleicht geht das Ganze ja schlimm aus, es kann auf so unterschiedliche Weise schlimm ausgehen, und dennoch kann ich nicht aufhören, auch wenn ich mir immer wieder sage, dass ich dafür einen zu hohen Preis zahlen werde.

VERONIKA

Das Wort taucht immer wieder auf, und Véronique hat sich sogar schon überlegt, ob sie ihren Nick ändern soll, doch sie hatte keine Lust, sich erneut anzumelden, Adresse Mail Alter Geschlecht einzugeben, sich durch die allgemeinen Geschäftsbedingungen und Richtlinien zur Datennutzung zu klicken, deshalb ließ sie es so, Véronique blieb Véronique, doch sie nahm sich vor, bei der nächsten Gelegenheit einfach danach zu fragen, sobald wieder einer damit anfangen würde, und dann dauert es nicht einmal fünf Minuten, ein gewisser Christophe, *excite-moi, Véronique qui nique,* und tatsächlich, er verrät es, *niquer* bedeutet ficken und alle Véroniques, Dominiques und sämtliche andere -niques hätten da einfach mal Pech, zumal es so eine Reklame gebe, *les Véroniques qui niquent, c'est pas automatique*, ha-ha, hi-hi! Genug der Witze, Christophe hat Véronique schließlich nicht angechattet, um gemeinsam mit ihr linguistische Türchen aufzumachen, sondern etwas ganz anderes, also lass uns jetzt zur Sache kommen, liebe Véronique, warum hast du so einen prägnanten Nick, doch Véronique geniert sich, Véronique weiß nicht, wie weiter, darum lenkt Christophe sie, lenkt ihre Hände über die Tastatur, über den Körper, das noch lieber, über den Körper, doch der Computer steht im Wohnzimmer, Mutter guckt gerade Nachrichten, deshalb nur über die Tastatur, Véronique lernt neue Worte, *sucer, avaler, sodomiser, ta chatte mouillée*, Véronique findet das komisch, Véronique reißt sich zusammen, bricht nicht in lautes Gelächter aus, da ist doch die Mutter, der Ernst der Lage, jemand dort im Fernsehen stiehlt betrügt erschlägt schießt stirbt und bringt Fünflinge zur Welt, während Véronique sich folgsam durch eine Lektion nach der anderen arbeitet, Übung Nummer 1: Vervollständigen Sie die Sätze anhand des Beispiels – *suce-moi: je te suce, lèche-moi: je te lèche, ça te plaît: ça me plaît.* Ah oui, Véronique gefällt das.

Der Fernfahrer Rico hat einen langen, roten Laster, das imponiert Véronique, rote Laster findet sie ungemein sexy, mehr als grüne oder blaue oder graue, Véronique stellt sich vor, dass dieser Laster sauber ist, keinerlei Staub von Autobahnen Straßen Tankstellen, kurzum, ein sauberer roter Lkw und bestimmt hat er auch keine dieser hässlichen Aufschriften und Bildchen, keine Kuh schleckt da den glücklichen Bauern ab, keine vollbusige Blondine bietet Kekse feil, einfach keinerlei Reklame, nichts, nur eine pralle blutrote Plane, eine Dreißigtonnenladung und hinter dem Steuer Rico, der Romantiker.

Ihr neuer Freund heißt David, David ist aus Nancy, Véronique geht schnell auf der Karte nachschauen, wo das liegt, sie weiß nichts über Nancy, über David dagegen schon recht viel, zum Beispiel, dass er immer verschiedene Smileys einstreut, mal blinzelt er Véronique zu, mal streckt er die Zunge heraus, ein andermal kriegt er sich nicht ein vor Staunen und reißt die Augen auf, David ist seriös, David fängt nicht gleich beim ersten Kontakt damit an, dass sie ihm einen blasen soll, auch später ist davon nie die Rede, David unterhält sich mit Véronique über normale Sachen, Schule Freundin Partys, Véronique erzählt auch, von der Schule, der Freundin Svetlana, von Mutter, so etwas ist zwar recht langweilig, solche Unterhaltungen, aber sie hat nach ein paar Tagen von ihm gelernt, wie man Smileys schickt, zum Beispiel das fröhliche :-) und das traurige :-(, die anderen hat Véronique vergessen, doch Véronique ist genügsam, sie kommt mit diesen beiden aus, macht keine großen Augen, David schickt ihr sein Foto, Véronique stellt fest, dass David ein hübscher Kerl ist, *un beau garçon*, David schickt ihr dafür fünf fröhliche Smileys, David freut sich, dass er Véronique gefällt, obwohl er eine Freundin hat, obwohl er seine Freundin liebt, natürlich, aber Véronique, weißt du, ich war als Kind so ein dicker Klops, ich habe schrecklich geschwitzt und gestunken, die anderen Kinder haben mich ausgelacht, ein trauriges Smiley, Véronique fühlt mit, sie schickt ihm ebenfalls ein trauriges, doch gleich hinterher ein fröhliches, denn jetzt sei David doch ein hübscher Kerl, und überhaupt nicht dick, und er habe schließlich die besagte Freundin, David lacht ebenfalls, mit zwei Smileys, er fährt trotzdem mit dem ernsten Thema fort, wenn er im Gymnasium die Treppe zur Klasse hochstieg, hätten sie ihn gerempelt, sie trieben ihren Spott mit ihm, denn er schnaufte fürchterlich und kam diese Stufen nicht hoch, ständig habe er anhalten müssen und sie knufften ihn, schrecklich gemein seien sie gewesen, schrien ihm hinterher, deswegen sei er bis heute sehr unsicher, Véronique weiß nicht, was sie darauf antworten soll, sie sendet deshalb drei traurige Smileys und schreibt, dass ihr das leidtue, *désolée, mon pauvre petit David*, David stimmt ihr zu und ergänzt, er sei sehr schüchtern, aber gleichzeitig glücklich, dass er so eine tolle Freundin wie Véronique gefunden habe, und Véronique ist genauso glücklich, dass sie so einen tollen Freund wie David gefunden hat, eine Smiley-Orgie.

Und hättest du auch ein Foto?

Schickst du mir kein Foto?

Hast du ein Foto?

Zier dich nicht, schick ein Foto.

Hey, gibt es kein Foto?

Ich schicke dir ein Foto, wenn du mir deins schickst.

Wie siehst du eigentlich aus? Ich will ein Foto!

Momo liebt sie, Momo, mit richtigem Namen Mohamed, wiederholt immer wieder, wie sehr er sie liebt, endlos und wie wahnsinnig, Momo lebt irgendwo in der Kabylei, irgendwo in der Wüste, unfruchtbares, von der Sonne verbranntes Land, was sonst, Momo sitzt und schwitzt den ganzen Tag in einem Gemischtwarenladen und er schreibt Gedichte, die er Véronique dann mit Widmung sendet, Momo ist von ihrer Schönheit begeistert, er vergleicht sie in seinen Gedichten mit einem leuchtenden Stern am Firmament, richtig, denkt Véronique, mit Sternen muss Momo sich auskennen, er lebt schließlich in der Wüste, wo man das Firmament sicher noch ganz anders sehen kann als von der Šoltéska in Bratislava aus, Momo rühmt ihre samtweiche Haut, Momo ist verzückt von ihren blauen Augen, Momo würde schrecklich gern mit seinen Fingern durch ihr zartes gewelltes kastanienbraunes Haar fahren, Momo macht auch nur selten Andeutungen, Véronique sollte ihm doch endlich ein Foto von sich schicken, denn er sehne sich danach, das Licht seiner Tage zu erblicken, und Véronique denkt, dass seine Fantasie wohl nicht sehr rege ist, Momo langweilt Véronique etwas, und seine Gedichte langweilen sie auch, sie hat der Mutter abends mal eins vorgelesen, sie wollte sich damit brüsten, dass ihr ein Mann Liebesgedichte geschickt hat, doch es klang in der Übersetzung um einiges schlimmer, Véronique zitterten die Hände, in denen sie das Blatt hielt, Véronique begann zu schwitzen, als ihr die Peinlichkeit der Situation bewusst wurde, Mutter griente nur und meinte, er habe das irgendwo abgeschrieben, dieser Araber, das seien doch nur heruntergespulte Phrasen, Véronique weiß, dass Mutter recht hat, trotzdem stellt Véronique sich vor, wie Momo hinter der Kasse tagelang Liebesgedichte abschreibt und von ihrer göttlichen Schönheit träumt.

Sahib ist Kraftsportler, jedenfalls hat er das Foto eines Kraftsportlers geschickt, Véronique weiß nicht recht, sie bestaunt ausgiebig seinen gewaltigen Bizeps und konstatiert, dass das hier sie nun wirklich nicht erregen kann, Sahib hingegen geht es da ganz anders, er ist ständig erregt, oder will sich zumindest erregen lassen, *mon bébé, excite-moi, bébé, tu me tailles une pipe? bébé, avale,* Véronique stimmt zu, Véronique schreibt zuerst immer, ja, sie kniee vor ihm nieder, ja, ja, sie blase ihn jetzt, und es schmecke ihr wahnsinnig, doch wenn sie danach versucht, die Konversation in eine andere Richtung zu lenken, Sahib, was hat du heute gemacht? Sahib, wo bist du eigentlich her?, meldet sich Sahib ab, grußlos, ohne lange zu fackeln, steigt einfach aus, und ein paar Tage später chattet er sie wieder an mit einer sehr ähnlichen Aufforderung, *oh, mon bébé, je veux lécher ta chatte*, und Véronique überlegt gar nicht mehr, sie schreibt automatisch, was er von ihr lesen will, während Momo ihr seine Liebe bekundet und David traurige und fröhliche Smileys schickt.

Ali hat eine wunderschöne Stimme, das ist das Erste, was Véronique registriert, als sie das Telefon ans Ohr hebt, die Stimme beeindruckt sie mehr als das, was er sagt, doch dann lacht Ali nervös auf und Véronique kommt endlich wieder zu sich, was, was hast du gesagt? Ali wiederholt, es habe ihn überrascht, dass Véronique ihm gleich ihre Telefonnummer gegeben habe, das sei ungewöhnlich, die Mädchen seien da sonst vorsichtiger, zumindest in Paris, wo Ali lebe, Véronique stutzt einen Moment, will dieser Araber etwa andeuten, dass sie ein leichtes Mädchen sei, da sie ihre Telefonnummer freigiebig in die Gegend streue? Véronique geht gerade die Vazovova entlang nach Hause, sie kommt vom Internetcafé, in dem sie gechattet hat, weil Mutter ihr den Internetzugang eingeschränkt hat, aber eine Stunde pro Tag, also ehrlich, eine Stunde pro Tag reicht ihr hinten und vorne nicht, und Véronique stellt sich vor, wie sie irgendein Araber aus Paris, dem sie ihre Nummer geschickt hat, belästigen-vergewaltigen-umbringen kommt, Véronique wird sich sofort der Absurdität dieser Vorstellung bewusst, Véronique zuckt die Schultern, na und, sie wird ihre Nummer geben, wem sie will, und außerdem war Ali der Erste, der sie darum gebeten hat, Ali ist der Erste, der sie angerufen hat, Ali hat nicht nur eine schöne Stimme, sondern auch ein schönes Lachen, Véronique dagegen hat ein schrilles Lachen, und so sucht sie sich auf dem Benka-Platz lieber eine Bank, es scheint ein längeres Gespräch zu werden und sie mag dafür nicht bis zur Šoltéska gehen, bis in ihr Treppenhaus, Ali erzählt ihr von seinem Leben, er lebt in Paris, oder besser gesagt bei Paris, in Melun (Véronique wird auch das auf der Karte nachschauen müssen), wo er eine kleine Wohnung gemietet hat, er arbeitet als Verkäufer von Fahrstühlen, bei dieser Information bricht Véronique in schallendes Gelächter aus, ein Verkäufer von Fahrstühlen! ein Haustürverkäufer von Fahrstühlen! das würde sie echt interessieren, wie man diese Fahrstühle verkauft, drrrrrrr, guten Tag, haben Sie zufällig Interesse an einem funkelnagelneuen Fahrstuhl, wir haben diesen Monat ein Sonderangebot, wenn Sie bis zum Fünfzehnten bestellen, Véronique lacht, Ali lacht auch, er ist überhaupt nicht beleidigt, auch wenn er Véronique danach in etwas vorwurfsvollem Ton erklärt, dass es alles andere als lustig sei, einen Fahrstuhl zu verkaufen, es gebe Tage, Wochen, ja sogar Monate, in denen er keinen einzigen verkaufe, und dann vergehe auch seinem Arbeitgeber das Lachen, gewiss, gewiss, Véronique versteht schon, doch was mache Véronique eigentlich, und wo wohne sie, wo??? nein, absolut nichts sagt ihm das, Ali verspricht, Véronique wieder anzurufen, Ali chatte nämlich nicht so gern, er telefoniere lieber, und zum Schluss fragt er Véronique noch nach ihrer Festnetznummer, das sei billiger, und Véronique gibt ihm die Nummer, sie hat schließlich das Recht, mit Freunden zu telefonieren, da kann Mutter protestieren, so viel sie will, sie ist ja volljährig, also!

Der Journalist Fati hat ein ernstes Anliegen, er schreibt Véronique eine Mail, weil er in ihrem Profil gelesen hat, dass sie aus der Slowakei stammt, Fati wird nämlich im Sommer die postkommunistischen Länder bereisen und eine Reportage für sein Wochenblatt schreiben, und so eine slowakische Verbindung, das sei genau das, was er brauche, Véronique stimmt zu, der Sommer ist weit weg, es ist ja erst Frühling, die Blätter knospen gerade an den Bäumen, am Eisernen Brunnen öffnen sich die Schneeglöckchen, der Sommer ist so weit weg, dass er ihr keine Angst macht, so weit nach vorn kann sie gar nicht schauen, Véronique nutzt das neugewonnene Selbstbewusstsein, sie verspricht Fati alles, sie werde für ihn dolmetschen, ihm zeigen, ihm erklären, kann es eine kompetentere Spezialistin für den Kommunismus geben als Véronique, die neunundachtzig sieben Jahre alt war, sie erzählt ihm, wie sie in der zweiten Klasse die Lehrerin plötzlich mit Frau ansprechen sollten und nicht mehr mit Genossin, und dass sie damit kein Problem hatten, nur ihre Eltern hätten das ständig durcheinandergebracht, sie erzählt ihm, wie der Kaugummi Pedro schmeckte, sie weiß es nicht mehr, denkt sich aber etwas aus, vielleicht schmeckte er ja nach Erdbeeren, genau, konnte etwas fader schmecken als Erdbeerkaugummi, sie werde ihm Petržalka zeigen, Petržalka kam bei Besuchern aus dem Westen immer gut an, Véronique ist es total egal, was Fati für sein Blatt aufschreibt, viel spannender findet sie sein blumiges Französisch, seine langen Satzgefüge, Véronique findet Fati interessant, obwohl er auf dem Foto wie eine Beamtenratte aussieht, nein, Véronique hat ihm noch kein Foto von sich geschickt, Véronique hat noch niemandem ihr Foto geschickt, Véronique mag keine alten Fotos verschicken, auf denen sie zehn Kilo mehr hat, und sie hat es noch nicht geschafft, aktuelle Fotos von sich zu machen, das Gesicht, die Figur, das Lächeln, wirklich, sie wird sich die Zeit nehmen müssen, denn ihre neuen Freunde werden immer fordernder und hartnäckiger.

Vor allem der Skifahrer Didier, er löchert sie praktisch ununterbrochen wegen Fotos, als interessiere ihn nichts anderes, Skifahrer Didier hat schon drei Fotos geschickt, alle mit Skiern, Schnee, Bergen und irgendwo dazwischen, mitten auf der Piste, Didier im Skianzug, Didier mit Bommelmütze, Didier ist schön, noch schöner als David, auch wenn Véronique das David nicht sagen würde, sie würde diese Flut von traurigen Smileys nicht ertragen, die er ihr sicherlich senden würde, und dennoch ist Véronique bei Didier mehr als unschlüssig, sein Name ist zwar so heiß, dass ihr jedes Mal die Brüste spannen, doch er hat das Gesicht eines Milchbubis, symmetrische Züge, strahlend blaue Augen, sie kann oft nicht glauben, dass dieses Kindergesicht hinter dem Chat steckt, in dem es ständig darum geht, wie er sie am liebsten anal durchnehmen würde.

Nach der achtzigsten oder wievielten auch immer Bitte ringt sie sich endlich dazu durch, Veronika steht im Bad, Mutter ist weg, Mutter ist in der Arbeit, Mutter ist auf dem Amt, Mutter ist einkaufen, Mutter ist sonstwo, Veronika wartet auf den Selbstauslöser, sie linst aus dem Augenwinkel noch einmal in den Spiegel, wie sie aussieht, ob das einschlagen wird, doch dann beschließt sie, nein, das ist es nicht, sie sieht bescheuert aus, sie lacht wie irre, kurz gesagt sie ist eine Irre, sie will nicht, dass ihre Freunde enttäuscht sind, dass sie denken, mit dieser Irren schreibe ich also seit Monaten hin und her, für diese Irre verfasse ich Gedichte, das ist diese Irre, die nicht mehr als zwei Smileys kann, Veronika versucht es noch mehrere Male, sie posiert, verzieht ihr Gesicht, vom breiten Lachen bis zum dezenten Schmunzeln, sie lässt die Haare locker fallen, bindet sie wieder zusammen, am Ende schminkt sie sich sogar etwas, doch sie ist jedes Mal unzufrieden, Veronika grübelt angestrengt, ihr fällt Svetlana ein, Svetlana fotografiert doch gern, Svetlana könnte gute Bilder von ihr machen, nur … Svetlana wird dabei nicht mitmachen, ihre Freundin findet die neuen Internetbekanntschaften nämlich nicht so toll, Svetlana redet bei jeder Gelegenheit auf Veronika ein, versucht, ihr das auszureden, Svetlana würde sie mit Absicht unvorteilhaft fotografieren oder sie schwören lassen, die Fotos an niemanden im Maghreb zu schicken, Veronika winkt ab, verscheucht Svetlana aus ihrem Kopf, sie würde ihre neuen Freunde doch so gern mit etwas überraschen, ihre Freunde warten schon so lange, dass irgendein Durchschnittsfoto – Gesicht Figur Lächeln – sie zwangsläufig enttäuschen muss, sie will, dass es etwas Originelles Unerwartetes Beherztes ist, Veronika geht in die Badewanne, Veronika hat da eine Idee, es bedarf etwas mutiger Akrobatik, ein nervöses Lachen, fehlt nur noch, dass Mutter jetzt zurückkommt, Veronika springt aus der Wanne, läuft in die Diele, schließt die Wohnungstür ab, dann stellt sie den Fotoapparat auf das Bett neben den großen Schrankspiegel, Veronika probiert alles Mögliche aus, es ist wie ein Anfall fieberhaften Schöpferwahns, als keine neuen Bilder mehr in den Speicher passen, wird sie von einem Zitteranfall geschüttelt, hat denn hier niemand geheizt, Veronika zieht sich hastig wieder an, dreht den Schlüssel im Schloss zurück und setzt sich zum kalt gewordenen Tee und der belgischen Literatur.

Die Reaktionen sind eindeutig positiv, Lkw-Fahrer Rico gelobt, ganz bestimmt anzuhalten, wenn er das nächste Mal durch Bratislava kommt, damit sie und er auf der Matratze hinten in seinem schönen roten Lkw pimpern können, Kraftsportler Sahib zeigt sich zufrieden, sendet aber keine konkreten Kommentare, er scheint kein visueller Typ zu sein, er bevorzugt eher das geschriebene Wort, *ah, mon bébé, suce-moi*, dem Dichter Momo hat sie ein dezenteres geschickt, sie muss ihm ja noch Raum für seine Fantasie lassen, doch ihm genügt es offenbar und er bittet Véronique, ihm eine Einladung zu senden, ohne eine solche könne er nicht nach Europa kommen, denn nun, da er ihre himmlische Schönheit erblickt habe, müsse er einfach kommen und sie in die Arme schließen, Fahrstuhlverkäufer Ali schreibt, er werde sie am Abend anrufen, ihrem Freund David und dem Journalisten Fati hat sie nichts geschickt, diese Beziehungen gründen ja auf etwas anderem, sie wird ihnen später einmal ein Portraitfoto senden, ein Lächeln, doch nicht jetzt, heute hat sie keine Lust dazu, sie hat nämlich gerade die Mail von Skifahrer Didier geöffnet und seine Reaktion ist ohne Zweifel die stürmischste, Didier schreibt, sie sei schön, so wahnsinnig schön, dass er sie liebe, dass sein Entschluss noch fester stehe, sie anal zu befriedigen, und dass sie ihm unbedingt weitere solcher Fotos schicken müsse, dass er sie brauche, dass er sie sehr bitte, er will mehr.

Véronique lacht, gut gelaunt schickt sie irgendeinem anderen fremden Jungen, mit dem sie seit fünf Minuten chattet, ihr Foto, postwendend kommt die Reaktion, willst du, dass ich einen Ständer kriege? Véronique jubelt im Stillen, es ist wirklich leicht, es ist spielend leicht, sich mit Männern bekannt zu machen, Interesse zu wecken in Kontakt zu treten eine Beziehung zu knüpfen, und was das Unbegreiflichste ist, hier in diesem Chat finden die Männer sie schön, was ihr im realen Leben noch nie passiert ist.

Und es ist nicht nur leicht, eine Beziehung zu knüpfen, auch sich zu verloben ist leicht, es läuft praktisch wie von selbst, Véronique sitzt bei ihrer Mutter in der Arbeit, Mutter ist Dozentin, sie hält in der Aula nebenan Vorträge erklärt verzweifelt ob der Begriffsstutzigkeit der ausländischen Studenten, Véronique chattet währenddessen, sie kann nicht mehr sagen, mit wie vielen Arabern sie sich in den letzten zwei Stunden verlobt hat, fünf, sechs werden es gewesen sein, die Namen? wer soll sich Namen merken?! doch der letzte, der fällt etwas aus der Reihe, ein gewisser Nico aus Algier, sicher, es ging klassisch los, mit Gymnastik, dem Beschreiben von Stellungen und Handlungen, doch danach sind sie ins Gespräch gekommen und Véronique stellt fest, dass Nico und sie aus dem gleichen Holz geschnitzt sind, sie albern herum, lachen, necken sich, Véronique gewinnt Nico auf der Stelle lieb, Véronique vergisst die Zeit, Véronique lässt sofort weitere Verlobungen sein, doch kurz darauf vergisst sich die leichtsinnige Véronique, sie erwähnt ihre anderen sechs Verlobten des heutigen Tages, ein grober Fehler, denn sofort erweist sich, dass Nico eifersüchtig ist wie eine Hyäne und er das Auflösen aller anderen Verlobungen fordert, Nico will Véronique nur für sich, Véronique ist nur sein *bb*, sein Mädchen, und so besteht er darauf, er besteht, jawohl! Véronique lacht, willigt ein, löst auf, löscht alle heutigen Liebhaber, wen interessiert's noch, in die Tonne mit ihnen, Véronique gelobt Treue bis ins Grab, Véronique malt sich ihr Leben in

Algier aus, ihr Leben mit Nico, obwohl sie nicht weiß, wie Nico aussieht, doch das ist ein Detail, unwesentlich, belanglos, Véronique flaniert bereits über den Meursault-Strand und die Sonne blendet sie, sie wirft sich in die Wellen, als plötzlich Mutter ins Büro wankt, kaputt gealtert, das ist fürchterlich, sie wirft sich in den Sessel, diese Araber, können nicht acht durch zwei teilen und wollen hier Mathematik studieren.

Es gibt hier eine ganze Menge von diesen Lkw-Fahrern, denkt Véronique, schätzungsweise jeder zweite fährt Lkw, Rico, natürlich, der steht aber ständig an irgendwelchen Grenzen, Kontrolle der Ladung oder so etwas, Véronique wundert sich, was sie dort ständig kontrollieren müssen, Véronique kennt sich nicht aus, und auch Thomas, ein Belgier, der geschrieben hat, er sei schon hart wie ein Mauerziegel, und dem Véronique geschrieben hat – *je jubile!*, auch Thomas freut sich über das Foto, er sagt, er werde es sich ausdrucken und ans Armaturenbrett seines Lkw kleben, so wären sie immer zusammen, Véronique und Thomas, Véronique wird ganz Europa durchqueren, sie ist begeistert, doch nur bis zu dem Moment, als Thomas sein Foto schickt, oh Gott, Véronique hält sich die Augen zu, das ist nicht wahr, obwohl er sie gewarnt hatte, er hatte geschrieben, er sei kein Robert Redford, doch das?! so extrem?! diesem Monster hat sie ihr Foto geschickt? dieses Monster wird sie durch ganz Europa kutschieren? sie Freunden in den Raststätten präsentieren? Verdammter Mist, da hat sie aber völlig danebengegriffen, sie meldet sich hastig vom Chat ab, sie hatte ihn dort bisher noch nicht getroffen, und sie hofft, ihn dort auch nicht mehr zu treffen, ihn nie mehr zu treffen.

Doch am Abend desselben Tages ein weiterer unangenehmer Zwischenfall, ihr Telefon klingelt, eine mindestens zwölfstellige Nummer, sie geht ran, am anderen Ende ein Typ, er stellt sich vor, nennt eine Stadt, Véronique sagt das nichts, doch vor ihren Augen erscheint eine Karte, der Nahe Osten, irgendwo dort, der Mann sagt, dass sie das nicht machen solle, dass er wisse, was los sei, und dass er das bedaure, Véronique versteht nicht, was bedauert er? Der Mann sagt, er bedaure, wenn eine junge Frau solche Sachen mache, was für Sachen? Sie schicke solche Fotos, sie schicke fremden Männern ihre Telefonnummer, Véronique schwitzt, Véronique würde am liebsten auflegen, doch sie kann es aus unerklärlichen Gründen nicht, sie hört zu, hört, wie er ins Telefon brabbelt, nein, Sie irren sich, ich schicke nicht jedem meine Fotos, der Mann sagt traurig, Sie sollten sich schämen, junge Frau, und legt auf.

Seit sie auf Nachfrage ihre Telefonnummer weitergibt, klingelt ihr Handy in den unpassendsten Momenten, um drei Uhr in der Nacht, um fünf Uhr morgens, diverse Männer hinterlassen auf der Mailbox ein Rauschen, ein Rauschen aus irgendeinem afrikanischen Land, Wörter, Stimmen, Husten, Seufzer, Lachen, Véronique wacht morgens gerädert auf, Véronique geht im Halbschlaf ans Telefon, sagt etwas, an das sie sich am Morgen nie erinnert, sie registriert nur die angenommenen Anrufe, registriert Nummern mit seltsamen Vorwahlen.

Der Fahrstuhlverkäufer Ali ruft sie regelmäßig an, nahezu alle zwei Tage, er ruft auf dem Festnetz an, Véronique nimmt das Telefon mit in ihr Zimmer, zieht das Kabel unter der Tür hindurch, holt sich eine Decke und Tee und wartet so vorbreitet auf seinen Anruf, manchmal verspricht Ali anzurufen und tut es dann nicht, Véronique schläft dann zusammengekrümmt ein, ums Telefon gewickelt, Mutter weckt sie vor Tagesanbruch, damit sie ins Bett umzieht, und schaltet die Lampe im Zimmer aus, sie hat schon mehrere ihrer Telefonate unterbrochen, diese grausame Mutter hat Ali regelrecht abserviert, ja? bitte? ich verstehe nicht, rufen Sie nicht mehr an, *please, don't call anymore!* Am nächsten Tag lachen sich Véronique und Ali schief über ihre Mutter, die das offenbar mental nicht verkraftet, Alis melodische Stimme hat sie offenbar nicht zu betören vermocht, Mutter kann Araber nicht ausstehen und sie macht daraus auch kein Hehl. Véronique hat sie schon angeschrien, was für eine Rassistin sie sei, eine widerliche, fremdenfeindliche, intolerante, und die Mutter ihrerseits hat schon mehrmals geschrien, und weißt du, warum dort in diesem Internet alles voller Araber ist? weil anständige Leute tagsüber nämlich arbeiten, weil sie bei ihren Familien sind! Sie haben keine Zeit, vor dem Computer zu hängen und mit jungen Mädchen zu chatten! Véronique hat natürlich zurückgeschrien, dass das nicht einmal aus dieser Entfernung alles Araber seien, sondern Didier! Rico! David! Thomas! und andere! Außerdem sei ihr selbstverständlich klar, dass das meist Araber sind, dass achtzig Prozent der Männer, die sich bei ihr melden, Araber sind, ob sie nun Badr heißen, Ahmed Dschamil Mohamed Abdel Karim Omar oder Ali, obwohl es für Véronique nur einen Ali gibt, den Verkäufer von Fahrstühlen aus Melun, der sie aus der Kanzlei des Bruders anruft, wo es ihn nichts kostet, und wenn er zufällig nicht kann, ruft Véronique ihn an, sie unterhält sich ganz entspannt ein Stündchen mit ihm, Véronique verschwendet keinen Gedanken an drohende Rechnungen, denn das mit Ali tut ihr so gut, dass sie alles andere aus ihrem Kopf scheucht, sie können eine Stunde lang reden lachen sich erinnern und die Zukunft planen, gerade mit Ali hat sie die stabilste Beziehung aufgebaut, nach dem Gespräch kann sie nicht mal mehr sagen, worüber sie so lange geredet haben, was sie geklärt haben, abgesehen von ein paar Bruchstücken wie Alis ungarischer Ex, Véroniques Mutter *qui me fait chier!*, wahrscheinlich muss das auch so sein, Leute, die in einer Beziehung leben, müssen doch nicht ständig irgendwelche epochalen Sachen besprechen, es genügt, wenn sie sich über Kleinigkeiten austauschen, Banalitäten, alltägliche Sorgen, Véronique hat beschlossen, im Sommer zu Ali nach Paris zu fahren, also nach Melun, und Ali wird ihr alles Mögliche zeigen, Véronique freut sich schon wahnsinnig auf Alis Garçonnière.

Davids Schwester ist gestorben, Véronique erfährt es eines Morgens auf dem Boulevard, sie will gerade in das Internetcafé in einem der Innenhöfe des Boulevards gehen, wo es echt billig ist, Véronique hat schon fast ihre gesamten Ersparnisse aufgebraucht, fast alles ging für die Chatbeziehungen mit Franzosen und Algeriern drauf, Véronique ist schockiert, nicht wegen des Todes von Davids Schwester, Menschen sterben, Véronique weiß das, sie ist ja kein Kind, sondern wegen dieser fünfzehn traurigen Smileys, die David ans Ende jener Nachricht gehängt hat, also: *ma soeur est morte* :-(:-(:-(:-(:-(:-(:-(:-(:-(:-(:-(:-(:-(:-(:-(, Véronique überlegt eine ganze Weile, warum es fünfzehn sind, es ist absurd, es macht ja generell keinen Sinn, Smileys hinter so einen Satz zu setzen, doch Véronique denkt nur darüber nach, wie David auf so eine Zahl kommt, waren fünfzehn traurige Smileys genug, um die grenzenlose Betrübnis auszudrücken, die er durchlebt? bedeuten fünfzehn Smileys, dass er sie sehr gern hatte, oder hat er damit ganz im Gegenteil seiner Erleichterung Ausdruck verliehen, dass er das Zimmer endlich nicht mehr mit der nervenden Schwester teilen muss, die nachts Freunde mitbringt, oder war die Fünfzehn gar eine rein zufällige Zahl, David schreibt weiter, er berichtet, was geschah, die Schwester habe zwei Tage zuvor nachmittags gesagt, sie würde sich kurz hinlegen, weil sie sich vom Magen her nicht gut fühle, und sei dann nicht mehr aufgestanden, Herzstillstand, sie war erst zweiunddreißig, Véronique würde David gern ihr Mitgefühl bekunden, doch sie bringt kein einziges trauriges Smiley zustande, sie bringt es nicht fertig, dort dieses Smiley reinzusetzen, und darum bricht sie schnell die Unterhaltung ab, mit irgendeiner Ausrede, mit irgendetwas.

An diesem Tag gibt Véronique sich einen anderen Nick, sie meldet sich als François an, jetzt ist Véronique also François František Franz! Véronique weiß, dass sich auf ihren weiblichen Nick jedes Mal mindestens zehn fremde Araber melden, die bei ihr ein einmaliges Vergnügen suchen. Véronique hat längst festgestellt, dass männliche Nicks deutlich in der Überzahl sind, Frauen sind seltener vertreten, Frauen sind im Chat gesucht, sind Mangelware, manchmal amüsiert sie das, heute aber nicht, heute hat sie keine Lust auf all das *lèche-moi, suce-moi* und auf diese ganzen Mach-mir-dies-mach-mir-jenes-Sachen, sie mag nicht einmal kurz mit einem ihrer Freunde chatten, sie will abwarten, bis Davids Schmerz um wenigstens zehn traurige Smileys zurückgegangen ist, also auf fünf, das wäre noch zu ertragen, mit einigen will sie heute gar nichts zu tun haben, zum Beispiel mit diesem scheußlichen belgischen Lkw-Fahrer Thomas, der sie ständig wegen neuer Aktfotos nervt, Véronique hat heute nur Lust auf den Skifahrer Didier mit seinem Kindergesicht, Didier schnorrt zwar auch Fotos, er ist aber wenigstens ein hübscher Kerl, an Didier schickt Véronique gern Bilder, immer neue und neue, oh nein, Véronique schämt sich überhaupt nicht für ihre Oberflächlichkeit, Didier gefällt Véronique, Véronique ist ein bisschen verliebt in Didier, Véronique schmeichelt es, dass ihre Fotos ihm gefallen ihm helfen ihn erregen, Véronique kann sich sehr gut vorstellen, zu welchem Zweck er sie nutzt, doch das ist ja nicht der einzige Inhalt ihrer Beziehung, Didier erzählt Véronique auch von sich, seiner Familie, seinem Heimatort und er nutzt dabei kein einziges Smiley, das zählt für Véronique, Didier will, dass Véronique zu ihm kommt, also nicht direkt zu ihm nach Hause, das würden die Eltern nicht erlauben, sondern nach Auxerre, dass Véronique sich dort in irgendeinem Hotel ein Zimmer nimmt, in das Didier nach der Schule kommt, Véronique amüsieren seine naiv-frechen Ideen, doch eigentlich hat sie Lust, hinzufahren, denn Véronique hat diesen Typen wirklich gern, darum sucht sie ihn jetzt auch, im Chat, als François, sie schreibt auf der Hauptseite, hat hier heut schon jemand Didier gesehen? Die Antwort lässt nicht lange auf sich warten, ein gewisser Nuredin – *dégage, péde!*, verschwinde, Schwuler!

Wegen Französisch?! wegen der französischen Sprache?! hab ich richtig gehört?! Mutter sieht aus, als würde sie gleich der Schlag treffen, in letzter Zeit sieht sie immer so aus, wenn Veronika und sie sich wegen ihrer neuen Internetfreunde anschreien, Veronika hat ihr gerade erläutert, wie enorm sich ihr Französisch in diesen beiden Monaten verbessert habe, der Slang die Abkürzungen die Aussprache alles, doch Mutter will nichts davon hören, wettert weiter – würdest du nach Frankreich fahren, um dein Französisch zu verbessern, würde ich das verstehen! Für zwei Monate im Sommer als Au-pair! oder in eines dieser Camps, in das die jungen Leute heutzutage fahren, Behinderten helfen, Gelände säubern, Mauern hochziehen, doch das hier?! Den ganzen Tag mit irgendwelchen Faulenzern chatten? Was schreibst du denen da überhaupt ständig, was denn? Das würde mich mal interessieren!

Véronique versteht zuerst nicht, worauf dieser Fati hinaus will, offenbar habe auch sie festgestellt, dass dieses Band, das sie verbinde, von Tag zu Tag stärker werde, er spüre schon lange, dass zwischen ihnen etwas sei, doch sie habe es als Erste in Worte gefasst, er bewundere ihren Mut, und ja, er sei dabei, kurzum, sie wollen es also beide, nicht wahr? was drischt er da für Phrasen? was meint er damit? Véronique muss seine Mail ein zweites Mal lesen, ehe es ihr dämmert, ehe ihr einfällt, dass sie ihm am Schluss der letzten Mail geschrieben hatte *mon amour, je t'aime*, oh Gott! und er nimmt das so dramatisch ernst? Das ist doch ihr üblicher Gruß am Ende jeder Unterhaltung, die sie mit einem ihrer *mon amours* führt, es sind für sie doch völlig neutrale Worte, sie klappt den Ordner mit den Fotos ihrer Liebhaber auf, zieht Fati heraus, betrachtet ihn aufmerksam, sucht nach etwas Positivem, Schönem, doch sie kann sich nicht helfen, eine Ratte, eine Beamtenratte, dieses graue ausdruckslose Gesicht, keinerlei Reiz hat dieser Araber, im Gegensatz zu vielen anderen, Ali, Nico und so weiter, und dabei ist er offenbar der Gebildetste von allen, mit dem meisten Durchblick, galant noch dazu, was nun? Véronique hält sich bei dieser Frage aber nicht allzu lange auf, für sie ist es kein Problem, auch mit ihm eine Beziehung einzugehen, ein Verlobter mehr oder weniger, was macht das schon, Véronique schreibt *oui, mon amour,* Véronique kann auf Französisch Liebesgeständnisse machen wie niemand sonst, Véronique muss sich dabei nicht einmal konzentrieren, es geht ihr automatisch von der Hand, sie hängt Fotos an, schickt die Mail ab, vergisst sie, am Abend hat sie eine Antwort, Fati haben die Gefühle erbarmungslos überwältigt, Fati kann es kaum erwarten, nach Bratislava zu kommen und sie in die Arme zu schließen, Fati offenbart sich, bekennt seiner neuen Liebe, dass er bisher keine ernsthafteren Beziehungen hatte, lediglich Romanzen, *amourettes*, doch das mit Véronique sei etwas anderes, er spüre, dass diese Beziehung halten werde, dass es die Beziehung seines Lebens sei, noch nie habe ihm jemand so etwas geschrieben wie Véronique, noch nie habe eine Frau derart den Mann in ihm geweckt und Véronique sei vor allem so schön, dass er es nicht glauben könne, Véronique sitzt im Café und liest gespannt, Véronique lacht über ihrem Tee in sich hinein und denkt – der reine Wahnsinn! Am Ende seines flammenden Bekenntnisses fragt Fati nach ihrer Nummer, Véronique schickt ihm die Handynummer, das ist zwar teurer, doch der Festnetzanschluss ist ja für Ali reserviert.

Automechaniker Yannick ist eine spätere Entdeckung, Véronique gefällt, dass er sie *ma princesse* nennt, sicherlich, Véronique ist für Didier *ma puce* und für Ali *ma biche*, doch sie muss zugeben, dass eine Prinzessin mehr hermacht als ein Floh oder ein Reh, Yannick wohnt irgendwo im Zentralmassiv, er arbeitet in einer Werkstatt, als er ein Foto schickt, betrachtet Véronique es fasziniert auf dem Computerbildschirm im Wohnzimmer, Mutter, die zum Fernsehsessel und den Nachrichten geht, bemerkt resigniert, freundest du dich jetzt auch schon mit Drogensüchtigen an? Es stimmt schon, Yannick sieht recht sonderbar aus, zum einen wegen dieser gelb-grünen Farbe, was aber an der Beleuchtung in der Werkstatt liegen kann, und dann wirkt er auch im Ganzen etwas verschroben, doch nachdem Véronique ihn fünf Minuten intensiv betrachtet hat, stellt sie fest, dass sie ihn regelrecht göttlich findet, sie stellt sich vor, dass sie irgendwo in Mittelfrankreich wohnt und ihm bei der Arbeit hilft, notorisch ölverschmiert und nach Benzin riechend, im Blaumann, und dennoch eine Prinzessin! Véronique schreibt Yannick, sie werde ihn besuchen kommen und ihm jeden Abend ein reichhaltiges Abendessen bereiten, Yannick lacht und bremst sie, *ne t'emballe pas trop vite, ma princesse*, das Leben in den Bergen ist hart und ich bin kein *prince charmant*, Yannick will einfach nicht, dass sie sich verknallt und dann enttäuscht ist, klar, dass Véronique sich auf der Stelle in ihn verknallt.

Véronique hat solche Sachen bisher nur geschrieben, Véronique ist nicht einmal mit Ali so weit gegangen, es übers Telefon zu machen, also Telefonsex, da klingelt es schon, am anderen Ende ist Sébastien, sie hat Sébastien erst vor einer halben Stunde im Chat getroffen, Sébastien hat nach ihrer Telefonnummer gefragt, Sébastien hat die Telefonnummer gewählt und jetzt fordert er Véronique auf, ihn zu erregen, Veronique bemüht sich scheut zurück stockt, es entgleitet ihr immer wieder, obwohl sie das nötige Vokabular längst draufhat, sie soll also hier jetzt live? es geht nicht, sie kann nicht, und so übernimmt Sébastien die Regie, Sébastien erteilt Véronique mit diesem typischen schleimigen französischen Akzent Anweisungen, was wo wie zu streicheln anzuheben abzulecken zu reiben reinzustecken ist und vor allem zu stöhnen, warum stöhnst du nicht? Véronique lässt einen unterdrückten Seufzer los und legt krachend auf.

Am nächsten Tag ist Véronique wieder im Chat, sie unterhält sich mit einer gewissen Francine, das allein ist schon seltsam, Véronique ist es nicht gewöhnt, sich mit Mädchen zu unterhalten, höchstens mal mit einer Französisch-Studentin aus dem Ausland, die Hilfe bei der Seminararbeit sucht, wie es schon mehrmals der Fall war, und für die Véronique dann den ganzen Abend *subjonctif indicatif passé composé*-Aufgaben gelöst hat, doch diese Francine will sich normal unterhalten, Francine will Rat wegen ihrem Freund, sie erzählt Véronique von ihrer offenen Beziehung, sie hätten kürzlich mit einer Freundin einen Dreier veranstaltet, danach einen Dreier mit einem Freund, ach ja und dann war da dieser Vierer mit dem Ehepaar und dann diese aus dem Ruder gelaufene Party, bei der sie am Ende zu fünft kreuz und quer auf dem Bett lagen und sich gegenseitig leckten und befingerten, Véronique muss gähnen, als sie sich vorstellt, bis zu welcher Ziffer diese Francine noch zählen wird, da schreibt Francine plötzlich, du warst ja gestern am Telefon auch nicht schlecht, was?! wie bitte?! Véroniques Hals wird eng, was willst du damit sagen? Also wenn du dir ein bisschen Mühe gibst, würdest du das schon hinkriegen, Véronique – was hat das zu bedeuten, bist du es, Sébastien? Francine – aber nein, ich habe dir doch gesagt, ich bin Francine und ich hab dich gestern stöhnen gehört, es hat mich erregt, Véronique meldet sich nicht mal vom Chat ab, Véronique schaltet gleich den ganzen Computer aus.

Wie?! Du hast deiner Mutter nicht gesagt, dass du mit mir gehst?!, echauffiert sich Véronique, zetert schimpft Véronique am Telefon auf Fati ein, von wegen *mon amour, mon amour, je t'aime tellement, ma douce et tendre*, so würde dir das gefallen, stimmt's, doch wenn's ans Eingemachte geht … Véronique veralbert ihn, Véronique amüsiert sich, doch Fati scheint es nicht zu merken, Fati ist blind vor Liebe und berauscht von der Ernsthaftigkeit ihrer Beziehung, Fati erklärt hastig, dass seine Mutter hundert Jahre alt und senil sei, irgendwo in Algerien lebe, vergraben unter der Burka, die Mutter ahne nichts von der Existenz Mitteleuropas, von der Slowakei und schon gar nicht von einer Stadt namens Bratislava, eine solche Information würde sie nur verwirren, Véronique bremst, es wird ihr unangenehm, als sie hört, wie Fati sich windet, aber vor der Hochzeit sagst du es ihr, ja? Fati lacht, Fati bejaht, vor der Hochzeit, klar, keine Angst, die Beziehung zu Fati hat in letzter Zeit auch richtig Fahrt aufgenommen, Telefonate, Fotos, und nun auch Briefe, Fati hat beschlossen, Véronique Briefe zu schreiben, keine infantilen Gedichtchen wie die von Momo mit dem komischen Gesicht und dem Gemischtwarenladen, sondern richtige Briefe, in denen er Véronique seine Liebe bekundet, seine Gefühle offenbart, Véronique lässt sich ebenfalls nicht lumpen, sie überschüttet ihn mit allen möglichen Vertraulichkeiten, schüttet sie eimerweise über ihm aus wie schmutziges Wasser, den ganzen letzten Herbst die Depression die lähmende Schwäche, Fati hört aufmerksam zu, er ist mitfühlend nett verständnisvoll, Véronique sagt, dass es ihr schwerfalle, darüber zu reden, doch als ihr Freund habe er das Recht, ihre dunkle Vergangenheit zu kennen, Véronique lügt lügt lügt, nichts ist leichter als von der Vergangenheit zu erzählen, der romantischen, der tragischen, sie käme dagegen sehr ins Schwitzen, müsste sie über die Gegenwart reden, müsste sie die anderen zwanzig Verlobten und weitere Schrecklichkeiten erklären, das würde mit Sicherheit nicht nur die algerische Mutter durcheinanderbringen, sondern auch Fatis grenzenlose Liebe.

Willst du wissen, wie groß meiner ist? Véronique lacht, tippt ein lachendes Smiley, Rico, du Verrückter, du hast es mir bestimmt schon zehn Mal gesagt! Rico zögert, Véronique schiebt hinterher, und jedes Mal hast du eine andere Größe genannt, Rico, prompt, na genau deshalb, weil die tatsächliche Größe *de ma bite* dir die Sprache verschlagen hätte, darum versuche ich, etwas zu untertreiben, damit du nicht erschrickst, Véronique: Ich hab auch so schon mächtige Angst, Rico ist zufrieden, Véronique: Aber passt du mit so einem großen überhaupt in die Fahrerkabine deines Lkw rein?, Rico lässig: Das klappt schon, mach dir keine Sorgen, Véronique: Na ein Glück, und wo bist du gerade? Rico: An der spanischen Grenze, sie kontrollieren die Ladung, ich werde heute wohl hier schlafen, Véronique: Ach je, so weit weg, am anderen Ende von Europa, Rico: Keine Angst, ich werde auch mal durch die Tschechoslowakei kommen, Véronique: Das bezweifele ich, sie überlegt, ob sie noch dazu schreiben soll, es sei denn, du kommst mit einer *time machine* her, doch sie lässt es, Rico würde es sowieso nicht verstehen, Rico bleibt hartnäckig: Ganz sicher, ich komme in die Tschechoslowakei und du wirst's mit eigenen Augen sehen! Véronique: Ich werde deinen roten Lkw sehen, ja, ich freu mich schon darauf, Rico: Ich dachte auf *ma grosse bite*, Véronique lacht: Ich bitte dich, gib endlich Ruhe damit.

Erdbeben in Nordalgerien, 6,7 auf der Richterskala, Hunderte Tote, Menschen sind aus den Fenstern gesprungen, der an der Küste liegende Touristenort Boumerdes ist völlig zerstört, Véronique liest bestürzt, meldet sich hastig im Chat an und schreibt ihren Freunden und Verlobten, ob sie ok sind, ob sie noch leben, ob sie gerade dort sind, Bodybuilder Sahib antwortet als Erster, keine Sorge, *bébé*, bin hier, aber es hat uns kräftig durchgeschüttelt, ich könnte eine kleine Wiederbelebung gebrauchen, was hältst du von einem Quickie, Véronique lacht, Sahib geht es tatsächlich gut, er gibt nicht mal zwischen zwei Erdstößen Ruhe, sie geht grußlos raus, ein paar weitere Algerier antworten ihr, andere antworten nicht, Momo antwortet nicht, vielleicht ist er beleidigt, dass sie sich seit einem Monat weigert, ihm eine Einladung für Europa zu schicken, die Gedichtlieferungen hat er auch eingestellt, sicher nervt er jetzt eine andere Europäerin, eine verständigere entgegenkommendere hilfsbereitere, obwohl Véronique bezweifelt, dass es eine gibt, die sich mit ihr messen könnte, jedenfalls was ihre himmlische Schönheit anbelangt, eine halbe Stunde später meldet sich Véronique ab, relativ beruhigt, die meisten ihrer Verlobten haben überlebt, einige werden sich sicher später melden, sie geht raus, doch als sie auf dem Heimweg von der Schule anhält, um den Posteingang zu kontrollieren, findet sie eine Mail von Nico, Nico ist extrem angepisst, er sei hier beim Erdbeben fast verschüttet worden und seine Verlobte schere sich einen Dreck um ihn, sie frage nicht einmal, ob er noch lebe, ob er okay sei, ob ihm das Haus überm Kopf zusammengebrochen sei, es interessiere sie nicht, dass sie seine Cousine gerade aus den Trümmern graben, und darum löst er mit sofortiger Wirkung die Verlobung auf, Véronique verdrießt das, Véronique hatte Nico wirklich ganz vergessen, obwohl ihr jetzt, da er sich wieder in Erinnerung gebracht hat, klar wird, wie sehr sie ihn mag, diesen sympathischen Kerl, und auf welch dumme Art sie ihn nun verloren hat, einen ihrer liebsten Verlobten, verloren wegen eines Erdbebens, wegen ihres löchrigen Hirns, sie unternimmt noch einen letzten Versuch, sie meldet sich zum Chat bei ihm an, ein paar Tage später, als sie ihn endlich wieder online sieht, doch Nico meint es todernst, *laisse-moi en paix, stp*, lehnt weiterhin jeden Kontakt zu ihr ab, Véronique ist am Verzweifeln und lässt ihn in Ruhe, lässt ihn die Cousine aus den Trümmern bergen, doch es verdrießt Véronique nicht allzu sehr, Véronique lacht sogar, Automechaniker Yannick hat ihr gerade den Plan für ihr gemeinsames Leben in den Bergen unterbreitet, Véronique soll sich darauf einstellen, vor sechs aufzustehen, damit sie um sieben in der Werkstatt sein und Yannick, der unter einem Wagen liegt, das Werkzeug reichen kann, Véronique lacht bei diesem Gedanken, die Prinzessin mit dem Werkzeugkasten, Véronique ärgert die Trennung von Nico eigentlich überhaupt nicht, Véronique geht es bestens.

Die Beziehung zu ihrem Freund David läuft wieder in alten Bahnen, David trauert nicht mehr um die tote Schwester, David schickt manchmal auch wieder ein fröhliches Smiley, manchmal sogar verschiedene lachende Smileys hintereinander, zum Beispiel, als er eine Party beschreibt, auf der er sich total geprügelt hat, David führt ein reges Studentenleben, er fährt auf Berghütten, spielt Siedler von Catan raucht Joints und trennt und versöhnt sich regelmäßig mit einer Kommilitonin, David schreibt nach jeder Trennung, wie traurig er sei und dass Véronique zu weit weg sei, David ist sich ganz sicher, wäre Véronique in seiner Nähe, zum Beispiel auf der selben Hochschule, wären sie zusammen, es würde bei ihnen klappen, sie würden sich lieben wie Hengst und Stute, David tippt wild ein paar wütende Smileys, weil Véronique irgendwo am Arsch Mitteleuropas wohnt, Véronique fühlt sich geschmeichelt, dieser liebe blonde Junge, dem Marihuana schon das halbe Hirn vernebelt hat, würde sie gern kriegen, Véronique nimmt sich vor, ihn zu belohnen, sie wird ihm ein neues Überraschungssmiley schicken, das sie heimlich üben wird, wie schreibt man zum Beispiel ein zwinkerndes Smiley mit Kussmund? David bittet Véronique manchmal, wenn er depressiv ist, ihm zu sagen, was er falsch mache, warum diese Valérie ihn so wegwische, Véronique sei eine Frau, Véronique müsse das wissen, Véronique weiß einen Scheiß, Véronique antwortet immer, dass er *adorable mignon* und *beau gosse* sei und Valérie eine Gans, wenn sie das nicht sehe, David ist beglückt und dankt ihr für diese Worte, David schreibt Véronique dann, dass sie schön sei wie eine Rose am Morgen und er sie *à la folie* liebe, an diesem Punkt klinkt Véronique sich in der Regel raus und wartet, bis David wieder fit und zurechnungsfähig ist, an diesem Punkt findet Véronique, dass dieser Junge wirklich ein aufgeweichtes Hirn hat.

Mutter versuchte anfangs, mit ihr zu reden, versuchte zu verstehen, was mit Veronika los ist, diese Abhängigkeit vom Internet, das Chatten mit Arabern, Veronika tue nichts anderes, sie hänge vorm Computer, schreibe und kichere zusammenhanglos, Mutter wünschte, Veronika würde in sich gehen, denn wenn Veronika in sich ginge, würde sie merken, dass das nicht normal ist, nicht in Ordnung, Veronika geht nicht in sich, Veronika schreit, das ist doch alles für Französisch! wenn Mutter wüsste, wie sehr sie sich verbessert hat! sie spreche fließend! Jetzt schreit auch Mutter, und die Fotos, die ich gefunden habe, sind die auch für Französisch?! helfen die dir auch, besser zu werden?! und wobei genau, wenn ich fragen darf?! Veronika rastet aus, was sie sich erlaube! in ihrem Computer zu wühlen! in ihren Ordnern, verraten getäuscht betrogen habe sie sie! Veronika kocht, wutrot vor Scham Entwürdigung Rage, Véronique schließt sich für den Rest des Abends im Zimmer ein, ruft übers Handy Ali an erzählt ihm alles beschwert sich weint, Ali beruhigt sie, Ali relativiert, dämpft, Ali zieht ins Lächerliche, Véronique tut das gut, Véronique lächelt irgendwann, lacht am Ende, Ali freut sich, dass seine gute alte Véronique wieder da ist, Ali lädt sie nach Melun ein, in seine Vorstadt-Garçonnière, endlich werde sie sich von der giftigen Mutter befreien, Véronique nimmt an, Véronique gelobt, im Sommer zu kommen, hundertprozentig, Véronique beendet das Gespräch mit einem guten Gefühl, Veronika öffnet die Tür zum Flur, geht hinüber in die Küche, Mutter korrigiert am Küchentisch gerade Klassenarbeiten, sie hebt den Blick vom Papier, ich könnte wetten, dass dein Foto samt deiner Telefonnummer in Algerien an jedem Telefonmast hängt.

Rico schreibt: *alors, mon bébé,* in zwei Wochen fahre ich durch die Tschechoslowakei, durch dein Bratislava, was hältst du davon? Pimpern wir? Véronique: Ich glaube dir nicht Rico, Rico: Da kannst du drauf wetten, ich komme und nehm dich durch, Véronique – *c'est une blague?* Nein, das sei kein Scherz, er müsse irgendetwas nach Polen bringen, er mache einen Umweg und verbinde das Angenehme mit dem Nützlichen, Véronique stutzt, dann schickt sie ihre Handynummer, Véronique durchfährt es heiß, Rico kommt, Rico, ihr Fernfahrer! Sie wird mit Rico hinten in seinem Lkw Liebe machen! Die heiße Welle sackt in sich zusammen, warum hat er sich jetzt abgemeldet, Rico hat sie bestimmt nur verarscht, wie immer.

Dieser Skifahrer Didier ist wirklich stinksauer, als er erfährt, dass Véronique ihn beschummelt hat, Skifahrer Didier war so naiv zu glauben, dass Véronique auf einigen Fotos einen weißen Slip trägt, und jetzt so etwas, so ein Verrat so ein Beschiss, Véronique hat zugegeben, dass sie einige der Fotos retuschiert hat, stellenweise geweißt, Fotos, die ihr allzu heftig schienen, Fotos, auf denen sie allzu heftig grätscht, sie hatte nicht den Mut, sie ihm zu schicken sie irgendwem zu schicken, Didier fühlt sich betrogen, Didier fordert, dass sie ihm auf der Stelle alle Fotos in unzensierter Form schickt, Véronique lacht und schreibt, schick ich nicht, schick ich nicht, verdien sie dir! Didier droht, er werde den Kontakt abbrechen mit ihr keine Zeit mehr verplempern ihre Fotos an den nächsten Chatter weiterschicken, Véronique lacht, schick doch, was macht das schon, Véronique lässt sich nicht einschüchtern, Didier soll das nicht denken, Didier dämpft den Ton und fängt an zu erklären zu schmeicheln, das sei überhaupt gar nicht so vulgär, wie Véronique es sich die ganze Zeit einrede, Véronique dürfe keine Angst haben, dass das vulgär sei, es sei doch herrlich, das Schönste überhaupt, Didier könne sich nichts Schöneres vorstellen, Véronique überlegt, woher willst du wissen, dass es schön ist, wenn du es noch nie gesehen hast, wenn es wegretuschiert ist? Didier wütet erneut los, ihn so in die Enge zu treiben, ihn so vorzuführen, und er sei so naiv gewesen, sei nicht von selbst drauf gekommen, Didier wird lauter, schreit großbuchstabig, VÉRONIQUE, WENN DU MIR DIESE FOTOS NICHT SCHICKST, FANGE ICH AN DARAN ZU ZWEIFELN, DASS UNSERE BEZIEHUNG DIR ETWAS BEDEUTET, Véronique bricht bei diesen Worten in ein dermaßen schallendes Gelächter aus, dass im Internetcafé der Einkaufsmeile alle von ihren Kampfspielen aufschauen, Véronique wischt sich die Tränen ab und schreibt: Didier, der von Zweifeln gebeutelte, *oh-là-là*! und meldet sich ab.

Veronika sitzt neben Svetlana auf der Mauer an der Donau, Veronika fragt, Sveti, gefallen dir Lkw, diese riesigen Laster? Svetlana prompt: schrecklich, Veronika: und rote? gefallen dir rote, diese langen mit Hänger? Svetlana: die besonders, Veronika: genau, die sind absolut super, Veronika ist zufrieden, Svetlana verunsichert, erneut tiefes Schweigen, Knabbern von Kürbiskernen, Warten auf die nächste Stunde.

Véronique findet ihn eigentlich nett, diesen Jungen, den sie erst heute kennengelernt hat, ein gewisser Patrick, sie haben ein wenig gechattet, ein paar Mal hin und her geschrieben, ein paar Obszönitäten, natürlich, Patrick bat um ihre Telefonnummer, Véronique gab ihm die Telefonnummer, Véronique sitzt nun im Internetcafé, Véronique wartet, das Telefon klingelt nicht, sie wartet noch ein paar Minuten, dann schreibt sie: Und warum rufst du nicht an? Patrick, verlegen: Ich hab ja nicht gewusst, dass du eine ausländische Nummer hast, ich kann's mir nicht leisten, ins Ausland zu telefonieren, Véronique: Dein Pech, du weißt nicht, was du verpasst, Patrick: Wieso, bist du gut? Véronique antwortet nicht, wozu Energie verschwenden, völlig aussichtslos.

Fünfzehn traurige Smileys stehen da, Véronique hat sie schon drei Mal gezählt, fünfzehn traurige Smileys, genauso viele, wie die tote Schwester mit dem Herzstillstand bekam, David wurde heute Abend von seiner Freundin verlassen, gewiss, eine Tragödie ähnlichen Ausmaßes wie der Tod der Schwester, nur dass die beiden sich schon zwanzig Mal getrennt und wieder versöhnt haben, doch David spürt, dass es dieses Mal anders ist endgültig definitiv, Valérie hat von seinem Fremdgehen erfahren, Valérie hat jene andere aufgedeckt, nicht Véronique, Véronique ist vielleicht die Dritte, die Vierte, wer weiß, die Wievielte, nein, diese physisch präsente, die Studentin aus der anderen Seminargruppe, Valérie hatte so viele Beweise, dass David Farbe bekennen musste, Valérie ist zu keinem Kompromiss bereit, sie hat ihm den ultimativen Tritt versetzt, Valérie hat alle ihre Sachen abgeholt, am Ende hat sie auch die Geschenke gefordert, die sie ihm einst in Liebe gewidmet hatte, den Kochtopf mit Marienkäfern, das Kissen mit ihrem Foto, die Pornokassetten, David blieb zerknirscht zurück, allein in der elterlichen Wohnung, allein mit dem Zugang zum Chat, und nun schickt er Véronique traurige Smileys, vielleicht schon angetrunken, benebelt, wer weiß, er schreibt, dass er nur noch Véronique habe, seine treueste Freundin, Véronique daraufhin: Wieso, was ist mit der anderen, mit der du Valérie betrogen hast? David, ach ja, endlich schreibt er auch ein fröhliches Smiley, sie hätte ich beinah vergessen :-), doch dann fängt er wieder an zu jammern und sich zu bemitleiden und traurige Smileys zu schicken, nichts habe sich geändert, seit der Grundschulzeit, ständig werde er von allen drangsaliert, immer sei er das Pummelchen, das jeder ungestraft treten darf und auch tritt, und dabei habe er diese Valérie so geliebt, doch sie, nichts dergleichen, ein Herz aus Stein, falls da überhaupt eins war in ihrer Brust, *cette connasse de merde!* Véronique findet das übertrieben, doch es gehört sich wohl nicht, den Freund in einem so heiklen Moment darauf hinzuweisen, dass er etwas am Thema vorbeirede, dass er das falsch sehe, dass es ihm an Selbstkritik und Ähnlichem mangele, jedenfalls reicht es nicht nur Valérie mit David, sondern auch Véronique, und sie überlegt, ob sie es Valérie gleichtun soll, mit einem Wort, Véronique spielt mit dem Gedanken, das Weite zu suchen, Véronique quält eigentlich nur noch die Frage, ob auch ihr fünfzehn traurige Smileys gewidmet würden, wenn sie aus seinem Leben verschwände, würde er ihre Freundschaft genauso herzzerreißend beweinen?

Dieser Umschlag sieht irgendwie anders aus, er verheißt nichts Gutes, dieser Briefumschlag ist doppelt so groß wie die normalen, Veronika hat ihn im Briefkasten gefunden, in der Mitte gefaltet, damit er reinpasst, Veronika steigt langsam die Treppe hoch und wagt es erst im dritten Stock, ihn aufzumachen, nachzuschauen, oh Gott, schnell wieder zumachen, zehntausend! Veronika hat im letzten Monat zehntausend Kronen vertelefoniert! das kann doch nicht sein, das ist eine Verwechslung! Veronika beginnt zu zittern, es kann doch unmöglich so viel sein, doch dann fällt ihr Ali ein, jenes stundenlange Gespräch ins französische Handynetz, und weitere, nur wenig kürzere Telefonate, und dann auch das mit Fati, ihr fallen im Grunde alle möglichen ein, und sie beginnt langsam, es zu glauben, sie wird das hier irgendwie erklären müssen, akzeptable Gründe brauchen, doch als sie Mutter den Umschlag nach der Arbeit gibt, muss sie nichts erklären, Mutter ist sofort alles klar, sie schreit und tobt wie eine Wahnsinnige, Veronika hat sie noch nie so erlebt, das habe sie sich denken können, dass sie auch selbst bei diesen Arabern anrufe, Veronika gelobt, sie werde alles bezahlen, zurückgeben, die Mutter schreit, es gehe überhaupt nicht darum, es gehe darum, dass sie völlig neben der Spur sei, dass ihr überhaupt nicht klar sei, wie sie sich benimmt und was sie tut, Veronika schließt sich bei diesem Geschrei lieber in ihrem Zimmer ein, Veronika ahnt, dass ihr der größte Horror noch bevorsteht, die Handyrechnung.

Da piepst plötzlich ihr Handy, übermorgen Abend bin ich bei dir in der Tschechoslowakei, Rico.

Veronika sitzt auf dem Primaciál-Platz neben Svetlana auf einer Bank, es ist Mittwochabend, es ist noch hell, denn es ist Juni, Svetlana leckt Eis und hört sich wie immer Veronikas Reden an, Veronikas Verzückung ob des bevorstehenden Abenteuers, genauer gesagt, der großen Liebesgeschichte, die ihrem glücklichen Höhepunkt zustrebt, in der Fahrerkabine, in den festen

Umarmungen auf der Matratze, schließlich ergreift Svetlana das Wort, also wenn ich das richtig verstanden habe, gehst du zu einem Treffen mit irgendeinem Typen, von dem du nichts weiter weißt, als dass er einen roten Lkw fährt und dich durchnehmen will, Veronika protestiert, das klinge so roh, doch Svetlana macht weiter, gibt keine Ruhe, hast du schon mal darüber nachgedacht, dass es zwei sein könnten? Veronika versteht nicht, wie zwei? na diese Fernfahrer sind doch meist zu zweit unterwegs, um sich abzuwechseln, wenn der eine schläft, fährt der andere, dann wechseln sie, so läuft das, Veronika wirft zaghaft ein, Rico hat mir gegenüber aber nie einen Zweiten erwähnt, er fährt allein, Svetlana will das aber nicht glauben, sicher sind es zwei, Veronika, und ich wette, wenn dieser andere dich in dem kurzen engen Shirt sieht, mit dem durchschimmernden Tiger-BH, aufgebrezelt und gestylt, kriegt er auch Appetit auf dich, hast du noch nicht daran gedacht? Dann solltest du wenigstens jetzt darüber nachdenken, ob du das wirklich willst, ob das nicht ein zu großes Risiko ist, ob du vergewaltigt und erstochen irgendwo im Wald von Ovsište enden willst ... Veronika hört aufmerksam zu, doch sie versteht einfach nicht, was Svetlana meint, von welchem Risiko sie spricht, es geht doch um Rico, diesen witzigen Burschen, der seit Monaten mit ihr flirtet und Veronika schön findet, es ist doch nur Rico! kein Massenmörder oder Vergewaltiger! Sie will Svetlana anschreien, um sie zu wecken, ihr klarzumachen, dass sie sich irrt, doch sie sagt nur, Rico ist mein Freund, Rico würde mir so etwas nicht antun, Svetlanas Miene verfinstert sich, wie meinst du das mit dem Freund, Veronika, heißt das, du bist mit irgendeinem Fernfahrer genauso eng befreundet wie mit mir? Veronika weiß nicht, was sie darauf erwidern soll, sie fängt konfus zu stottern an, das sei etwas völlig anderes, man könne es nicht vergleichen, obwohl doch, für sie sei Rico ihr Freund, und nicht nur Rico, auch David Didier Yannick Momo Ali Fati Nico, obwohl, Nico nicht mehr, dafür aber andere, Svetlana habe ja keine Vorstellung, wie nahe sie sich in diesen letzten Monaten gekommen seien, Svetlana steht abrupt auf, sie schleudert den Rest der Eiswaffel in den Mülleimer, dann komm deinen neuen Freunden doch weiter näher, deinen Fernfahrern, wem du willst, bestes Gelingen dabei! Sie dreht sich um und geht grußlos in Richtung Polnisches Institut davon, Veronika bleibt sitzen, schaut Svetlana nach, die sich kein einziges Mal umwendet, doch auch Veronika unternimmt nichts, hält sie nicht auf, sitzt einfach da, dann schlingt sie für einen Moment die Arme um ihre Schultern, es fängt an, kalt zu werden.

Veronika streift kreuz und quer durchs Zentrum, es erfordert eine große Kreativität, auf diesen paar Quadratmetern neue Routen zu finden, bei diesen zehn Straßen oder wie viele es sein mögen, es ist schon dunkel, die Geschäfte sind geschlossen, nur die Lokale haben noch offen, Veronika betrachtet die Schaufenster, sie setzt sich für eine halbe Stunde auf einen Tee ins Prašná bašta, auf einen Kaffee ins Café Verne, Veronika wird von einem angenehmen Gefühl durchflutet, sie ist jetzt eine Frau, oder besser gesagt, sie wird jetzt zur Frau dank des Mannes, der sie jeden Moment anrufen wird, der zu ihr unterwegs ist, der sie begehrt, ja, Veronika sagt sich zufrieden, das ist ein Mann und kein pubertierender Mutant, Veronika ist in diesen letzten Monaten für wahre Männer herangereift, was heißt für Männer, für Fernfahrer! Veronika ist ganz erregt, sie stellt sich Ricos kräftige Hände vor, wie sie das Lenkrad greifen ihre Taille umschlingen ihre Beine spreizen, Veronika weiß nicht, ob sie sich fürchtet oder freut, ein heißer Schauer der Erwartung lässt sie erzittern, sie geht erneut die Panská vor bis zum Dom, dann die dunkle Kapitulská hinab in Richtung Michaeler-Tor, am Österreichischen Institut piepst endlich ihr Handy, Véronique bringt mit Mühe die zitternden Hände unter Kontrolle, zieht entschlossen das Telefon aus der Tasche, schaut auf das Display, bin an der Grenze, sie wiederholt laut, bin an der Grenze.

Hinweise

S. 43: *Die wilde Bára*: Roman von Božena Němcová (Orig.: »Divá Bára«), erstmals erschienen 1856, verfilmt 1949, deutsche Übersetzung bei Kiepenheuer 1962.

Pier Paolo Pasolini wird auf S. 138 f. zitiert nach: Pier Paolo Pasolini, *Teorema oder Die nackten Füße*, aus dem Italienischen Heinz Riedt, Serie Piper, R. Piper & Co Verlag, München Zürich, 1980, S. 181–184,